북방의 바람

預約死亡

*본문의 각주는 역자가 작성한 주입니다.

비수민 소설집

북방의 바람

비수민 지음 · 김이삭 옮김

차례

사망 예약

열은 남색 카드는 위독 통지서였다.

위독 통지서를 받고 이를 보던 남편의 두 눈이 갑작스레 커졌다가 가늘어졌다. 남편의 노란빛이 도는 얼굴은 푸른 조명 아래에 있자 녹색처럼 보였다.

이름 비수민 나이 70세 성별 여성 본적 산동
진단 간암 말기

위독통지서를 한가을 평야에 마지막으로 피어난 수레국화를 감상하듯 이리저리 살펴보던 남편이 말했다.

"지금 장난하는 거야?"

"장난 아니야. 진지해."

"진지하다고? 일흔? 간암? 왜 하필 일흔인데? 행운의 수 이런 거야? 그리고 간암이라니. 꼭 암에 걸려야 하는 거라면 다른 암에 걸려도 되잖아. 간암 말고. 내가 이 병명을 처음 들었던 게 마오 주석의 훌륭한 간부였던 자오위루가 이 고통스러운 병에 걸리는 바람에 등나무 의자 손잡이에 구멍이 다 났다는 거였는데."

"일흔이라는 나이는 시에도 나오잖아.[1] 두보가 쓴 시에. 그리고 나는 일흔이 일종의 경계라고 생각하거든. 일흔 이전에 죽으면 단명한 셈이고, 일흔 이후에 죽으면 여한이 없는 거지. 그리고 간암은, 당신이 이 정도로 싫어한다면 췌장암으로 바꿀게."

"그게 나를 위한 거야? 자기를 위한 거지? 대체 이렇게 무서운 벌을 택해서 자기 자신을 괴롭히는 이유가 뭐야?"

"이건 벌이 아니야. 병이지. 그리고 다 같잖아."

"같긴 뭐가 같아? 병도 병에 따라 다르지. 감기는 끽해봐야 우리를 침대 위에 드러눕게 할 뿐이지만 암은 우리를 죽게 만들 수 있다고."

"당신 말이 맞아. 우수한 내과 의사의 남편으로 20년 가까이 살아서 그런가, 벌써 반전문가가 되었네. 오래 앓으면 의술을 할 줄 알게 된다던데, 당신은 사랑을 오래 해서 의술을 할 줄 알게 되었어."

"화제를 바꿀 수는 없을까? 당신이 요즘 호스피스 병원에서 취재하고 있다는 건 나도 알고 있어. 오늘은 이런 시답잖은 걸 가져와서 날 놀라게 만들고 말이야. 우리는 죽으려면 멀었어. 아직 젊다고."

나는 작은 거울을 들어 그를 비췄고, 그다음에는 나를 비췄다. 집 안에는 거울이 많았지만 아쉽게도 고정이 되어 있었다. 우리는 매일 구석으로 가서 자기 자신을 비추어보았지만, 빛은 특정한 각도에서만 우리를 비춰주었다. 어둑한 구석에 있는 우리는 우리의 젊음이 여전하다고

---

1) 인생칠십고래희(人生七十古來稀, 인생을 칠십까지 산다는 것은 예부터 드문 일이다)

여기곤 했다.

이제 작은 거울은 지척에서 당신을 비췄고, 당신은 세월이라는 그물에 있는 매듭 하나하나를 분명하게 볼 수 있었다.

남편은 말했다.

“거울이 낡았네.”

나는 책가방에서 카세트 테이프를 꺼냈다. 잼 쿠키를 닮은 카세트 테이프는 정교한 케이스에 가득 담겨있었고, 케이스는 내 손가락에서 매끄럽게 떨어졌다. 남편은 녹음된 테이프들을 하나씩 훑어보면서 그 위에 적힌 글을 어렵사리 읽어냈다. 몰래 녹음하는 사이에 내가 다급하게 적은 거라 글씨가 엉망이었다.

86세 인지증 환자가 의료인을 욕함.

아들 다섯 딸 둘이 모친의 산소 호흡기를 떼달라고 요구.

영국의 호스피스 전문가인 제임스 박사가 병원에 방문했을 때 한 강연.

나는 카세트 테이프를 카세트 플레이어 안에 넣은 뒤 재생 버튼을 눌렀다.

아주 거친 숨소리가 들렸다. 헐떡이는 소리도 중간에 섞여 있었다.

나는 물었다.

“이게 무슨 소리인 줄 알아?”

“xxx급 테이프 중에 사람이 섹스할 때 낸 소리를 녹음한 게 있다던데. 이제껏 우리는 아쉽게도 그걸 직접 접해볼 기회가 없었지. 이게 설마 그거인가?"

"그런 비현실적인 생각은 그만하고. 이건 위급한 환자의 마지막 숨소리야. 당신이나 나나, 혹은 그 누구도 이런 소리를 낼 가능성이 있어. 다만 그 순간이 왔을 때 자기에게는 잘 들리지 않을 수 있겠지. 인생은 완전해야 해. 당신이 그 소리를 듣지 못할까 봐 내가 일부러 마지막 소리를 녹음해 온 거야. 잘 들어봐. 사람들은 사실 매우 비슷하거든. 살아있을 때는 똑같이 피투성이가 되어 있고, 죽을 때는 똑같이 울지. 인류가 문명을 이루었으니까 우리는 그 과정을 처음부터 끝까지 다 알고 있어야 할 거야."

"빨리 꺼. 나는 알고 싶지 않아."

나는 남편을 일깨우며 말했다.

"이건 최후의 탄식이야. 그런 뒤에는 영원한 침묵이지."

고음질 스피커는 내 예고를 따르지 않았다. 노인의 힘겨운 숨소리는 오랫동안 이어졌고, 자동차 브레이크를 밟는 소리가 났다. 호스피스 병원은 큰길 옆에 있었다.

나는 테이프를 바꾸며 말했다.

"여기 암에 걸린 환자의 고통스러운 신음이 녹음된 테이프도 있어."

"난 안 들어. 안 들을 거라고!"

그는 아주 단호하게 말했다. 두 손으로 귀를 막기까지 했다. 아주 유치해 보이는 동작이었다. 죽음은 우리 모두를 유치하게 만들곤 했다.

"사람들이 아는 게 많아질수록 더 좋아지는 거라고 생각하지는 마. 호기심에도 지켜야 하는 선이라는 게 있어. 네가 호스피스에 대한 글을 쓰고 싶어 한다는 건 나도 알아. 하지만 있잖아. 이런 글을 읽고 싶어

하는 사람은 없어. 사람들은 죽음에 대해 논하는 걸 싫어해."
그는 아예 나가버렸고, 문을 걸어 잠그는 소리가 났다.

나는 그가 사실을 말했다는 걸 안다. 우리 중국인들은 평범한 이의 죽음을 이야기하는 걸 싫어하니까. 우리는 장렬한 죽음을, 처참한 죽음을, 지조가 굳은 죽음을, 고난의 죽음을 숭상했지만, 평범한 죽음을 멸시했다. 한 위인이 이렇게 말했다. 사람은 누구나 한번은 죽으며 그 죽음은 태산처럼 무거울 수도 있고, 기러기 털보다 가벼울 수도 있다고. 우리는 세상에 두 죽음만이 존재한다고 여기곤 했다. 사실 사람의 죽음은 대다수가 자갈과도 같아서 무겁다고 할 수는 없지만 날아갈 정도로 가볍다고 할 수도 없었다.

당신은 모든 걸 거부할 수 있지만, 죽음만큼은 거부할 수 없었다. 거부는 황량한 고성처럼 세속의 모든 걸밖에 가두어둘 수 있었지만, 죽음은 그 높은 담마저도 한 번에 뛰어넘으면서 당신이 가고자 하는 길을 침착하게 막을 터였다.

나는 평범한 이의 죽음을 탐색하기로 했다. 계속 이 글을 읽을지는 당신의 선택에 달려있다.

* * *

'익수사길(益壽司吉)'
수명을 늘려 길함을 관장한다.

호스피스 병원 입구 문미에는 이렇게 네 글자가 크고도 붉게 적혀 있었다. 그 모습이 커다란 게 네 마리 같았다. 나는 이 글귀를 처음 보았을 때 놀랍게도 '익수길사(益壽吉司)'라고 읽었다. 익수길사는 수명을 늘리는 길함을 관장하는 부서라고 해석할 수 있었다. 난 이 말이 더 좋다고 생각했다.

이곳은 평범한 이들의 생과 사를 관장하는 곳이었으니까. 그렇다, 그것도 부서급인 곳이었다.

뜰은 네모 모양이었고, 유리창이 있는 긴 복도가 있었다. 병실은 수십 개였고, 하얀 증기가 그 위를 감돌았다. 고요한 뜨락에는 남색 줄무늬가 그려진 바지 여러 벌이 걸려 있었는데 밑단에 날카로운 고드름이 매달려 있었다.

나도 여러 해 의사로 지냈기에 업계의 비밀을 많이 알고 있었다. 나는 내가 의사였다는 걸 밝히지 않기로 했다. 그래야 병원 의사와 간호사가 경계심 없이 자유롭게, 내가 보는 걸 냉정하고도 객관적으로 설명해줄 테니까.

병원 원장은 중년 여성으로 모습이 보기 좋았지만, 머리카락이 헝클어져 있었다. 바로 그 점 때문에 그녀는 내게 첫인상이 좋았다. 좋은 의사는 치장하지 않는다. 만약 당신이 생김새가 평범한 의사를 만났다면 좀 다르겠지만, 혹시라도 뛰어난 외모를 가지고 있으면서도 이를 전혀 돌보지 않는 의사를 만났다면 안심하고 의사의 의술을 믿어도 될 것이다.

소개 편지를 읽은 원장이 물었다.

"이대로 말하면 되는 건가요?"

"편하게 말씀하시면 됩니다."

나는 주머니에 녹음기를 넣으면서 말을 이었다.

“아니면 제가 질문하는 대로 답을 해주시겠어요. 호스피스 병원을 개원할 생각은 어쩌다가 하시게 된 건가요?”

“당시에 저는 의대생이었어요. 나이가 많은 의사 선생님들이 환자의 가족들에게 돌아가라고, 가서 맛있는 거라도 먹이라고 말하는 걸 종종 듣곤 했죠. 그러면 환자 가족들도 얌전히 환자를 데리고 갔어요. 그때 제가 그랬거든요. 남아서 시도라도 해보라고 하시지, 왜 안 그러셨어요? 그랬더니 선생님이 그러시더라고요. 의사는 삶을 고치는 사람이라 삶을 고칠 수 있어도 죽음을 어찌할 수는 없다고요. 그리고 그들은 고칠 가치가 없는 이들이라고도 했어요. 무슨 일을 할 때는 대가가 따르기 마련인데, 그럴만한 가치가 있는 환자인지 그렇지 않은 환자인지를 구별해내는 것도 의사의 경험을 드러내는 증명이라고요. 자네는 아직 젊으니까 천천히 모색해 보게. 저는 그 말을 듣고 이렇게 물었어요. 그러면 그들은 어쩌죠? 고칠 만한 가치는 없지만, 아직 살아있는 사람들은요? 그러자 선생님이 그건 우리 일이 아니라고, 그건 인류의 사각지대와도 같다고 하더라고요. 나중에 저도 경험이 쌓이면서 그들을 잊을 수 있기를 많이 바랐거든요. 평정심을 유지하는 게 의사의 기본 훈련 중 하나예요. 하지만 죽음을 많이 볼수록, 죽음이 딱히 평등하지 않다는 걸 알게 되었어요. 제가 개인적으로 조사를 하나 했거든요. 사람이 보통 어디서 죽는 줄 아세요?”

나는 확신할 수 없다는 듯 말했다.

“모르겠네요. 병원이겠죠?”

“다들 그렇게 말하더라고요. 그런데 데이터는 냉정하게 이렇게 말해주죠. 3분의 1에 달하는 사람만이 깨끗한 병상 위에서 죽어요. 그들 중 대다수는 젊은 사람이거나 고위층이죠. 죽을 때까지 그들을 돌봐줄 사람이 있는 거예요. 평범한 사람들은 이런 좋은 대우를 받기가 힘들고요. 3분의 1에 달하는 사람만이 구급차 안에서 죽어요. 곧 숨을 거둘 것 같아서 집에 있던 사람들이 빠르게 병원으로 보낸 건데, 철판을 두른 구급차가 마지막 귀착점이 되는 거죠. 그리고 3분의 1에 달하는 노인이 집에서 죽고요. 이렇게 말할 수도 있겠네요. 당신이 평범한 사람이라면, 의료 보호를 받을 수 없는 환경에서 적막하게 죽을 가능성이 크다는 거죠. 생명이 하나의 완전한 과정을 가진다고 보았을 때, 중국인은 그 끝을 원만하게 그려내지 못하는 셈이에요."

원장은 우울함이 담긴 눈빛으로 나를 보았다. 두 눈에 담긴 건 내가 맞이하게 될 죽음을 향한 애석함이 분명했다.

나는 연민이 가득한 그녀의 시선을 피하며 말했다.

"그래서 이 병원을 세우신 건가요?"

"네. 아주 어려웠어요. 건물 임대도 그랬고, 설비를 갖추는 것도 그랬고, 인력을 구하는 것도 그랬죠……."

"여기는 사람이 얼마나 있나요?"

"여기 직원을 말하는 걸까요?"

"아뇨. 제 말은, 여기에 입원한 환자의 수가 얼마나 되나요?"

"수백 명이요. 세운 지 오래되지 않아서요. 올해면 천 명이 될 거예요."

"환자들이 모두…… 죽었나요?"

"그렇죠. 환자 대다수는요. 우리 병원의 평균 입원일이 13.7일이에요.

이게 무슨 뜻인지 알겠나요?"

"알아요. 여기 있는 환자들이 보통 이주 안에 다 죽는다는 거잖아요."

원장은 처량한 하늘을 보며 말했다.

"제대로 이해하셨네요. 다들 죽었죠."

오늘은 날씨가 좋지 않았다. 작은 눈꽃이 원장의 머리카락 위에 내려앉았다.

"병실에 좀 가볼까요."

원장의 말에 나는 그녀의 뒤를 따랐고, 천장이 낮은 단층 건물을 향해 갔다. 원장은 병실 문을 열며 멈칫하더니 고개를 돌려 나를 보았다. 나는 낯빛이 아주 태연했다. 오랫동안 의사로 일하면서 경험을 쌓은 덕분에 시신도, 피도, 대소변도, 혹은 다른 추한 것도 더는 무서워하지 않게 되었으니까.

그러나 그런 나조차 잠수를 앞둔 사람처럼 숨을 깊이 들이쉬었다. 어쨌든 나는 문 너머에 있는 세계가 우리의 세계와 매우 다르다는 걸 알고 있었다.

그곳은 저승이었다.

생명은 낡은 갈고리와도 같아 우리의 몸을 걸 수 있었고, 갈고리는 우리가 태어나는 순간부터 시간이라는 절벽 위에서 무게를 견뎌낸다. 당신의 갈고리는 그만큼 튼튼할까?

알 수 없었다. 우리의 몸과 마음이 자라나면서 갈고리도 가열된 플라스틱처럼 점점 늘어났다. 물론 보통은 괜찮은 갈고리였기에 갑자기 끊어지는 일이 없었지만, 튼튼한 갈고리도 시간이 지나면 마모되기 마련이었다. 세속의 무게가 쌓이다 보면, 언젠가는 그 갈고리도 떨어질 듯 말 듯 하는 수도꼭지의 물방울처럼 끝이 좁아졌다.

갈고리는 그러다가 끊어졌다.

병실 안에는 병상이 두 개 있었다. 평범한 병원의 침상이었다. 그리고 병상은 모두 비어있었다. 나는 수시로 회진하지 않는 원장이 병실이 빈 줄도 모르고 나를 데려간 거라고 여겼다. 예의를 갖추면서 병실 밖으로 나가려고 했을 때, 병상에 사람이 있다는 걸 깨달았다. 그들이 매우 말랐을 거라는 건 예상했던 바였지만, 두 눈으로 확인한 현실은 여전히 놀라웠다.

그들은 해골보다도 말라 있었다. 해골은 깨끗하게 닦여 있기에 몸이 새하얗고, 모서리도 분명했다. 그러나 그들은 완전히 시든 눈송이 같았다. 침대 시트에는 자잘한 구김이 그들의 신체 윤곽대로 남아 있었고, 베개 위에는 구겨진 청회색 빈 깡통이 있었다. 뚜렷하지 않은 구멍들도 여러 개 있었는데, 나는 그중 평행한 구멍 두 개에서 절망과 평화라는 별빛을 보았다.

나는 물었다.

"성함이 어떻게 되세요?"

대답하는 이가 없었다.

"연세가 어떻게 되시나요?"

"무슨 병에 걸리신 거예요?"

"지금은 느낌이 어떠세요?"

나는 인내심을 가지고 물었지만, 돌아오는 답변은 하나도 없었다. 병실 안은 아주 따뜻했다. 사나운 기류가 스팀 파이프 내벽을 두드리면서 소리를 냈다.

원장은 말했다.

"답해주지 않을 거예요. 이제 이승은 저들의 마음에 존재하지 않거든요. 그저 때를 기다리고 있을 뿐이죠. 먼 길을 떠날 때를요."

내가 조급함을 느낄 정도로 이들과 대화를 나누고자 한다는 걸 보았기 때문일까. 원장은 다른 병실에서 날 대신해 물었다.

"괜찮으세요?"

"내가 여든넷이야. 일흔셋이랑 여든넷은 염라대왕이 안 불러도 자기가 간다잖아."

노부인은 입술을 오므리며 말했다.

"의사도 자주 오고, 간호사도 자주 와. 다들 나를 조상님이라고 부르는데, 조상님 말고 노부인이라고 부르면 돼. 다 좋지. 근데 죽지를 않아. 안 죽으면 짐만 되는 거지. 빨리 죽는 게 나아."

원장을 보면서 말을 내뱉는 노부인의 얼굴에는 속내를 털어놓고 싶다는 기색이 가득했다.

나는 노부인의 침대 머리맡에 있는 진단 차트를 보았다. 인지증이었다.

나는 나지막이 원장에게 말했다.

"말하는 걸 들으니까 인지증이 있는 것 같지는 않은데요. 말도 논리적이고, 완전하고요."

"노인들도 강한 모습을 보이고 싶어 해요. 아이처럼 다른 이들 앞에서 자기 능력을 드러내고 싶어 하죠. 아까 그 말을 하느라 하루치 기력을 다 썼을걸요. 우리가 가면 종일 잠을 잘 거예요. 노부인은 제가 원장이라는 걸 기억해요. 그래서 제 앞이면 늘 의사랑 간호사를 칭찬하거든요. 무척 귀엽죠."

"그 말씀은, 인지증 환자여도 다른 사람에게 잘 보이고 싶어 한다는 건가요?"

"네. 그건 정상적인 거예요. 그녀는 평생을 평범하게 살아왔기에 평범한 사람이 살아가는 방식을 알고 있거든요. 다른 건 다 잊어도 이건 잊지 않는 거예요. 마지막 숨을 내쉴 때도 누구를 만났을 때 어떤 말을 해야 하는 건지를 기억하는 거죠."

우리는 병실을 하나씩 들렀다. 죽음을 앞둔 이들은 비슷했다. 극도로 쇠약하면서 극도로 냉담했다. 이 과정을 거친다면 당신도 빠르게 늙어가는 자신을 느끼게 될 것이다.

사무실로 돌아온 뒤 원장은 말했다.

"살아서 여기를 나간 사람이 있냐고 물어봤었죠? 기억이 났어요. 한 명이 그랬었죠……."

어느 초봄의 오후였다. 아직 가시지 않은 추위에 몸조리를 하기가 가장 어려울 때였다. 앙상한 남자 한 명이 안으로 들어왔다. 그의 값비싼 변색 선글라스 렌즈가 실내 어둠과 만나면서 점점 맑고도 투명해졌다. 그러자 그의 얼굴은 유달리 창백해 보였다.

그는 입을 벌렸지만, 소리를 내뱉지는 않았다. 마치 살이 도려내진 민물조개처럼 메마른 입술을 벌릴 뿐이었다.

원장은 답을 했다.

"아뇨, 아직요."

그는 매일 같은 시간에 병원 안으로 들어왔고, 매번 같은 말을 했다. 그러면 원장도 매번 같은 답을 하며 그를 돌려보냈다. 매번 반복되는 일이었기에 이번에는 원장이 먼저 답을 한 거였다.

그러자 그는 물었다.

"하지만, 대체 얼마나 더 있어야 하는 거죠?"

공기 중에 있는 채찍에게 맞기라도 한 듯 그의 얼굴이 조금 붉어져 있었다.

"모르지요. 일기예보가 아니라는 걸 알잖아요. 심지어 일기예보도 종종 틀리곤 하니까요. 맑은 날인데 비가 온다고 하죠."

원장은 이제 더는 자기가 청년이 아니라고 생각했다. 매일 나이 든 사람만 만났더니 수백 살은 된 듯했다. 원장은 그 누구보다도 연로했다. 이곳에서 죽음을 맞이하는 이들보다도 나이가 더 많았고, 그들의 자녀와 비교했을 때는 몇 세대나 위일 정도였다.

그는 고집스레 말했다.

"하지만 선생님들은 아실 거 아니에요. 여기 의사 선생님들보다 경험이 많은 이는 없으니까요."

평소에 그는 말을 이 정도로 많이 하지는 않았다. 원장은 이런 사람이 일단 말을 하기 시작하면 반드시 끝장을 본다는 걸 알고 있었다.

"맞습니다. 우리는 일반 병원에 있는 의사들보다 이런 경험이 많지요. 하지만 죽음에는 정해진 법칙 같은 게 없어요. 출산에는 규칙이 있지요. 분만 예정일보다 사흘 더 이르거나 칠일 더 늦거나. 하지만 죽음은 다릅니다. 어머님의 바이탈 사인은 모두 정상적입니다. 그러니까 느린 마차이기는 해도 천천히 운행할 수 있다는 뜻이에요. 기다리시죠. 이런 때에 우리가 할 수 있는 유일한 일이라고는 기다리는 것뿐이에요."

원장은 앞에 있는 청년을 이해할 수 있었다. 원장은 친족 관계라도 형성한 듯 가족을 호스피스 병원에 입원시킨 보호자를 친근히 여겼다. 그는 절박하게 물었다.

"얼마나 기다려야 하나요?"

원장은 간곡히 타이르듯 말했다.

"환자의 정신이 또렷해지기를 기다리세요. 눈에 기름이라도 바른 것처럼 빛이 나고, 말에 감정이 가득 담길 때를요. 만약에 어머님이 교육을 받은 사람이라면 정취가 담긴 말을 할 수도 있습니다. 갑자기 이게 먹고 싶다고 할 수도 있고, 청각이 유달리 좋아져서 멀리서 전해지는 소리를 들을 수도 있어요……. 그런 순간이 오면, 때가 다가온 겁니다. 무수히 많은 지난 경험을 기반으로 보았을 때, 그때 하루 정도가 남은 거예요."

청년은 생각에 잠겼다.

"그건……."

"맞습니다. 회광반조죠."

그는 실망하며 말했다.

"하지만 조금 전에 보니까 정신이 또렷하지가 않던걸요. 의식을 완전히 잃은 듯했어요. 제가 불러도 보고 흔들어도 보았는데, 얼굴에 표정조차 없었다고요. 그저 속눈썹만 움찔했을 뿐이었죠."

원장은 설명을 해주었다.

"그건 환자분이 인사를 한 겁니다. 너무 원망하지 마세요. 가지고 있는 힘을 모두 짜내서 겨우 움찔한 거니까요. 제 말을 기억하세요. 나중에 선생님이 노쇠해진다면, 이게 어떤 느낌인지 알게 될 테니까요. 눈꺼풀을 들어 올리는 근육이 대뇌에서 가장 가깝고, 또 제일 가볍습니다. 인류의 의식 활동에 있어서 마지막 방어선이라고 할까요."

청년은 흥분하기 시작했다.

"원장님. 제가 나이 들었을 때의 일은 이야기하지 마세요. 전 그런 이야기는 듣고 싶지 않습니다. 저도 늙겠지요. 우리 중에 늙지 않을 사람은 없으니까요. 노화가 오기 전에 우리는 기회를 포착해서 일을 좀 해야 해요. 피할 수 없는 결말이라면, 굳이 이야기할 필요도 없겠지요. 우리의 도덕은 결말을 지나치게 신경 쓰는 나머지 과정을 소홀히 하게 만들죠. 제가 아직 제 소개를 안 드렸던가요……."

원장은 말했다.

"누군지 압니다. 21번 병상 환자분의 아드님이시죠?"

"저는 박사입니다. 박사와 의사는 영어로 같은 단어지요. 하지만 저는 의사가 아니에요. 박사이지요. 어머니가 저를 박사로 키워주셨습니다. 저는 공부를 위해 곧 독일로 떠납니다. 어머니가 맑은 정신이었을 때는 이 일을 아주 자랑스럽게 여기셨지요. 이건 제 여권이고요. 이건 제 비자입니다. 자, 여기요. 일주일 뒤 프랑크푸르트로 가는 비행기 표입니다……."

청년은 테이블 위에 물건들을 늘어놓았다. 초콜릿처럼 보이는 갈색 여권이 사이에 섞여 있었다. 원장은 자기도 모르게 반보 뒷걸음질했다. 물건이 너무 난잡하게 놓여있었다. 하나를 건드려 떨어뜨려도 전혀 알아채지 못할 듯했다.

원장의 사무실에 놓인 테이블은 매우 낡았고 측면에는 '세무국'이라는 글자가 페인트로 적혀 있었다. 예전보다 형편이 나아진 세무국은 새로 장비를 마련했고, 낡은 테이블과 의자를 아주 저렴하게 호스피스 병원에 팔았다.

다리 세 개만 달린 테이블을 대체 어디서 십 위안으로 살 수 있겠는가!

그때 원장은 테이블을 사고 난 뒤에 한가롭게 교각 아래로 가서 채소를 파는 농민과 값을 흥정했었고, 신선한 배추를 사서는 다리 어귀로 갔었다.

아주머니! 베란다 고치러 오셨어요? 도배하러 오셨나요? 가구 제작?

다리 근처에 있던 일꾼들이 그녀에게 다가와서는 손에 쥐고 있던 깨끗한 목판을 들어서 보였다.

원장은 말했다.

가구 제작은 하지 않고, 수리만 할 거예요. 기름칠도 하고요. 하실래요?

고된 일이었다. 게다가 그녀는 부유해 보이지 않았다. 값을 후하게 쳐주지도 않을듯했다.

이렇게 생각한 일꾼들은 하나둘씩 흩어졌고, 마지막에는 젊은 목공 한 명만 남았다. 막 도시로 이주한 그는 고용해 주는 이가 없었기에 밥값만 받고 있었다.

그는 말했다. 제가 기름칠할게요. 수리도 할 수 있어요.

젊은 목공이 칠을 한 테이블은 잘못 칠한 매니큐어처럼 균일하지 않았다. 갈색 페인트가 뭉쳐있는 곳에는 이제 곧 프랑크푸르트 사람이 될 청년의 열쇠고리가 놓여있었다. 열쇠고리에는 열쇠가 하나뿐이었다.

원장은 말했다.

"어서 빨리 챙겨요. 당신 비행기 티켓이 진짜라는 건 나도 믿겠으니까. 잃어버리지 말고요."

청년은 수심이 가득한 목소리로 답했다.

"하지만 어머니 때문에 떠날 수가 없어요. 가을에서 겨울까지, 몇 번이나 일정을 미뤘습니다. 더 미뤘다가는 프랑크푸르트에서 제 자격을 취소할 거예요."

원장은 고개를 몇 번이나 끄덕였다. 이건 그녀가 청년의 말에 동의한다는 게 아니라 그의 말을 집중해서 듣고 있다는 뜻이었다.

청년은 간곡하게 말했다.

"저를 도와줄 수 있으세요?"

"저야 당연히 보호자를 돕기를 원하지요. 어머님 장례식은…… 혹시 형제자매가 없나요?"

"없습니다. 저는 외동이에요. 아버지도 돌아가신 지 오래되었고요."

"그러면 회사에 맡겨도 됩니다."

"속한 회사가 없습니다. 어머니는 가정주부였어요."

"보호자분 회사를 말하는 거예요."

"제 회사요? 이번에 출국하는 일로 회사와 사이가 틀어졌어요. 저는 이곳에 돌아오지 않을 계획이에요."

"그러면 친구는요. 쉬운 일은 아니지만, 저희도 최대한 협조할 겁니다. 친한 친구분에게 와달라고 부탁해서 저희에게 연락처를 넘기게 해주세요. 그러면 보호자분도 안심하고 떠날 수 있을 겁니다. 어머님의 장례는 저희와 친구분이 함께 처리하면 되니까요. 저희가 성의를 다하도록 할 게요. 그래도 안심이 안 된다면 저희가 모든 과정을 녹화해서 보내드리겠습니다. 보호자분이 함께 자리에 있는 것처럼 엄숙하고도 진중하게 할 겁니다."

원장이 역지사지의 마음으로 말했지만, 곧 프랑크푸르트 사람이 될 청년은 여전히 미간을 찌푸리고 있었다.

"저는 선생님들을 믿습니다. 하지만 이 일은 이렇게 할 수 없어요. 저는 외동입니다. 어머니가 힘겹게 저를 키워주셨어요. 제가 마지막 가는 길을 함께하지 못한다면, 제 마음은 무거운 십자가를 짊어진 것과 같을 거예요. 후회막심이겠지요. 어느 나라에서 영주권을 얻든, 다른 나라에서 화교로 살아갈지라도 제 영혼은 평생 안식을 얻을 수 없을 거예요. 저는 뼛속 깊이 중국인이니까요. 영원히요. 그건 중국인의 정신적 시스템이에요. 일생을 힘겹게 살아온 어머니의 마지막만큼은 반드시 호상이어야 합니다. 꼭 저의 품 안에서 돌아가셔야 해요. 다른 건 그 방식이 어떠하든 제가 절대 받아들일 수가 없어요."

그 말에 견문이 넓은 원장조차 어리둥절했다.

"그러면 어쩌자는 건가요? 알고 계시겠지만, 여기는 안락사를 하지 않습니다."

예전에 피부암에 걸린 부친을 호스피스 병원으로 데려온 자식들이 원장에게 이렇게 말한 적이 있었다.

"여러분들한테 맡길 테니까 하고 싶은 대로 하세요."

간호사들은 다른 말을 할 겨를이 없었기에 먼저 환자를 병상 위에 눕혔다. 걸음을 옮길 때마다 암세포에 자극을 주면서 핏물이 새어 나왔고, 피는 환자의 다리를 타고 흘렀다가 두 신발에 가득 고였다. 환자의 몸은 벌집처럼 부패해 있었고, 그 냄새는 환자의 주변 몇십 평방미터를 시체실로 만들었다.

아들은 원장에게 아이스크림을 하나 건네며 말했다.

"의사 선생님, 일찍 가게 해주세요. 그래야 아버지도 고생을 덜 하시죠. 그를 위해서, 모두를 위해서요. 이렇게 더운 날에 파리조차 이쪽으로 날아오잖아요. 온갖 파리들이 다 꼬여요. 선생님, 안락사를 시켜주세요."

원장은 말했다.

"선생님 뜻은 저도 이해할 수 있습니다. 저희 병원은 환자의 생명 연장을 취지로 삼지 않는 유일한 의료기관이지요. 하지만 선생님의 요구사항은 저희도 들어줄 수 없습니다. 왜냐면 중국에는 관련 법이 없거든요. 안락사 실행은 저희도 어쩔 수가 없습니다."

* * *

의사가 동행했다는 한 외국의 이야기는 원장을 극도로 슬프게 만들었다.

아름다운 여성이 불치병에 걸렸다. 치료는 그녀의 고통받는 시간을 연장할 뿐이었다.

치료는 그녀의 고통을 가중시켰다.

의사 선생님, 도저히 견딜 수가 없어요. 제가 병에 걸린 뒤로 선생님에게 몇 번이나 부탁을 드렸었죠. 하지만 이번이 마지막 부탁이에요. 저는 제 감각 기관을 고통을 저장하는 용기로 만들 수 없어요. 제 생명이 의학의 권위를 증명하기 위해 존재하는 것도 원하지 않아요. 제 생명은 지금 저에게 아무런 의의가 없어요. 이건 그저 질병의 경마장일 뿐이에요. 제 의지는 이제 끝에 다다랐어요. 저라는 사람은 다른 사람들의 힘과 재물을 소진하는 것 외에는 고통을 느끼는 것밖에 쓰임새가 없어요. 진지하게 고민했어요. 저를 도와주세요. 생명을 끝낼 수 있게 해주세요.

의사는 냉정하게 말했다. 여사님. 조금 전에 말씀하신 문제는 제가 아니라 남편분에게 이야기하셔야 합니다. 저는 선생님의 주치의로서 이렇게만 말씀드릴 수 있습니다. 선생님의 병에 대한 이해와 앞으로의 예후 판단에 대해서는, 선생님의 생각이 맞습니다.

남편과는 이미 이야기를 끝냈습니다. 지금 제게 필요한 건 의사 선생님의 도움이에요. 뼈가 드러날 정도로 야윈 손가락이 의사를 붙잡으면서 환자의 굳센 의지를 전했다.

저는 제 능력을 다해 선생님을 도왔습니다.

그건 예전이고요. 제가 말하는 건 지금입니다. 제가 제 생명을 끝낼 수 있게 도와주세요. 선생님도 아시잖아요. 제가 얼마나 겁이 많은 사람인지!

그렇다는 건 선생님이 자살하도록 도와달라고 하시는 건가요?

선생님이 그 일을 직접 해주실 필요는 없어요. 그건 선생님에게 아주 큰 곤란함을 안겨줄 테니까요. 제가 선생님에게 부탁을 드리는 건, 어찌하면 되는지 그 방법을 알려달라는 겁니다. 쉬우면서도 실용적인 방법이면 가장 좋겠지요. 컴퓨터 스위치처럼 아주 가볍게 누르기만 하면 모든 게 끝나는 그런 걸로요. 선생님도 아시잖아요. 저는 나약한 여성이거든요. 마음의 결정을 내리기는 했지만, 마지막 순간이 다가왔을 때, 허둥지둥할까 봐 걱정되거든요. 제 뜻은 변함이 없겠지만, 손가락이 떨릴 수도 있잖아요. 그러니까 될 수 있으면 백발백중인 장치로요. 또 마지막에는 선생님이…….

환자는 갑자기 겸연쩍어하며 머뭇거렸다. 제 요구가 너무 말도 안 된다고 느끼신다면, 거절하셔도 괜찮아요. 그래도 저는 감사할 거예요. 그저 선생님이 알려주신 죽음의 방식이 저를 너무 추하게 만들지만 않으면 됩니다.

여사님, 제가 생각을 좀 해볼게요. 너무 갑작스럽게 물어보신 거라…… 저는 선생님의 용기와 지혜에 탄복합니다. 사실 그건 생명을 향한 하나의 존중이거든요. 다만 이 모든 일에는, 절차라는 게 필요합니다.

저는 지금 정신이 아주 또렷합니다. 이건 완전히 제가 자유 의지로 내린 결정이에요. 하지만 의사 선생님의 말씀도 맞지요. 저와 남편이 문서를 작성할 겁니다. 마지막 순간에, 그러니까 그때가 되었을 때요……. 여성 환자는 하늘을 나는 매처럼 아주 먼 곳을 바라보았다.

의사는 무슨 뜻인지 알겠다는 듯 고개를 살짝 끄덕였다.

제 남편도 그 자리에 있을 거예요. 평생을 사랑했어요. 그는 제가 그를 가장 필요로 하는 순간에 저를 떠나지는 않을 겁니다. 의사 선생님, 감사합니다! 저희는 이 감사함을 도의적으로든 물질적으로든 어떻게든 전할 겁니다. 이건 선생님이 제게 해주시는 마지막 치료이자 가장 좋은 치료예요.

돈을 위해서 선생님을 돕겠다고 한 건 아닙니다. 여사님. 저는 선생님의 용기에 진심으로 탄복했습니다.

의사는 아주 정교한 도구를 만들었다. 아이들이 가지고 노는 새총을 닮은 도구였다. 작은 기계인 그것은 가볍게 들어 올려지기만 하면 날카롭고도 견고한 바늘을 튀어나오게 해 피부를 찔렀다. 안에 담긴 치명적인 독액은 몇 초면 사람을 죽게 만들 수 있었다.

여사와 그녀의 남편은 길일을 택했다. 그날은 화사한 봄이었고, 저녁 무렵이었다. 사람을 재채기하게 만드는 꽃가루가 공기 중에 부유했다. 종일 햇볕을 받은 대지가 습한 안개를 흩어내면서 자작나무 숲에는 푸른 빛이 돌았다.

의사와 남편은 그녀를 따라 걸었다. 두 사람은 그녀가 어디로 가려고 하는지 알지 못했다. 그녀가 어디로 가든 두 사람은 따를 수밖에 없었다.

여기로 하죠. 그녀는 홀가분한 목소리로 말했다. 그녀의 몸은 이미 매우 허약했기에 새총을 닮은 기계를 조작하기 위해서는 약간의 힘을 남겨놓아야 했다.

그곳은 정말 아름다운 곳이었다. 기울어진 햇빛은 금빛 띠처럼 숲 안의 나무 의자 위에 드리워져 있었고, 자작나무는 막 바다에서 벗어난 갈치처럼 은빛 비늘을 반짝였다.

부드러운 잎은 깃털처럼 흔들렸다. 유연하면서도 강인한 나뭇가지 너머로 날아갈 것만 같았다.

의사는 돌연 자기가 만든 도구를 앗아가고 싶었다. 다시 시도를 해보는 건 어떠세요? 모든 걸 다시 시작하는 거예요. 그는 희망을 품으며 말했지만, 그녀는 가볍게 웃을 뿐이었다.

그녀는 말했다. 이곳을 마지막 안식처로 삼기로 했을 때, 저도 동요했어요. 제 결심이 각설탕처럼 녹아버렸죠. 하지만 밤새 간간이 발작하면서 극심한 고통을 느꼈고, 고통은 제 생명이 더는 제게 속하지 않는다는 걸, 오직 병마에게만 복종할 뿐이라는 걸 일깨워줬어요. 더는 희망 없이 질질 끌지 말아요. 아직 시간이 있을 때 해야지요. 지금 제게는 자기 자신을 위한 마침표를 찍을 힘이, 아름다운 죽음을 쟁취할 힘이 남아 있으니까요. 저는 제 의지대로 생을 마감할 겁니다. 저는 승리자예요. 좋아요. 제가 사랑하는 사람들이여, 이제 시작하죠.

그녀는 남편에게 키스했고, 주치의에게도 입을 맞췄다.

또 남편에게 이렇게 말했다. 원래 나는 당신이 내 옆에 앉기를, 마지막까지 함께해주기를 바랐어. 하지만 지금은 생각을 바꿨어. 나 혼자서 이 모든 걸 마주하게 해줘.

두 사람 모두 동쪽으로 가줘요. 저기 구석에 아름다운 삼나무가 있는 곳으로요.

저기서 조용히 푸른 구름 같은 나뭇잎을 감상해도 될 거예요. 오 분 뒤쯤에 다시 돌아오면 될 거예요. 그렇죠, 의사 선생님?

선생님이 그 정도 시간이면 충분하다고 하셨잖아요.

그녀는 천진한 얼굴로 의사를 보았다.

의사는 건조하게 답했다.

맞습니다. 충분합니다.

안녕! 아니지, 이렇게 말해야겠네요. 영원한 작별이에요!

그녀는 우아하게 손을 흔들었다.

두 남성은 수관이 잘린 말뚝처럼 꼼짝도 하지 않았다.

그녀는 말했다.

어, 이만 가요. 벌써 추위가 느껴지는걸요. 이대로 있으면, 나는 감기에 걸리고 말 거예요.

맞습니다. 여사님은 감기에 걸릴 겁니다. 그리고 감기는 폐렴이 되겠지요. 몸이 좋지 않아 틀림없이 그렇게 될 겁니다. 그러니 서두릅시다. 우리가 떠나도록 해요.

의사는 정신을 놓은 듯한 남자를 붙잡았다. 남자는 가위에 눌리기라도 한듯한 모습으로 의사를 따라 동쪽으로 갔다.

몇 걸음만에 의사는 고개를 돌려 뒤를 보았다.

그래도 잠시 방해를 해야 할 것 같네요. 정말 죄송합니다. 제가 마음이 놓이지 않아서요. 그 기계 때문에요. 혹시라도 제대로 조작하지 못한다면, 선생님에게도 그렇고 제게도 그렇고, 좀 곤란할 테니까요. 죄송하지만 제 앞에서 다시 연습해주시겠어요.

그녀는 순순히 새총을 꺼냈다. 그건 작고도 따뜻한 동물처럼 손바닥 안에서 웅크리고 있었다. 의사는 독액이 가득 담긴 바늘을 꺼내 빈 바늘과 바꿨다. 그런 뒤에 시도해 보라고 했다.

그녀는 장작처럼 마른 왼팔을 뻗었다. 팔에는 주삿바늘이 남긴 흔적이 가득했다. 뱀 허물을 닮은 흉터였다.

오직 팔 오금 정중앙에 있는 동전 크기의 부위에만 젊은 여성이 지닐 법한 광택이 남아 있었다.

구명 치료용 혈관이 있는 곳이었다. 병원의 간호사들이 의식적으로 환자를 위해 단 하나의 정맥을 남겨놓은 거였다. 마치 어미가 가난한 아이를 위해 마지막 동전 하나를 남겨두는 것처럼, 궁지에 빠졌을 때 쓰라고 남겨둔 거였다.

그녀는 이제껏 찌른 적이 없던 살갗에 바늘을 조준했고, 과감하게 버튼을 눌렀다.

바늘 끝이 밖으로 튀어나오자마자 곧장 위로 향했다. 그녀는 깜짝 놀라 두 눈을 감았다. 그러나 곧 눈을 떴고, 아주 어색해했다. 사실 바늘이 눈을 찔러도 상관없었다. 하나 남은 눈으로도 충분히 이 일을 끝낼 수 있었으니까. 바늘은 아름다운 호선을 그리며 선회하다 아래로 미끄러졌고, 하늘을 가르는 유성처럼 여성의 팔을 찔렀다.

의사가 인내심 있게 물었다.

많이 아프지는 않죠. 그죠? 제가 제 몸에 미리 실험해봤거든요. 괜찮으실 거예요. 그렇죠?

그녀는 답했다.

네. 정말 좋네요. 벌레에 물린 듯 살짝 따끔할 뿐이에요.

그녀는 조금 조급해졌다.

나뭇잎 사이로 태양이 천천히 내려오면서 지평선이 벌써 모호해졌기 때문이었다.

두 분에게 이만 가달라고 해야겠네요. 미안해요.

좋은 밤이야.

이건 그녀가 자기 남편에게 건넨 유일한 말이었다.

두 남자는 두터운 낙엽더미를 밟으며 동쪽으로 걸어갔다. 그림자가 검은 이정표처럼 그들을 이끌었다.

두 사람은 고개를 돌려 뒤를 돌아보지 않았다. 자기가 먼저 용기를 잃게 될지, 그녀가 먼저 용기를 잃게 될지 알 수 없었다.

잠깐!

그때 여성의 날카로운 외침이 전해졌다. 쿵쿵 발걸음 소리가 이어졌다.

뛰지 말아요. 우리가 거기로 가겠습니다.

우리를 집에 돌아가게 해줘요!

그녀의 남편은 두 눈에 뜨거운 눈물을 흘렸다.

의사도 감동했다. 그는 속으로 맹세를 했다. 다시는 환자를 이런 식으로 돕지 않겠다고.

두 사람과 그녀는 서로를 마주 본 채 서 있었다. 그녀는 조금 전의 달리기 때문에 얼굴이 붉어져 있었다.

격렬하게 숨을 몰아쉰 그녀는 한참이 지나고 나서야 평온한 호흡을 되찾았다. 그녀는 의사에게 말했다. 하나만 더 물을게요. 꼭 진실하게 답해주셔야 해요.

의사는 말했다.

반드시 사실대로 말하겠습니다. 하늘의 이름을 걸고요.

제가 물어보려고 하는 건……, 이때가요. 제가…… 제가 무서운 모습이 되지는 않을까요? 특히 제 얼굴이요……. 그녀의 형형한 눈빛의 시선이 의사에게 향했다.

의사는 냉정하게 답했다.

아니요. 변하는 건 없습니다. 모든 건 지금과 같을 거예요. 특히 얼굴은요. 낯빛도 좋을 거고요. 모든 게 유지될 겁니다. 그 상태로 굳어지는 것과 같아요.

그러면 잘 되었네요! 어서요! 빨리 가세요! 얼굴에 돌던 피가 목으로 향해 가는 게 느껴져요. 붉은 낯빛이 곧 사라질 거예요. 나는 이렇게 건강한 안색을 원하거든요. 그녀는 혈액이 아래로 흐르는 걸 막기라도 할 수 있는 것처럼 양손으로 자기 턱을 붙잡으며 말했다.

두 남자는 주저함 없이 다시 걸음을 옮겼다. 그들은 자작나무를 보았고, 나무의 녹색 날개가 하늘의 절반을 가린 걸 보았다.

시간이 되었습니다.

의사의 말에 남편은 답했다.

조금만 더요. 혹시라도…… 저는 견디지 못할 거예요.

저를 믿으세요. 과학을 믿으십시오. 의사가 솔선해서 걸음을 옮기자 지난 겨울이 남긴 마른 낙엽이 바스락 소리를 냈다.

그녀는 아주 우아하게 숲 안에 있는 나무 의자에 비스듬히 누워있었다. 그리고 그녀의 얼굴에는 영원히 사라지지 않을 붉은 빛이 감돌고 있었다.

아주 좋은 사례를 말해주신 거 아니에요?

피부암 환자의 아들은 여전히 아이스크림을 들고 있었다. 원장이 끝내 받지 않았기 때문이었다. 녹은 아이스크림이 뚝뚝 아래로 떨어졌다.

맞습니다. 환자와 보호자에게 모두 나쁜 일이 아니었죠. 하지만 의사는 이런 책임을 질 수 없습니다. 우리나라처럼 죽음에 대한 교육이 잘

발달하지 않은 나라는 차치하더라도, 입법이 되지 않았다면 누구도 안락사를 실행할 수 없습니다. 조금 전에 말씀드린 그 외국 의사도 결국에는 주 법원의 심문을 받았거든요. 모살죄와 살인 무기 제조죄로 체포되었습니다……. 그러니까 안락사 문제에 관해서는 우리는 논할 수가 없습니다.

원장의 말에 피부암 환자의 아들이 초조해했다.

그러면 공증을 받으면 되잖아요. 이 모든 게 저희의 선택이었다고, 병원과 무관하다고 설명하는 거죠. 그러면 어떠세요? 그렇게 해도 불가합니까? 그러면 우리보고 어쩌라는 겁니까? 대체 언제까지 버텨야 끝이 나는 건데요?

선생님의 상황은 안타깝습니다. 하지만 저도 어쩔 수 없습니다. 병원에서는 그렇게 할 수가 없어요. 원장은 바짝 마른 입술을 핥았다. 그녀는 환자의 보호자에게 매일 많은 말을 했다. 마지막 시기가 다가오면, 환자의 가족들은 의사와 많은 대화를 나누었다. 죽음을 앞둔 환자와 나누는 대화보다도 더 많았다.

하루에 너무 많은 말을 해서 기운이 다 빠진 원장은 집에서는 가장 간단한 음식만 만들어서 먹는 주방장처럼 귀가 후 거의 말을 하지 않았다.

당신 같은 의사들 말이에요. 사람 고치는 능력도 없으면서 사람을 죽이는 것도 못 한단 말입니까? 호흡을 막거나 심장 박동을 억제하는 약물을 링거에 넣으면 되는 거잖아요. 그러면 모든 게 다 끝나는 거 아니냐고요?

피부암 환자의 아들이 아주 노련하게 이런 말을 내뱉었다.

이런 노련함은 원장을 화나게 만들었다. 아니면 이렇게 말할 수도 있을 것이다. 그 노련함에 숨어있는 냉정함과 잔혹함이 원장을 화나게 만들었다고. 안락사가 절대 불가한 일은 아니었다. 그러나 앞에 있는 이처럼 지나치게 세심히 몸을 단장한 젊은 청년이 다 녹은 아이스크림을 휘두르면서 아무렇지도 않게 뱉을만한 말은 아니었다. 원장은 생명이 위독한 노인을 위해 탄식했다.

그녀의 환자는 이미 세상을 향한 발언권을 잃어버렸다. 그러니 그녀는 그들을 위해 바른말을 해야 했다.

"그렇게 잘 알고 계신다면 법률적 책임을 지실 일도 없겠네요. 그러면 아버님을 데리고 집으로 돌아가시면 되는 거 아닌가요. 조금 전에 이야기하신 건 집에서 하시면 될 텐데요. 뭐하러 우리 병원까지 데리고 오셨죠!"

원장은 말이 곱게 나가지 않았다.

아이스크림도 다 녹았다.

"그게 무슨 말입니까? 제가 무슨 수로 그렇게 잔인하게 굴겠어요? 그러면 제가 남은 삶을 어떻게 살겠습니까? 아버지가 집에서 돌아가시는 데다가 제 손으로 직접 안락사를 해야 한다니요! 긴 병에 효자가 없다고는 하지만, 아버지가 조금 더 빨리 갔으면 하는 마음에 제 손으로 그런 일을 할 수는 없습니다. 제 손에 아버지의 피를 묻힐 수는 없어요. 병원에서 돕지 않겠다면, 우리도 버틸 수밖에요. 곧 해 뜰 날이 있겠죠."

단정한 옷차림의 청년은 손에 묻은 아이스크림을 털어내더니 탄식을 했다.

원장도 탄식했다. 피부암 환자의 아들이 하는 말이 다 궤변이라고 할 수는 없었다. 그러나 이치에 맞는 말이라고 할지라도 당장 현실로 옮길 수는 없는 법이었다. 가족도 하지 못하는 일을, 병원이 무슨 수로 하겠는가. 안락사에는 사회적 합의가 필요했다. 만약 사람들이 법률이라는 형식을 통해 규칙을 정하지 않았다면, 그건 범죄가 되는 거였다.

중국인은 죽음을 금기시했다. 중국에는 타조가 없었지만, 우리는 위협을 느꼈을 때 모래에 머리를 파묻는다는 동물의 정신을 계승했다. 제왕은 자연의 법칙에서 벗어나기 위해 장상들을 시켜 불로장생의 묘약을 찾아내게 했고, 평범한 백성에게는 언어적 금기가 많았다. 그들은 천진하게도 죽음에 대해서 논하지 않으면 죽음이 얼굴을 돌리면서 아예 돌아설 거라고 여겼다. 사람들은 천연 동식물과 광물을 섞으면서 신비스러운 불로 제련했다. 사람이라면 도저히 견딜 수 없는 고열이 천지의 정수를 녹여내서 하나로 만들어줄 거라고 여겼기 때문이었다. 그걸 뱃속에 삼키면 해와 달처럼 오래오래 빛날 거라고 생각했다.(해와 달이라고 하는 것도 언젠가는 사라진다는 건 차치하도록 하자)

우리는 '복(福) · 녹(祿) · 수(壽) 삼성(三星)'이 인생이 도달할 수 있는 최고의 경지에 도달한 신들이라는 생각에 그들을 숭상했다. 그런데 혁명이 이루어지면서 더는 사람들이 '녹'을 이야기하지 않게 되었다. '녹'은 오늘날로 따지면 나라의 녹을 먹는 공무원이었다. 새해 승진이나 직장운을 위해 문에 '녹'이라는 글자를 붙이는 이는 이제 없을 것이다. '복'은 사람들이 가장 많이 이야기하는 단어였지만, 천 명이 있다면

'복'에 대한 주해도 천 개가 달리는 법이었다.

단언할 수 없는 일은 더는 이야기하지 말자. 오직 '수'만이 단순했다. 국제적으로 통용되는 단위가 있으니까. 오래 살 수만 있다면, 그게 바로 복지가 되고 사람의 덕행을 증명하는 증거가 되었다. 세탁으로 줄어든 적이 없는 하얀 천처럼 딱 보기만 해도 그 길이를 알 수 있었다.

우리는 쓸모 있거나 쓸모없는 단약을 아주 많이 제련해냈고, 가장 큰 무리를 이룬 인류 집단이 되었지만, 아직도 죽음을 직시하는 법을 배우지 못했다. 우리 노인들은 외국 여성처럼 나이를 이야기하지 않았다.

그런다고 염라대왕이 아무것도 모르는 다정한 기사가 되어 쉬이 속아주는 건 아니었는데.

이러한 틈에서 생겨난 중국의 호스피스 병원은 옛 괘종시계의 시계추와 같아 임종을 맞이하는 죽음을 향해 돌연 움직이다가도 갑작스레 피로한 삶으로 향했다. 이리저리 흔들리는 어려움까지 더해졌다.

손에 묻은 아이스크림을 손수건으로 닦은 청년이 실망한 채 떠나자 곧 프랑크푸르트 사람이 될 예정인 또 다른 청년이 왔다.

원장은 어리둥절한 눈빛으로 그를 보았다. 그는 병원이 안락사하지 않는다는 걸 이제 확실히 알고 있었다.

"원장님. 그렇게 긴장하실 것 없어요. 오늘은 감사를 전하려고 온 겁니다. 모친의 마지막 삶에 여러분들이 따스함을 더해 주셨어요. 어머니가 표현하지는 않으시지만, 저는 어머니의 만족스러움을 볼 수 있었거든요. 어머니가 저를 키워주셨으니까요. 저는 어머니의 눈빛을 읽을 수 있습니다."

청년이 진심으로 하는 말이었다.

"이제 어머니를 데려가려고요."

원장이 놀라 물었다.

"왜죠? 그러면 죽게 될 거예요. 병상에서 내려가 구급차로 옮겨지는 건 환자에게 전혀 좋지 않아요. 그러면 환자는……."

원장은 갑작스레 입을 다물었다.

프랑크푸르트의 청년은 침착하게 그녀를 보고 있었다.

원장은 깨달았다. 아들은 자기 어머니가 그러한 결말을 맞아야 할 필요가 있었던 거다. 그것도 최대한 빨리. 빠르면 빠를수록 좋았다. 출국일 전에 시신을 화장하고, 그럴법한 장례식을 치르려면 시간이 별로 없었으니까.

두 사람은 서로를 보며 말을 하지 않았다.

"이봐요. 그래도 이건 알려줘야겠네요. 노인을 이렇게 옮기다 보면 숨이 멎을 가능성이 있기야 하죠. 아마 가장 이상적인 결말일 겁니다. 하지만 혹시라도 그렇게 되지 않는다면요? 만약에 어머님이 그걸 다 견뎌내신다면요. 집에 돌아가서도 숨을 쉰다면요. 곧 출국인데, 그때는 누가 그녀의 마지막을 돌보죠? 죽음은 떨어질 것만 같은 나뭇잎과도 같아요. 불어오는 바람에 떨어질 수도 있지만, 다음 해 봄이 올 때까지 매달려 있을 수도 있어요. 사람은 쉽게 죽지 않거든요. 사는 게 어려운 것처럼 죽는 것도 어려워요. 다시 잘 생각해 보세요."

노파심에 한 충고였다.

"감사합니다. 정말 세심하게 생각해주시네요. 네. 정말로 그렇게 될 수 있다면 좋겠죠. 하지만 선생님 말씀도 맞습니다. 딱 맞아떨어지지 않아서 선생님이 말씀하신 대로 된다면 확실히 일이 더 어려워지지요.

저는 어머니를 집으로 데려갈 수 없습니다. 그러면 어찌 된 일이냐고요? 집에 죽은 사람이 있으면 와이프와 아이가 놀라서 쓰러지지 않겠습니까? 솔직하게 말씀드리지요. 저는 다른 병원에 연락했습니다. 민영병원이죠……."

"저기, 어머니를 데려가는 건 보호자의 자유입니다. 집으로 데려가는 거라면 저도 별말을 하지 않겠어요. 어떤 노인들은 집에서 죽는 걸 좋아하거든요. 그건 중국인의 풍속이죠. 하지만 다른 병원으로 데려가는 건, 제가 원장으로서 자화자찬하는 건 아니지만, 호스피스 분야에 관해서라면 여기가 더 꼼꼼합니다. 민영 병원은 의료비가 비싼데도 치료가 만족스럽지 않습니다. 특히 의료 설비 환경이 좋지 않아요. 다시 고려해 보세요."

이곳 병원은 병상이 늘 부족했기에 입원이 쉽지 않았다. 원장도 그를 생각해서 해주는 말이었다. 곧 프랑크푸르트 사람이 될 청년이 고개를 숙였다. 무슨 생각을 하는 걸까?

원장은 말했다.

"혹시 말 못 할 어려움이 있다면 편히 이야기를 해주세요. 도울 수 있는 일이라면 최선을 다해서 도울 테니까요."

지금 원장은 노인의 거처만을 걱정하는 게 아니었다. 어떻게 병원 일을 더 제대로 해낼지를 고민하는 거였다.

청년은 난색을 보이며 말했다.

"여기에 없는 서비스를 제공해서 그런 겁니다."

만약 그가 다른 이유를 대면서 퇴원을 고집했다면 원장도 아무 말을 안 했을 터였다. 병원은 은행과 비슷해 출입이 자유로웠기 때문이었다.

그러나 청년이 방금 뱉은 말은 원장의 직업적 자존심을 자극했다.

원장은 진중하게 말했다.

"민영 병원에서는 할 수 있는데 저희는 못 하는 의료 서비스 같은 건 없습니다."

그러나 청년은 내키지는 않더라도 아주 확신하는 말투였다.

"정말입니다. 그런 게 있어요."

원장은 조금 욱한듯했다.

"없습니다. 그들이 할 수 있는 건 저희도 다 할 수 있어요. 자세히 말씀해 주시죠."

답은 없었다. 청년은 침묵했다. 멀리 있는 병실에서 훌쩍이는 소리가 들렸다. 노인 한 명이 숨을 거둔 것이다.

원장은 짜증이 났다.

"말씀하시라니까요!"

"말 못 합니다."

청년은 드디어 입을 열었다.

"이야기하고 싶지 않아요."

원장은 화가 났다.

"아까는 고맙다고 하지 않았어요. 이런 작은 일까지 숨겨야겠나요! 저희가 어머님의 대소변을 치우는 정성을 봐서라도 이야기를 해주셔야죠!"

"……."

원장은 열정을 담아 간청했다.

"어머니가 어차피 이렇게 되었으니 더는 이야기할 필요가 없다고 생각하시는 건가요? 그렇게 생각하지 마세요. 사람은 다 죽습니다. 저희에게 건의 사항을 전해주시면, 앞으로 이곳에 오는 노인분들에게 도움이 될 거예요. 죽어갈 사람들을 봐서라도 제게 솔직히 말해주세요."

청년의 얼굴은 어두웠다.

"말하고 싶지 않습니다."

원장은 분노했다.

"대체 왜 그러십니까! 제가 보호자분 물건을 훔치는 것도 아니고, 강탈하는 것도 아니잖아요. 환자들을 위한 서비스에 대한 일입니다. 이건 독점 기술 같은 게 아니라고요. 왜 말을 못 합니까? 됐습니다. 가세요. 프랑크푸르트인지 외국 다른 곳인지, 아무튼 거기로 어서 가세요. 아직 가지도 않았는데 말이 왜 이렇게 안 통하는 겁니까. 저도 더는 말을 하고 싶지 않습니다. 일단 환자를 데려가세요. 그들이 무슨 서비스를 제공하는 건지는 나중에 제가 직접 알아낼 수 있으니까요."

가끔 일이라는 건 화를 냈을 때 전환을 맞곤 했다.

청년은 힘겹게 입을 열었다.

"원장님. 제가 말을 못 하는 건 원장님 때문이 아닙니다. 저 때문이에요."

"말씀하세요."

프랑크푸르트 청년은 원장을 보지 않고 벽을 보고 말했다.

"그 병원은 제 모친을 난방이 제공되지 않는 병실로 보내는 걸 동의했습니다. 또 몇 달이나 영양액을 넣었던 엘튜브도 떼어내고, 모든 약물치료를 중지하며, 산소 공급도 그만두기로……. 그러면 그들 말로는 하루 이틀이면 어머니가……, 돌아가신다고 했습니다."

그의 말은 아주 이성적이었다. 무심함 속에 잔혹함이 드러날 정도였다. 그러나 말을 이어갈수록 말투에 울음기가 묻어났고, 말이 울음 때문에 뚝뚝 끊어졌다.

"이렇게 하면, 저도 어머니 옆에서 마지막 효를 다할 수 있으니까요. 후회 없이 이국으로 향할 수 있겠지요. 저는 어머님의 유골함을 지니고 있을 겁니다. 그러면 제가 어디로 가든 어머니는 영원히 저와 함께 있는 거니까요. 어머니가 절 지켜주고, 절 돌봐주실 거예요. 그러면 저도 평생토록 외롭지 않겠죠. 그렇게 제 영혼과 어머니의 영혼은 함께 할 겁니다. 영원히요."

원장은 말문이 다 막혔다. 이제껏 그녀는 자신도 엘리트라고 생각했었다. 그런데 앞에 있는 아들을 전혀 이해할 수가 없었다! 그를 불효자라고 하기에는 그는 이제껏 노모를 모셔왔었다. 지금 이 순간에도 두 눈에는 물기가 가득했다. 그러나 그를 효자라고 하기에는 그는 지금 자기 모친을 동사나 아사로 죽이려 하고 있었다!

원장은 프랑크푸르트 청년에게서 등을 돌리며 서랍에서 약병을 하나 꺼냈다.

"이제껏 환자에게 이런 일을 도와주지는 않았습니다. 가져가세요. 평범한 진정제이기는 하지만, 몇 알만 복용한다면 고통 없이 영원한 잠에 빠질 겁니다. 그 방법보다는 훨씬 더 인도적이에요."

청년은 질겁하며 외쳤다.

"안 돼! 안 됩니다! 저는 할 수 없어요! 제 손으로 어머니에게 이런 걸 먹이라고요?! 그러면, 제 영혼은 평생 안식을 취할 수 없을 겁니다. 어머니가 특정한 시간에 죽음을 맞이하는데, 그 시간이 내가 어머니에게 뭘 먹이고 나서라니. 이 결론은 저를 고통스럽게 만들 겁니다. 제 영혼은 평생 어머니를 향한 죄책감이라는 그림자에서 벗어날 수 없을 거예요. 저는 이런 일은 절대로 못합니다!"

간호사는 어망을 거두듯 그녀 몸에 있던 각종 관들을 빼냈다. 산소호흡기를 떼냈을 때, 그녀는 가쁜 숨을 몰아쉬었다. 그녀는 오랫동안 산소의 보호 아래에 놓여있었기에 더는 같은 지구에 있지 않았다. 그녀가 있는 지구는 수 억 년 전의 지구였다.

울창한 숲이 있고, 공룡이 출몰하는 지구. 그때의 지구는 지금보다 산소가 훨씬 더 많았다. 그녀는 자기가 다른 병원으로 옮겨지려면 이걸 참아야 한다는 걸 알고 있었다.

이 호스피스 병원에서는 살아서 나가는 환자가 거의 없었다. 그녀는 얼마나 행복한 셈인가.

"전 괜찮아요……, 나중에 보러 올게요……."

이건 프랑크푸르트 청년의 모친이 마지막으로 했던 말이었다.

작별 인사가 모두 끝날 때까지, 원장은 나타나지 않았다. 원장은 팔짱을 낀 채 창문 너머로 이 모든 걸 지켜보았다. 그녀는 자기 자신이 못났다고 생각했다. 이렇게 오랫동안 의사로 살아왔으면서도 아직도 쉬이 감정에 휩쓸리다니. 원장은 생각했다. 그는 모친의 죽음을 두려워하는 게 아니야. 그렇다면, 하지만 꾸며낸 두려움이 아니었는데, 대체 뭘 두려워하는 거지?

그는 운명을 두려워하는 거였다.

죽음과 삶도, 부귀영화도 모두 하늘에 달려있었다. 그가 외국에서 노벨상을 타게 된다고 할 지라도 그는 하늘의 운명을 두려워하는 것이다.

자신의 생명을 자기 맘대로 할 수 없다는 생각은 중국인에게 뼛속 깊이 새겨져 있었다. 어둠 속에는 보이지 않는 손이 하나 있으며 그 손이 바로 하늘의 뜻이라는 것이다. 하늘이 당신을 살리고자 한다면, 당신은 원하지 않더라도 살 수밖에 없었고, 하늘이 당신을 죽이고자 한다면, 당신은 죽을 수밖에 없었다. 아들은 어미를 죽음의 길로 밀어 넣을 수는 있어도 죽음의 시간까지 정하면서 책임을 질 용기는 없었던 거였다. 그는 모친을 두려워한 게 아니라 하늘을 두려워한 것이다. 하늘을 대신해 삶과 죽음을 주관한다면 하늘이 주제 파악을 못 했다면서 벌을 줄 수도 있으니까.

자기 목적을 달성하고자 하면서도 하늘의 뜻을 따르고자 하다니.

불효자들이여! 이 얼마나 어려운 일인가!

* * *

나와 병원장이 이야기를 나누고 있을 때 연보라색 유니폼을 입은 젊은 여성이 안으로 들어왔다. 나는 그 옷이 조무사의 유니폼이라는 걸 알고 있었다. 조무사는 간호조무사를 말했는데, 호스피스 병원에서 가장 더럽고 힘든 일은 모두 그들이 맡았다.

젊은 여성은 병원장에게 업무에 대해 물었다. 나는 그녀가 이곳을 떠날 때까지 그녀를 주시했다.

이제 나를 파악하게 된 원장은 반쯤 농담조로 말했다.

"샤오바이라고 해요. 왜 그녀를 보셨는지 알아요."

"작업복 색상이 매우 특이하네요. 제비꽃잎 같아요."

"여기서 일하는 조무사들은 모두 젊은 여성이에요. 저런 색상의 유니폼을 입으니까 더 예뻐 보이지 않나요? 저는 병원이 좀 더 생기가 넘치기를 바라거든요. 물론 이런 색상의 천이 좀 더 싸기도 하고요."

원장은 웃으며 말을 이었다.

"하지만 선생님이 주목한 건 옷뿐만이 아니겠죠. 샤오바이의 아름다움일 거예요."

"슬픔과 고통이 가득한 곳에서 저렇게 아름다운 여성을 보게 된다는 건 좀 미안한 일이지 않을까요. 위독한 이들에게 미안할 것 같아요."

원장은 말했다.

"그건 당신처럼 젊은 사람의 관점으로 볼 때나 그렇죠. 사실 노인들도 아름다운 걸 보는 걸 좋아해요. 그러면 정신적으로 힘이 좀 나거든요. 그들은 질투하지 않아요."

나는 창문 너머로 샤오바이의 모습을 좇았다. 부드러운 배추속대 같은 그녀의 피부에는 물광이 돌았다. 화장을 전혀 하지 않았는데도 눈썹은 먹처럼 검었고, 이목구비는 나긋나긋했으며 입술은 주사(朱砂)처럼 붉었다.

나는 말했다.

"제가 견문이 좁은 편은 아닌데요. 이렇게 아름다운 여성은 저도 처음 보네요."

"보모 시장에서 발탁해서 데려왔어요. 그때는 방언을 썼었죠. 지금은 퇴근하면 유행하는 옷을 입어요. 다들 그녀를 쳐다보죠."

"막 시골에서 왔을 때는 그녀도 여기서 일하는 것에 만족했을 거예요. 하지만 지금의 외모와 분위기를 봐서는, 오성급 호텔에서도 일을 구할 수 있을 것 같은데요. 대체 무슨 수로 여기에 붙잡아두신 거예요?"

"샤오바이가 그 정도로 예쁜가요? 저희는 매일 봐서 익숙해졌나 봐요."

"네. 제가 여성의 외모에 관해서는 아주 까다로운 여성이거든요. 여성이 남성을 속이기는 쉬워도, 같은 여성을 속이기는 어려운 법이죠."

원장은 말했다.

"사실 샤오바이의 가장 큰 장점은 외모가 아닙니다. 선량함이죠. 선량함은 여성의 가장 뛰어난 화장품이에요. 여성의 얼굴에 아우라를 씌울 수 있다니까요. 보기만 해도 마음이 흔들릴 정도로요. 보살이나 부처도 그렇죠. 보살이 정말로 천하에서 가장 빼어난 외모를 지닌 여성일까요? 전혀 그렇지 않을 거예요. 하지만 그렇다고 느끼게 되는 거죠."

"제게 샤오바이의 한 달 치 봉급이 얼마나 되는지 이야기해줄 수 있나요?"

원장은 말했다.

"그런 질문은 제게 하지 않는 게 좋겠어요. 생각만 해도 가슴이 쓰리거든요. 하지만 물어봤으니 알려는 드릴게요. 호스피스 병원 조무사에게 주는 월급은 제가 정하는 게 아니에요. 국가가 정하죠. 한 달에 이백 위안이요."

나는 말했다.

"그녀와 이야기를 나누고 싶어요."

"좋습니다. 오늘은 샤오바이가 전담 조무사라서 매우 바빠요. 다음에 보조로 근무할 때 오세요."

* * *

나와 샤오바이는 정원에서 이야기를 나눴다. 병실은 모두 만실이었다. 겨울은 죽음을 수확하는 계절이었다. 원장실만큼은 병실과 달리 붐비지 않았지만, 나는 원장이 없는 곳에서 이야기를 나누고 싶었다.

나는 말했다.

“정말 예쁘시네요.”

사실 나는 이렇게 아부성이 다분해 보이는 말로 운을 띄울 생각이 아니었다. 하지만 나도 모르게 이 말이 튀어나왔다. 샤오바이 앞에 서자 이 말을 뱉지 않을 수가 없었다. 그건 마치 갈증에 휩싸였을 때 맑은 샘을 보는 것과 같았다. 시원하다고 외치지 않을 수가 없었다. 언제가 되었든 무의식적으로 반드시 내뱉게 될 말이었다.

샤오바이는 미소를 드러내며 말했다.

“어쩌면 주변 상황이 좋지 않아 제가 돋보였던 걸 지도요.”

원장은 그녀가 문학책을 아주 많이 읽는다고 했다. 외국어도 배우고 있다고.

나는 기다렸다는 듯 물었다.

“앞으로 여기서 오래 일할 생각인가요? 자기 가치에 대해 알고 계세요?”

멀리서 연보라색인 누군가가 외쳤다.

“샤오바이! 샤오바이! 어디에 있어? 네 담당인 6번 병상으로 어서 가봐!”

내가 샤오바이와 이야기를 나누는 사이에 그녀가 담당한 환자에게 호흡 곤란 증세가 온 것이다. 그 말에 샤오바이는 불이 났다는 사이렌 소리를 들은 임업 노동자처럼 내게 인사도 하지 못하고 곧장 달려갔다.

상황을 목격할 수도 있다는 생각에 나는 다급히 그 뒤를 쫓았다.

바깥의 차가운 공기는 후각을 마비시켰다. 샤오바이를 쫓아 병실에 들어간 나는 곧장 6번 병상으로 향했다. 붉은색 숫자 '6'이 적힌 곳 아래에는 새하얀 머리카락의 노인이 침착하게 바나나를 먹고 있었다. 호흡 곤란이 왔다고는 전혀 볼 수 없는 모습이었다.

"하! 괜히 놀랐네요……."

내가 말을 여기까지 했을 때 노인이 기분이 나쁘다는 듯 바나나를 벽으로 휙 던지더니 손바닥으로 뭉갰다. 노랗고 끈적거리는, 질감이 도드라진 손도장이었다. 어찌나 신선한지 벽지에 붙은 채로 뜨거운 열기도 내뿜고 있었다.

노인은 감상하듯 지켜보다가 다시 손을 뻗어 뭉개면서 하하 웃었다.

짙은 냄새는 원자폭탄이 터진 후에 나오는 연기처럼 사람의 호흡을 곤란하게 만들었다. 두 눈이 병실의 어둠에 적응하자 나는 바나나의 정체를 보게 되었다. 그것은 부드러운 대변이었다.

순간 속이 뒤집히더니 맵고도 쓴 열기가 목구멍까지 솟아올랐다. 나는 연거푸 헛구역질을 해댔고, 까마귀나 낼 법한 괴상한 소리를 냈다.

두 눈에 눈물이 핑 돌면서도 나는 샤오바이를 주시했다. 그녀는 후각을 잃은 것 같았다. 온화한 표정의 하얀 얼굴에는 변화가 전혀 없었다. 버들잎 모양의 고운 눈썹을 느릿하게 펴더니 곧 침착하게 말했다.

"아이고, 제가 잠깐 자리를 비운 사이에 이렇게 하신 거예요……."

샤오바이는 휴지로 노인의 손을 닦았다.

분변 냄새는 점점 더 짙어졌다.

샤오바이의 품성에 내가 탄복했다고 할지라도 생리적 반응은 반사적이기에 계속될 수밖에 없었다. 일 초라도 더 머물렀다가는 위액이 쏟아져 나올 것 같았다.

나는 탈주병처럼 고개를 돌려 도망쳤고, 병실의 나무문을 쿵 소리를 내며 열었다.

나는 햇빛 아래에서 힘껏 구토했다. 눈썹 한올 한올에 눈물이 맺혀 하늘에 태양이 수십 개나 뜬 것처럼 보였다.

샤오바이가 진지하면서도 아리따운 걸음으로 다가와 내 앞에 섰을 때, 나는 가슴 위에 손을 얹고 있었다. 안정을 취할 수가 없었다. 대변의 악취와 게걸스럽게 바나나를 먹던 장면은…….

또 구역질이 났다.

샤오바이는 내 주의력을 다른 데로 돌리려는 듯 끊임없이 말을 걸었다.

"다들 그래요. 저도 처음에 왔을 때는 며칠은 쌀 한 톨도 못 먹었어요. 제 코가 다 미웠죠. 어렸을 때부터 어머니가 그랬거든요. 제 코가 개코라고. 그런데 여기 와서 이 일을 하면서 코가 고생을 많이 했어요. 지금은 괜찮아요. 이제 더는 냄새를 맡지 못하니까요. 저는 원장님이 데려온 사람이에요. 나중에 원장님이 바빠지면서 이러시더라고요. 샤오바이, 사람 뽑는 일은 이제 네게 맡길게. 네가 네 경험을 기반으로 이야기를 해줘. 이만큼 일해서 이만큼 번다고 말이야. 하겠다는 사람이 있으면 하라고 하고, 일단 사흘만 일해보라고 해. 그 뒤에도 남겠다고 하면 남으라고 하고, 싫다고 하면 돈을 주고 보내. 예전에 원장님이 뽑은 사람들은 다 안 한다고 했어요. 어떤 이들은 돈도 받지 않고 도망을 가버렸죠. 제가 뽑게 된 뒤로는 보통은 다 남아요. 이제 괜찮아지셨어요? 어디 가서 바람이라도 쐬면서 서 있을까요?"

못 볼 꼴을 보인 데다가 노동자의 돌봄까지 받다니. 정말 창피했다.

나는 다급하게 말했다.

"괜찮아요. 사람을 어떻게 뽑는데요?"

샤오바이는 상냥한 말투로 말했다.

"원장님이 사람을 뽑는 기준은 능력이에요. 덩치도 좋고 손발도 거칠면 바로 뽑으시죠. 저는 외모를 봅니다. 아름다우면, 바로 뽑아요."

세상에! 모두가 피하는 일을 할 사람을 외모를 보고 뽑다니. 눈앞에 있는 아리따운 여성이 직접 해준 말이 아니었다면 나는 절대로 믿지 않았을 것이다.

그녀는 내 의심을 읽어냈다.

"제가 말하는 아름다움은 우리가 흔히 말하는 아름다움이 아니에요. 제가 말하는 아름다움이란 선한 얼굴이에요. 선한 얼굴을 가진 사람은 시간이 지나다 보면 아름다워져요. 예쁜 사람이라고 해서 다 아름다운 건 아니거든요. 만약 누군가가 늘 웃으면서 다른 사람을 대한다면, 그리고 그 웃음이 요사스러운 웃음이 아니라면, 입술 끝이 위쪽으로 향할 거예요. 눈썹꼬리도요. 선한 얼굴은 나름의 기준이 있어요. 눈썹이 너무 높으면, 그건 미친 사람이라는 뜻이에요. 너무 낮아도 안 되고요. 그건 다른 이들 앞에서는 웃지만, 뒤에서는 죽을상을 한다는 뜻이거든요. 진짜로 기뻐서 웃는 게 아니라는 거죠. 어쨌든 저도 뭐라고 정확하게 말씀드릴 수가 없네요. 많이 보다 보면, 자연스레 구분하시게 될 거예요.

원장님은 능력도 있고 고생을 마다치 않는 사람을 뽑으시죠. 그런데 능력과 고생이라는 것도 상황에 따라 변하기 나름이잖아요. 게다가 여기 일은 보리를 뽑거나 벽돌을 나르는 일에 비하면 그렇게 힘든 일이 아니거든요. 하지만 마음만큼은 반드시 선해야 해요. 아니면 이런 일을 오래 할 수가 없어요."

나는 시골에서 온 이 젊은 여성을 정말 다시 보게 되었다.

"선한 얼굴이라는 건 선천적인 건가요?"

"선천적이죠. 그건 훈련한다고 되는 게 아니에요. 선한 건 선한 거고, 선하지 않은 건 선하지 않은 거죠. 보모 시장에서 일을 구할 때 저는 한마디도 하지 않아요. 그저 가만히 서서는 선한 얼굴을 가진 여성을 찾죠."

"혹시 어떻게 사람을 찾는지 제 앞에서 시범을 보여줄 수 있나요?"

샤오바이는 난색을 표했다.

"그걸 어떻게 시범으로 보이나요? 내뱉는 말도 그 자리에서 생각이 나는 대로 말하는 건데요. 일단 확실한 사람을 보게 되면, 말이 저절로 나오거든요. 지금처럼 말로만 해보라고 하면, 뭐라고 말을 해야 할지 모르겠어요."

"이렇게 해보죠. 여기 정원이 노동 시장이라고 칩시다. 저는 일을 찾고 싶어 하는 사람이고요. 제게 물어보시면 되잖아요."

샤오바이는 나를 진지하게 살펴보더니 말했다.

"전 선생님을 고용하지 않을 거예요. 말도 걸지 않을 거고요."

나는 실망했다.

"제 얼굴이 선하지 않아서요?"

"얼굴은 괜찮아요. 다만 햇볕을 쬐지 않아서 피부가 너무 하얘요."

"본인도 하얀 피부면서 그래요. 게다가 집에 오래 머물면 누구든 하얘지기 마련이잖아요."

"하얀 피부도 다 같은 하얀 피부가 아니에요. 날 때부터 하얀 건 상관없죠. 근데 햇볕을 쬘 일이 없어서 하얘진 건 안 됩니다. 생각해보세요. 농촌에서, 그것도 여자아이가 논밭도 안 나가고, 태양을 볼 일도 없다니요. 그건 사랑을 많이 받았다는 거잖아요? 그런 사람이 인내심을 가지고 다른 이를 돌볼 수 있을까요?"

"눈이 날카롭네요. 좋아요. 제가 면접을 통과했다고 칩시다. 그 뒤에는 뭐라고 말하나요?"

"그다음에는 이렇게 물어봅니다. 환자를 돌보는 일인데 할 생각이 있어요? 저희는 공영 기관이에요."

나는 속으로 별말이 아니라고 생각해 샤오바이가 다음 말을 하기를 기다렸다.

그런데 그녀가 이렇게 말했다.

"이제 선생님 차례에요. 제게 질문을 하셔야죠."

질문을 하라고? 나는 잠시 생각하다가 이렇게 물었다.

"한 달에 얼마를 주나요?"

샤오바이가 풉 하고 웃었다.

"정말 하나도 안 비슷하시네요. 선한 얼굴을 가진 여성은 그렇게 묻지 않아요."

"보모 시장에 있는 여성들은 다 돈을 벌려고 온 거 아닌가요? 임금을 묻는 건 당연하지 않아요?"

"저희가 돈을 벌려고 나온 건 맞죠. 하지만 집에서는 이렇게 생각하거든요. 일단 도시로 가면, 눈 뜨고 코 베일지도 모른다고. 돈은 그다음이에요. 일단은 안전한 곳에 자리를 잡는 게 중요하죠. 그래서 저희는 일단 이렇게 물어요.

거기가 어디에 있나요?

그러면 저는 이렇게 답하죠. 멀지 않아요.

숙소는요? 제공합니다.

그러면 그녀들도 어느 정도 안심을 해요. 다시 이렇게 묻죠.

무슨 일을 하는 덴데요? 환자를 돌보는 곳이에요.

그러면 또 이렇게 말하죠. 저희는 그런 거 할 줄 몰라요.

요즘 도시 사람들은 직장을 구할 때 허풍을 떨어요. 자기가 뭐든 다 할 수 있다고 하죠. 하지만 시골에서 온 사람들은 못 한다고 해요. 나쁜 말을 먼저 뱉어야 한다는 옛 관습을 아직도 지키고 있거든요.

그러면 저는 이렇게 말하죠. 어렵지 않은 일이에요. 집에 노인이 있나요? 그분들을 돌봤던 것처럼 돌봐주면 됩니다. 가장 어려운 일이 대소변을 받아주는 거거든요. 퇴근 후에 바로 씻을 수 있고요.

보통 여기까지 말하면 다들 멈칫해요. 똥오줌을 받아주는 일을 할 수 있을지 고민을 하니까요. 그러다가 잠시 후에 제게 이렇게 묻죠.

그런 일을 하시는 거예요? 그러면 저는 네, 라고 답하고요.

그러면 다들 이렇게 말하죠. 당신도 할 수 있다면 나도 할 수 있어요.

여기까지 이야기가 되고 나서야 아주 조심스럽게 물어본답니다.

한 달에 얼마를 버나요?, 라고요.

그러면 저는 솔직히 답해요. 그런 뒤에는 일단 며칠 일해보라고 하죠. 별로라고 생각되면 언제든 그만둬도 된다고요. 일한 만큼 일급도 주겠다고요. 또 우리가 보기에 이 일에 맞지 않는다고 생각되면, 어쩔 수 없이 나가야 한다고도요.

그러면 다들 이렇게 답해요.

그렇겠죠. 당신이 고용주니까.

이렇게 대화를 나눠요."

말을 마친 샤오바이는 조용히 나를 보았다. 그 모습이 마치 바람결에 흔들리는 자운영 꽃 같았다.

나는 조용히 주머니에 든 녹음기를 껐다.

"임금이 적다는 생각은 안 하나요?"

나는 그녀의 비밀이 흔적을 남기길 원하지는 않았다.

"적죠."

"그런데도 다른 곳으로 가지 않는 이유는 뭔가요?"

"도시에서는 예쁜 여성이 많은 기회를 얻을 수 있다는 걸 압니다. 농촌에 있을 때보다는 확실히 많죠. 하지만 저는 여기가 좋아요. 곧 죽게 될 사람들도 좋고요. 막 여기에 오셨기에 노인들이 바보 같고, 지저분하다고 생각하실 수도 있어요. 사실 그들은 남을 해치고자 하는 마음이 없답니다. 아기처럼요. 그분들에게 잘해드리면, 그분들도 제게 잘 해주시죠. 아주 순수하게요. 그분들과 함께할 때면, 고요함과 평안함이 충만해져요. 이런 옛말도 있잖아요. 사람이 죽음을 앞두면 내뱉는 말도 선해진다고. 여기는 인간 세상에서 가장 선량한 구석이랍니다. 죽음을 앞둔 이에게 진심으로 미소를 보이면, 그들도 날 기억하게 될 거예요. 어렸을 때는 할머니가 저를 정말 아끼셨어요. 하루는 학교에 갔는데, 할머니가 급병에 걸리셨죠. 학교가 끝난 뒤 집으로 오는 길에 잠깐 놀았어요. 색깔 있는 돌을 발견하고는 발로 찼는데, 그 돌이 산골짜기 아래로 떨어졌어요. 저는 그걸 찾으러 내려갔고요. 할머니는 돌아가실 때 힘껏 제 이름을 부르셨대요. 할머니가 걸린 병은 건곽란이었어요. 뱃속이 꼬이듯 아파서 버티기 힘든 병이죠. 할머니는 계속 제 이름을 부르셨대요. 태양이 수숫대를 비출 때면 내 손녀도 학교에서 돌아온다고요. 제가 집으로 돌아갔을 때는 태양이 수숫대를 지났을 때였어요. 하지만 할머니는 더는 저를 볼 수 없었죠. 저는 죽어가는 사람을 정성껏 돌봐요. 그들이 제 목소리를 들을 수 있든, 들을 수 없든, 그들에게 힘껏 외치죠. 제 이름은 샤오바이라고요. 그분들은 곧 제 할머니를 보러 갈 테니까요. 그러면 할머니에게 네 손녀인 샤오바이는 마음이 정말로 참한 아가씨야, 라고 말해주실 거 아니에요. 진짜로요. 저는 죽음을 앞둔 이들을 가련하게 여기는 게 아니에요. 저는 그들을 존경해요. 그들은 곧 다른 세계로 갈 테니까요. 제 할머니가 있는 곳으로요……."

맑은 눈물이 그녀의 얼굴에서 아름다운 자기 위에 한층 바른 유약처럼 반짝이며 흘렀다. 슬픔으로 그녀의 입술은 생생한 붉은색을 띠었고, 눈은 깊은 밤에 홀로 켜진 등처럼 환한 빛을 냈다.

베이징 겨울의 맑은 하늘 아래에서 투명하게 반짝이는 얼굴의 흐느낌을 구경할 수 있다는 건 실로 일종의 즐거움이었다.

"얼마나 많은 노인들을…… 떠나보내셨나요?"

나는 물었다. 이곳 정원에서는 '떠나다'라는 말이 은어로 종종 쓰였다. 그건 신비한 장막처럼 현실과 미지를 단절시켰다.

"마지막 숨을 내뱉는 걸 들은 게 최소 100번은 되겠네요."

말을 뱉는 샤오바이의 낯빛이 나이 들어 보였다.

"두렵나요?"

"두렵지 않아요."

"처음에 시작했을 때는 두려웠었죠? 나중에 더는 두렵지 않았고요. 그렇죠?"

나는 조금 전에 나눴던 대화를 녹음하지 못한 것을 아쉬워하며 녹음기를 다시 켰다.

"아니요. 사람이 죽는 걸 처음 봤을 때부터 무서워하지 않았어요. 저는 아직 죽지 않은 이와 죽은 이 사이에 큰 변화가 없다고 생각하거든요. 다만 그 사람이 제가 있던 곳에서 제 할머니가 있는 곳으로 갔다고 생각할 뿐이죠."

샤오바이의 어조는 처량했다.

나는 참지 못하고 물었다.

"귀신을 본 적은 없어요? 여기는 정원이 엄청 넓잖아요. 비가 오거나 바람이 불거나 한밤중에, 여명이 오기 전 가장 어두울 때…… 뭔가 이상한 일이 있지는 않았나요?"

최근 몇 년간 신비주의 문화가 성행했고, 이곳은 기운이 가장 기이한 곳이었다. 백 평방 미터 당 수백, 수천에 달하는 영혼이 모인 곳.

시간이 지날수록 훨씬 더 붐빌 게 분명했다.

"없어요."

그녀는 아주 확신하며 답했다.

"어, 잠시만요!"

그러다가 갑자기 소리를 질렀다.

잠시 생각 좀 해볼게요. 한 번 있었어요. 그때는 추석이었는데요. 달이 뜨지 않았어요. 차가운 비가 세차게 내렸죠. 그 전날에는 다섯 명이 죽었어요. 사람이 자주 죽는 곳이기는 하지만, 하루 만에 이렇게 많이 죽는 경우는 별로 없거든요. 밤에 저 혼자 당직을 섰었어요. 멍하게 자리에 앉아서 이런 생각을 했었죠. 오늘은 가족이 모이는 날이라고, 그래서 다섯 명이 더는 기다리지 못하고 다급하게 가버린 거라고요. 생각이 여기에 미쳤을 때, 정원에 있는 가로등이 갑자기 켜졌어요. 고장이 나서 아주 오랫동안 꺼져있던 가로등이었죠. 정원 안이 대낮처럼 환해지고 가장 밝은 곳이 되었어요. 모기의 움직임을 닮은 그림자들까지 볼 수 있었죠. 저는 얌전히 앉아 있었고, 당직인 치 선생님이 게슴츠레한 모습으로 나왔어요. 치 선생님은 의술이 뛰어나고 사람도 좋아요. 환자들도 모두 선생님을 좋아하죠. 치 의사 선생님이 저보고 그러시더라고요. 샤오바이는 일을 참 잘해. 저 가로등은 아주 오래 고장이 나 있었잖아. 고쳐야지, 고쳐야지 하면서도 오래 안 고쳤지. 그런데 오늘처럼 바람도 불고 비도 오는 밤에 여자인 네가 고쳐놨다니. 그래서 제가 이렇게 말했어요. 제가 고친 게 아니에요. 절 보세요. 계속 여기에 앉아 있어서 신발도 젖지 않았는걸요. 치 선생님이 그랬죠. 전구가 너무 밝은 것 같은데. 대체 몇 와트짜리를 쓴 건지 모르겠네. 선생님은 말없이 보셨어요. 그 그림자들을 본 게 분명했어요. 그런데 아무 말도 안 하시더라고요. 우리 두 사람은 정원을 조용히 지켜보았어요. 마치 그림자 공연을 보는 것 같았어요. 두려움은 전혀 없었어요.

그들이 온 거야. 치 선생님이 이렇게 말했죠.

저는 이렇게 답했고요. 네.

다 왔어. 한 명도 빠짐 없이.

치 선생님의 말에 저는 이렇게 답했어요.

다들 연세가 그렇게 많으신데, 다 함께 모이기도 쉽지 않을 거예요.

그들은 춤을 추고 있어.

나중에는 수가 더 늘어나겠죠. 여기 정원으로는 다 수용하지 못할 거예요.

영혼은 자리를 차지하지 않아.

그런 뒤에 치 선생님은 말을 이으셨죠.

무서워?

무섭지 않아요.

나이도 어린 사람이 담이 크네.

저도 예전에는 저분들을 몰랐잖아요. 멀리 있는 고향에서 베이징까지 와서 그들을 돌본 것도 일종의 인연이겠죠. 마지막 시간에서는 제가 그분들의 자녀보다 곁에 더 오래 있었어요. 저는 그분들에게 미안한 일을 한 적이 없어요. 그러니 두려워할 필요가 없죠. 귀신도 이치에 밝거든요. 보세요. 여기에 오고 나서도 제가 놀랄까봐 먼저 가로등부터 켜주셨잖아요.

그리고 동틀 무렵이 되었을 때, 가로등은 갑자기 꺼졌어요. 저는 그게 전혀 이상하지 않다고 생각했어요. 이곳은 그들이 마지막에 머물렀던 곳이잖아요. 사람은 늘 자기가 가봤던 곳에 가려고 하죠. 마치 무언가를 그곳에 놓고 와서 다시 주워가려고 하는 것처럼요. 이런 질문을 하지 않으셨다면 저도 이 일을 떠올리지 않았을 거예요.

멀리서 누군가가 외쳤다.

"샤오바이, 4번 병상 환자가 또 똥칠을 하는데."

"갈게요."

샤오바이가 떠나려고 하자 나는 물었다.

"마지막으로 하나만 더 물을게요. 앞으로의 계획은 어떻게 되나요?"

샤오바이는 달리면서 답했다.

"나중에는 의사가 되고 싶어요. 그들을 돌보기만 하는 게 아니라 그들을 치료해주기도 하는 거죠. 그러면 그 사람들 제 할머니에게 이렇게 말할 거 아니에요. 자네 손녀딸인 샤오바이가 점점 더 대단해지네. 다만 그게 가능할지 모르겠어요. 이런 문제는 후커우[2]와도 관련이 있어서요."

나는 힘 있고 선량하며 잘생긴 베이징 총각이 샤오바이와 혼인하기를 정말로 바랐다.[3] 그러면 그는 아름답고 현명한 아내를 얻을 테고, 세상은 의술로 사람을 구할 의사를 한 명 더 얻게 될 테니까.

* * *

다음날 나는 치 의사를 만났다. 나는 어떤 얼굴이 남성의 선한 얼굴인지를 구별할 수 없었지만, 치 선생은 아주 명랑해 보이는 얼굴을 가

---

2) 후커우(戶口)는 중국 정부가 인민의 거주지와 신분을 관리하기 위해 시행하는 제도이다. 보통은 태어난 곳의 후커우를 발급받으며 다른 지역의 후커우를 취득하는 건 특별한 경우가 아니면 불가능하다. 후커우의 이전 없이 다른 지역에서 거주하면, 의료 · 교육 등 각종 사회 보장 제도에서 배제된다.

3) 후커우를 다른 지역으로 변경하는 방법 중 하나는 해당 지역의 후커우를 가진 이와 결혼하는 것이다.

지고 있었다.

호스피스 병원에 있는 직원들은 하나같이 볼수록 매력이 있는 이들이었다. 원장이 사람을 뽑을 때 관상을 보는 건지 아니면, 이런 좋은 일을 오래 하다 보니 사람의 얼굴이 부처상으로 변하는 건지 모르겠다.

내 생각을 치 의사에게 말하자, 그는 이렇게 답했다.

"솔직하게 답하는 걸 듣고 싶으시다면 주머니에 넣어둔 녹음기를 꺼주시죠."

나는 그의 말을 따랐다.

"어떻게 아셨어요?"

"노트에 따로 적지 않으니까요."

나는 노트와 펜을 꺼내며 말했다.

"어쩔 수 없이 손으로 적어야겠네요. 사람들이 선생님은 자기 일을 아주 좋아한다고 하던데요?"

"누가 그런 말을 퍼뜨리는 거죠? 저는 지금 일을 아주 싫어합니다! 저는 의대에서도 우등생이었어요. 여기서 일하면서 성취감이라는 걸 느낄 수가 없다고요! 모든 환자가 죽으니까요. 죽는다고요! 그들은 여기에 올 때부터 살아서 나갈 생각이 없어요. 온갖 방법을 써서 환자의 생명을 연장하고자 해도 본인은 살고자 하는 의지가 없고, 환자의 가족들은 일을 번거롭게 만든다며 싫어하죠. 호스피스 병원은 일반적인 의사에게는 지옥이에요. 그곳은 할머니나 엄마 같은 자선가들이 사랑을 베푸는 곳이죠. 진짜 의학과는 상관이 없는 곳이라고요. 요즘 저는 부탁할 사람을 찾고 있어요. 필요하다면 선물을 보내 청탁을 해서라도 빨리 이곳을 벗어날 거예요."

순간 난처해진 나는 어색하게 말했다.

"하지만 환자들에게 아주 잘해주신다고 들었는데요. 그래서 모두가 좋아한다고요."

그는 냉소했다.

"저를 왜 안 좋아하겠어요? 종일 웃는 낯인데. 무슨 요청을 하든 제가 다 들어주고요. 이건 의사가 할 일이 아니에요. 고급 일꾼이죠. 저 사람들은 치료가 필요한 이들이 아닙니다. 사회적으로 보았을 때 전혀 가치가 없는 이들이에요. 예를 들어서 저기 있는 치매 할머니요. 글도 전혀 모르죠. 대약진 운동[4] 때 일을 몇 년 한 것뿐인데 수십 년 동안 공공 의료 서비스를 받고 있죠. 누적 치료비만 해도 십만 위안은 될 겁니다. 이런 사람들을 남겨둘 필요가 있을까요? 그녀가 인류에게 할 수 있는 마지막 공헌이라고는 좀 더 빨리 죽는 걸 겁니다! 그러면 자기 가정에도 공헌하는 거겠죠. 이런 사람들은 얼마 남지 않은 생에도 쓸데없는 돈만 쓰게 하는 거예요. 전통적인 효도 관념이 자녀들을 묶어두고요. 꼭 자녀들을 고생시켜야 할까요. 멀쩡했던 사람을 삐쩍 마르게 하고, 식량이 떨어지고, 냉장고도 팔고, 컬러 텔레비전도 팔게 하는 게, 그렇게 집집마다 책임을 지게 하는 게 효도인가요? 죽어야 하는 이는 죽는 게 나아요. 나이든 이가 가지 않으면 새로운 이가 올 수 없어요. 어째서 사람들은 대자연의 가을을 찬송하면서 죽음은 찬송하지 않는 거죠? 가을이라는 것도 단체 사망이잖아요! 죽음에 뭐 별거 있어요? 이 행성이 생겨난 뒤로, 얼마나 많은 이들이 여기서 죽었나요. 살아있는 사람 한 명의 뒤에는 죽은 이가 사십 명은 서 있을 겁니다. 생명이라는 건 끝이

4) 1958년부터 1960년대 초까지 진행된 중국의 경제 성장 운동.

없는 체인이에요. 태양 아래서 반짝이는 부분이 삶인 거고, 끝이 보이지 않는 암흑 속에 묻힌 부분은 죽음인 거죠. 그건 서로 이어져 있어요. 확연한 차이라는 게 없다고요. 그렇게 심각하게 생각할 필요도 없어요. 별 볼 일 없는 사람의 삶과 죽음은 세상에 아무런 영향도 미치지 않아요. 오늘날 중국에서 죽음을 맞이하는 이들은 대부분 20세기 초반에 태어난 이들이죠. 그들은 과학적 죽음에 대한 교양이 부족해요. 예를 들어서 저는 노년이 되면 반드시 유서를 작성할 거예요. 안락사로 죽음을 택해 누구에게도 피해를 끼치지 않을 거예요. 죽을 때도 용기를 낼 거예요."

그는 갑자기 말을 멈췄다.

지금 두 사람이 대화를 나누는 곳은 의사 사무실이었고, 진료 차트는 치 의사 앞에 산더미처럼 쌓여있었다. 알루미늄으로 된 진료 차트에서 반사된 빛이 그를 반짝이게 만들었다.

"어쩌면 선생님에게 이런 말을 하지 말아야 했을 지도요. 어쨌든 그분들도 불쌍한 사람들이니까요."

그의 목소리는 피로에 잔뜩 젖어 있었다.

나는 말했다.

"당신은 죽음학계의 마초네요."

우리가 이야기를 나누고 있을 때였다. 어떤 이가 영국의 호스피스 의학 전문가인 닥터 제임스가 병원을 찾았다면서 치 선생에게 응대를 맡긴다는 말을 전했다.

나는 치 선생에게 물었다.

"저도 같이 가도 될까요?"

"영어 듣기 실력이 괜찮나요?"

"그럭저럭요."

"못 알아듣는 부분은 제가 통역해 드릴게요."

우리는 제임스 선생을 맞이하기 위해 밖으로 나갔다.

닥터 제임스는 얼굴에 수염이 가득했다. 토적이 출몰하는 깊은 숲을 닮은 수염이었다. 수염이 얼굴을 가려 표정은 잘 보이지 않았다. 치즈처럼 매끄러운 그의 이마 안에 무슨 생각이 담겨있는지 알 수 없었다.

"외국인이 참관하러 이곳을 찾을 때마다 저는 낙담하기도 하고, 열등감에 사로잡히기도 합니다. 저희는 너무 가난해요. 아주 초라하기도 하죠."

아마도 무심결에 한 행동일 것이다. 치 선생은 햇볕에 말리던 침대 시트를 몸으로 가렸다. 시트는 누렇게 변해 있었다.

영국인은 오래 고심해서 골랐을 것이 분명해 보이는 어두운 줄무늬 정장을 입고 있었다. 그는 매우 서투른 중국어로 "안녕하세요"라고 인사했고, 우리 뒤를 따라 조용히 병실을 둘러보았다. 완성도가 뛰어난 소가죽 구두는 오래되고도 부서진 푸른 벽돌을 밟으면서 삐걱거리는 소리를 냈다.

그는 나지막하게 소곤거렸다.

"Hospice Care."

치 선생이 통역을 해주려고 하자 나는 알아들었다는 듯 고개를 끄덕였다.

Hospice Care는 중세 유럽에서 시작된 오래된 어휘였다. 오늘날의 언어로 표현을 해보자면 숙박업소라는 뜻이었다. 그때는 고생스럽게 이동하는 순례자가 많았고, 고딕 양식의 성당인 두오모 아래에 있던 그들은 빈곤과 질병을 번갈아 겪고 있었다. 오직 경건함과 피로만이 그들의 심장에서 미약하게 뛰고 있을 뿐이었다. 신부와 수녀는 교회 옆 작은 탑에 있는 방 한 칸에 그들을 머물게 해줬다. 대가 없이 병을 치료해 줬고, 음식도 제공했다. 그렇게 휴식을 취한 순례자는 다시 길고 긴 순례의 길을 떠났다. 그리고 일부의 사람들은 이 종교적이고 자선적인 조직 안에서 평안한 죽음을 맞이했다.

HospiceCare는 다년간의 변화 끝에 무수히 많은 자원봉사자가 죽음의 고난에 빠진 이들을 따스하게 어루만지는 곳이 되었다. 인생이라는 가련한 여행에 있어서 마지막 모닥불을 피워주는 역참이 된 것이다.

1967년, 영국의 시슬리 손더스 여사는 세계 최초로 현대화된 호스피스 전문 병원을 런던에 세웠다. 그게 바로 성 크리스토퍼 호스피스 병원이었다.

그 뒤로 호스피스 사업은 세계에서 불꽃처럼 타오르며 번성했다.

중국의 가장 권위 있는 사전인 『사해(辭海)』에는 호스피스를 의미하는 중국어 단어 "임종관회(臨終關懷)"가 아직도 수록되지 않았다. 우리는 "임종"이 극도로 고통스러우면서도 고독한 순간이라는 것을 알지만, 그 단어가 관심과 배려를 의미하는 "관회"와 함께했을 때는 어떤 의미가 되는지 모른다.

우리는 한 병실의 문을 열었다. 그러자 향 냄새가 훅 하고 끼쳐왔다. 영국인은 그 냄새에 재채기까지 했다. 워낙 급작스러워 미처 손수건을 꺼내지 못한 신사는 분홍빛을 띤 깨끗한 입천장을 우리 모두에게 보여주고 말았다.

"이봐요! 향이 나는 연기는 환자들의 호흡기에 자극이 된다고요. 우리나라에서는 병실의 악취를 없앨 때 생화를 씁니다."

제임스의 말에 우리는 말을 하지 않았다. 생화라. 당연히 좋겠지. 하지만 우리는 그걸 살 수가 없었다. 그리고 환자의 자녀들은 생화를 살 돈이면 프로폴리스를 살 터였다.

치 선생은 말했다.

"동방에서는 죽은 이가 이런 신비한 향을 좋아합니다. 신선이 된 듯한 기분이 들게 해주거든요. 호스피스 병원은 환자의 요구를 가장 우선적으로 고려하고요. 그래서 저희도 향을 피운 겁니다."

닥터 제임스는 반신반의하는 듯했다.

병실 안에는 병상이 하나만 있었다. 병상이 하나만 있는 병실은 고급 병실이었다. 고위 간부가 지낼 수 있는 다른 고급 병실과 다른 점이 있다면, 이곳은 누구든 돈만 많이 내면 머물 수 있다는 거였다.

그러나 환자는 병상에 누워있지 않고 소파에 기댄 채 고통스레 신음하고 있었다. 그의 두 다리는 붕대로 칭칭 감겨 있었고, 고통은 그의 얼굴을 두려움으로 얼룩지게 만들었다.

"그는 무슨 병에 걸린 건가요?"

닥터 제임스의 물음에 치 선생은 답했다.

"하지동맥폐색증이 합병증을 초래해 감염되었습니다."

나는 그 병이 심지어는 암보다 더 고통스럽다는 걸 알았다.

그는 이해할 수 없다는 듯 물었다.

"왜 진통제를 쓰지 않죠?"

옆에 있던 간호사가 대신 답했다.

"썼습니다."

그러자 제임스는 분노하며 말했다.

"하지만 환자가 아직도 아파하고 있잖아요."

간호사는 침착하게 설명했다.

"진통제는 네 시간마다 한 번만 쓸 수 있습니다. 약효가 떨어져서 그래요. 다음 약을 쓸 수 있는 시간은 아직 안 되었고요."

아마 간호사는 속으로 의학 박사라는 사람이 이런 상식도 모르냐고 생각했을 것이다.

"그는 나이가 몇이죠?"

제임스의 물음에 옆에 있던 환자의 가족이 답했다.

"89세입니다."

자기를 두고 이야기하고 있다는 걸 깨달은 노인이 갑자기 날카롭게 소리를 질렀다.

"나는 왜 죽지 않는 거야! 오, 신이시여. 제가 이렇게 빕니다. 제발 절 죽게 해주세요! 사람이 죽기가 이렇게 어렵다니요! 얘들아. 나를 좀 도와다오. 나를 죽게 해줘! 이게 다 내복이 부실해서 그래! 너희가 내게 좋은 내복을 사줬더라면, 나도 이렇게 고생하지는 않았을 터인데……."

환자의 얼굴에서 눈물이 흘렀다.

치 선생은 더는 통역도 신경쓰지 못하고 바로 환자의 가족에게 물었다.

"어떻게 된 일입니까?"

"통증이 너무 심해서 몇 번이나 죽고 싶어 하셨어요. 날카롭거나 뾰족한 걸 가져오지 못하도록 저희가 계속 지켜보고 있고요. 조금 전에는 도저히 참을 수가 없었는지 제가 화장실에 갔다 오는 사이에 소파 위로 올라가서 목을 매려고 하셨어요. 이제 더는 눕지도 못해요. 눕기만 하면 통증 때문에 기절하거든요. 밧줄이 없으니 내복을 벗어서 그걸로 목을 매셨더라고요. 빨랫줄에 걸어서요. 어찌 되었든 어르신만 고생하신 거죠. 매일 통증에 시달리면서 땀을 흘려서, 내복이 다 삭아버렸거든요. 그래서 무게를 견디지 못한 거고, 어르신도 떨어지신 거죠……."

치 선생은 이 말을 전혀 들려주고 싶지 않았지만 닥터 제임스에게 통역해주었다. 그러고는 말을 덧붙였다.

"다행히 다치지는 않았네요."

"하지만 환자가 매우 두려워하고 있는데요. 그게 보이지 않습니까?"

닥터 제임스는 분노하며 말을 이었다.

"죽음을 앞둔 이는 사망을 두려워하는 게 아닙니다. 그들이 두려워하는 건 통증이에요! 죽음 피할 수가 없죠. 하지만 통증은 완전히 피할 수가 있습니다. 왜 충분한 양의 진통제를 쓰지 않는 거죠. 그렇게 하면 이들을 고통 없이 보내줄 수 있는데요? 우리나라에서는 불치병 진단을 받은 환자가 고통에 시달릴 때는 호스피스 병원이 제한 없이 마취성 진통제를 처방할 수 있습니다. 중독이 걱정되는 겁니까? 하지만 89살이라면서요. 이 병실에서 걸어서 나갈 일은 절대 없지 않습니까. 왜 편하게 만들어주지 않는 겁니까? 우리나라였다면 그는 염산모르핀을 매일 300mg 이상 처방받았을 겁니다. 어떠한 통증도 느끼지 않게 되겠죠. 그리고 우리는 더 선진적인 진통제를 가지고 있어요. 아픈 부위에 바르면 72시간 동안이나 통증을 느끼지 않게 해주죠. 우리나라는 격렬한 통증에 시달리는 이들에게는 천국입니다!"

닥터 제임스가 씩씩거리며 말을 내뱉자 치 선생은 내게 말했다.

"대체 저 사람은 무슨 권리로 우리에게 이래라 저래라 하는 거죠?"

그러고는 길게 한숨을 내쉬며 이렇게 말했다.

"하지만 마오 주석의 어록이 떠오르는군요. 외국인에게는 득이 될만한 동기가 없다……."[5)]

나는 말했다.

"어서 저 사람과 이야기를 하세요. 선생님을 보고 있네요."

치 선생은 정중하게 설명했다.

"저희는 마취성 진통제 사용 기준이 아주 엄격합니다. 예를 들어 모르핀은 몇 급 이상의 기관이 승인을 해줘야 합니다. 알약 하나하나를 모두 다 서류에 기록하죠."

"귀국의 마약성 진통제 생산량을 알 수 있을까요?"

닥터 제임스의 파란 눈은 아주 진지했다.

"당연히 가능하죠."

치 선생이 그 수를 제시하자 닥터는 의구심이 가득한 모습으로 되물었다.

"확실합니까?"

치 선생은 자신이 있다는 듯 답했다.

"매우 확실합니다. 국가 통계국에서 그 수치를 발표하니까요."

"만약 당신이 알려준 수치가 틀림이 없다면, 제가 이 말만큼은 꼭 해야겠네요. 인구가 11억에 달하는 나라에서 그렇게 적은 양의 진통제를

5) "외국인에게는 득이 될만한 동기가 없다. 그런데도 중국 인민의 해방 사업을 자신의 사업처럼 본다면 이것은 무슨 정신인가? 이것은 국제주의의 정신이자 공산주의의 정신이다. 중국 공산당원은 모두 이러한 정신을 배워야 한다."

쓰다뇨. 귀국의 말기 암 환자 대다수는 모두 고통에 시달리다가 죽는 겁니다!"

닥터 제임스는 아주 분개했다.

우리는 모두 당황했다. 우리나라 사람들은 고통을 참는 것에 능했다. 강하고 굳건한 의지로 참는 걸로 세계에서 정평이 나 있었다. 우리나라의 오래 아팠던 영웅들은 모두 이렇게 말한다. 좋은 약은 다른 이를 위해 남겨두라고, 나는 참을 수 있다고. 우리 의사들도 환자에게 이렇게 말하는 게 습관이었다. 도저히 못 참을 때 그때 진통제를 쓰자고. 작은 통증에 진통제를 쓰면, 큰 통증이 왔을 때는 어떻게 하냐고.

우리는 생각에 잠겼고, 파란 눈은 용서하지 않았다.

"제삼국 국가들이 대량의 헤로인을 태우는 걸 볼 때마다 아주 애석함을 느낍니다. 그게 얼마나 귀중한 자원인데요! 신이 사람에게 고통을 느끼는 신경을 주었지만, 그 고통을 멈추게 만드는 보물도 함께 준 겁니다. 당신들은 신의 공정함을 저버린 거예요."

치 선생은 목을 가다듬으며 말했다.

"닥터 제임스. 저는 이런 사유적 충돌을 아주 좋아합니다. 하지만 이거 아시나요. 중국은 역사적으로 아주 비장하면서도 치욕적이었던 아편 전쟁을 겪은 적이 있습니다. 피와 불로 가득한 전쟁을 일으켰던 이가 바로 대영제국이지요. 그들이 우리에게 아편을 수출하면서 시작되었던 일이에요. 우리는 아편 전쟁의 패전국입니다. 그 역사를 우리는 뼛속 깊이 새기며 잊지 않았어요."

닥터 제임스의 두 눈에 먹구름이 꼈다. 그는 애써 기억을 해보다가 이렇게 말했다.

"정말 미안합니다……."

어쨌든 그는 양심이 있는 영국 신사였다. 그는 말을 이었다.

"그런 역사를 겪은 적이 있었다는 걸 제가 몰랐다는 점에 사과합니다. 저는 의사입니다. 의학 외에는 다른 분야에는 전혀 관심을 두지 않고 있습니다. 저는 그저 당신과 의학을 논하고 싶었을 뿐입니다. 저는 이 노인의 검게 부패한 두 다리가 100년 전에 있었던 전쟁과 무슨 상관이 있는 건지 잘 이해가 되지 않습니다. 고통에 시달려 더는 살고자 하지 않는 노인에게 진통제를 주지 않는 게 전쟁의 결말을 바꿀 수 있다고 여기는 겁니까? 나의 중국인 동업자여, 당신들은 간단한 의료적 문제를 너무 복잡하고, 너무 멀리까지 생각하는 건 아닌가요? 게다가 방직물로 자살하려고 했던 노인에게 인도적인 관심을 너무 쏟지 않는 건 아닌지요?!"

우리는 말문이 막혔다. 우리의 애국주의적 정서가 아무리 강하다고 할지라도, 여기 있는 영국 신사의 논리에는 비할 수가 없었다. 그는 정말 의학만 알았다.

우리는 다른 병실에 들어갔다. 한 노파가 탁구공을 닮은 하얀 눈동자로 천장을 보고 있었다. 연보라색 유니폼을 입은 간호조무사가 마침 그녀에게 밥을 먹이고 있었다. 노란 알갱이가 섞인 액체가 그녀의 콧구멍에 있는 관을 통해 안으로 들어갔고, 일부는 입꼬리를 통해 새어 나왔다. 날카로운 목울대가 울렁이더니 갈퀴처럼 액체를 위 안으로 내쫓았다.

"이건 무슨 액체죠?"

"파인애플 밀크요."

간호조무사인 샤오바이가 영어로 닥터 제임스에게 답했다. 샤오바이는 이 유동식을 정확히 뭐라고 불러야 할지 확신할 수 없었기에 파인애플과 우유를 하나로 중첩해버렸다.

닥터 제임스는 그 말을 알아듣고는 이렇게 말했다.

"이건 또 다른 잔인함이군요."

돼지기름 같은 새하얀 액체 한 병이 허공에 걸려 있었다. 그것은 노파의 메마른 어깨 위로 뚝뚝 떨어졌다.

치 선생이 간단하게 설명해주었다.

"기름을 넣는 겁니다."

그건 단백질 우유로 음식 섭취가 불가한 환자에게 고칼로리를 제공하기 위해 주는 거였다.

닥터 제임스는 말했다.

"또 다른 잔인함이네요."

치 선생은 참지 못하고 물었다.

"말을 좀 분명히 해주시겠습니까? 누가 누구에게 잔인하다는 거죠?"

"제가 한 말이 이미 분명하지 않았던가요? 중국의 호스피스 병원은 죽음을 맞이하는 환자에게 잔인합니다."

치 선생이 기세등등하게 물었다.

"더 자세히 말해줄 수 있겠습니까?"

"중국인은 생명의 수를 중시하면서도 생명의 질은 경시합니다. 생명의 끝에 다다랐을 때는 그 길이가 아무런 의미가 없습니다. 중요한 건 생존의 품격이지요. 더는 음식을 먹을 수 없는 사람의 코에 삽입관을 넣고, 강제로 복잡한 영양 성분의 액체를 생기를 찾을 수 없는 위 안에 넣다니요. 소화 기관이 버틸 수 있겠습니까. 이게 잔인한 게 아니면 뭐죠? 게다가 기름이라고 부르는 이 끈적한 점액이 혈액 안으로 들어가면 그녀의 피로한 심장에 더 큰 부담이 됩니다. 그녀의 몸은 지친 일꾼이에요. 그런 그녀에게 더 많은 짐을 강제로 주는 거라고요. 이게 잔인한 게 아니면 뭐죠? 저는 여러분들의 선학(禪學)을 공부한 적이 있습니다. 노인이 동물성 단백질 섭취를 하지 않고, 다른 이들과의 교류도 거부하며 깊은 산속에 들어가 돌벽을 보고 있더군요. 디미누엔도 음표처럼 자연 속에 융화되는 것이 여러분들이 가장 이상적으로 생각하는 경지라지요. 그렇게 죽은 듯 살아가는 생존 방식은 아주 이해하기가 어렵습니다. 생명이라는 건 움직임에 있어요. 움직임이 없는 건 껍질을 벗겨낸 개구리와 같아 표본으로도 삼을 수가 없습니다. 죽음이 반드시 찾아오려고 할 때, 우리가 해야 하는 일은 태어나는 아기를 받아주듯 그것이 더 편히, 순조롭게 올 수 있도록 하는 거예요."

나는 '문화 차이'라는 단어를 떠올렸다. 동서양의 문화 차이. 이건 깊고도 깊은 협곡과도 같아서 서로의 노랫소리를 들을 수는 있지만, 함께하려고 하면 극도로 어려운 것이다!

영국인보다 훨씬 더 영국인처럼 팔짱을 낀 치 선생이 말했다.

"닥터 제임스, 이론적으로는 선생님의 관점에 동의합니다. 그러나 중국 인민의 위대한 지도자인 마오 주석은 이런 말을 했습니다. 구체적인 상황에 맞춰서 구체적으로 분석해야 한다고요……."

이렇게 말을 하고 있는데 샤오바이가 몇 층으로 된 버터 케이크를 하나 가지고 들어왔다. 복잡하게 꾸며진 케이크는 몇 층이나 포개져 있어 로마의 경기장처럼 보였다.

"할머니, 할머니가 말씀하신 케이크를 가져왔어요. 할머니 기뻐하시라고 일단 가져와서 보여드리는 거예요. 아드님이랑 따님이랑 며느라, 사위, 손자, 손녀, 외손자, 외손녀가 다 왔어요. 여기에 초에 불을 켤 거예요. 할머니도 장수 케이크 한 조각은 꼭 먹어야 한다고 하던데요. 조금 만족스럽지는 않을 부분이 있기는 해요. 제가 가게에서 초를 샀는데요, 거기 사람이 그러더라고요. 어르신 연세에 초를 다 꽂아야겠냐고, 그 초를 다 꽂으면 장수 케이크가 말벌집이 되지 않겠냐고요. 그래서 제가 그랬죠. 그건 안 된다고. 할머니가 오늘만을 기다렸으니 그 초를 꼭 다 꽂아야 한다고요! 그래서 나중에 저희가 방법을 하나 생각해냈어요. 할머니 연세에 맞춰서 초를 다 꽂는 게 아니라 숫자로 이뤄진 초를 두 개만 꽂는 거죠. 조금 이따가 숫자초에 붉은 불을 붙이면 얼마나 예쁘겠어요!"

샤오바이는 신이 난듯한 목소리로 말을 했다. 반쯤은 의식을 잃은 노인이 과연 그 말을 들을 수 있을지도 신경 쓰지 않는듯했다. 아기가 자기 말을 기억할 수 있을 거라고 믿는 어미처럼 샤오바이는 수다스럽게 말을 건넸다. 그런데 노인은 정말로 눈을 떴고, 놀라울 정도로 반짝이는 눈동자로 케이크 위에 있는 붉은 아라비아숫자를 보았다.

'78'이 등대처럼 버터 위에 꽂혀 있었다. 부드러운 촉심은 장난기 많은 남자아이의 곱슬머리 같았고, 불을 붙이라는 듯 옆으로 살짝 쳐져 있었다.

노인은 자랑스럽다는 듯 모든 이들을 훑어보더니 입술을 움직였다. 목소리는 알지 못하는 이에게 에너지를 소비할 수는 없다는 듯 전혀 나오지 않았다. 그러나 우리는 그녀의 말을 알아들을 수 있었다.

"드디어 78살까지 살았네!"

닥터 제임스는 뻣뻣하면서도 굽이진 속눈썹을 들어 올리며 말했다.

"이 노부인의 요청은 자기를 78세 생일날까지 살게 해달라는 거였나요?"

치 선생은 말했다.

"맞습니다."

"조금 전 제 당돌함을 용서해주세요."

"저희의 공통점은 저희의 차이점보다 훨씬 더 많습니다."

"맞습니다. 호스피스 병원에서 환자는 신과 가장 가까운 존재이지요. 신에게 순종하듯 우리는 그들에게 복종해야 해요."

우리는 다시 다른 병실에 들어갔다. 누워있는 환자는 머리카락이 없는 남성 노인이었다. 그는 울고 있었다. 소리가 아주 처량했다. 마치 녹이 슨 파이프에 공기를 불어 넣는 듯한 울음이었다.

샤오바이도 따라와서는 웃는 낯으로 환자를 위로했다.

"할아버지, 울지 마세요. 그건 그냥 버리세요. 할아버지의 몸에 좋지 않아요."

닥터 제임스는 물었다.

"왜 저렇게 슬퍼하는 거죠?"

나도 사람이 저렇게 상심하며 우는 것은 처음 보았다. 문학 작품에서는 노인의 눈물이 혼탁하다고 표현하곤 하지만, 사실 그 말은 옳지 않았다. 그의 눈물은 수정 같았다. 한 방울 한 방울이 단추만 했다.

치 선생은 환자에게 다가가더니 어린아이를 달래듯 그의 얼굴을 움직이며 말했다.

"어르신. 또 그 일 때문에 우시는 거죠?"

서글픈 눈물을 흘리던 노인은 치 선생을 보자 주름을 움직이며 웃었다.

"자네가 왔군. 저자들은 다 내 말을 듣지 않아. 자네가 낫지."

손가락으로 흘러내리던 눈물을 닦은 노인은 눈알이 빠지기라도 할 것처럼 간절히 기다렸다.

샤오바이는 화가 나서는 손을 휙 움직이며 말했다.

"치 선생님. 사람 마음을 사시겠다 이거죠."

나와 닥터 제임스는 무슨 일인지 알 수 없어 서로를 보았다. 치 선생도 자세히 설명을 해주지 않았다. 그는 하얀 의사 가운 주머니 안에서 "홍타산" 담배를 하나 꺼내서는 성냥개비로 칙 하고 불을 붙였다. 미황색 필터를 우아하게 입에 머금고는 천천히 들이켰다.

주황색을 띤 불꽃이 계량기처럼 점점 밝아지다가 순식간에 빠져나왔다. 연자줏빛 담배 연기를 내뱉으면서 노인의 바짝 마른 입술 안으로 연기를 심어주었다.

노인은 사자처럼 기쁘다는 듯 그르렁거렸고, 연기를 크게 한 모금 삼켰다. 칙칙한 회색이었던 얼굴이 보라색으로 변했다.

나는 그의 진단서를 보았다.

폐암이었다.

닥터 제임스도 만족스럽다는 듯 "OK"라고 말했다.

"퉤퉤!"

환자는 담배 끝을 해바라기 씨앗 껍질처럼 튕겨내며 힘겹게 말했다.

"이 담배…… 맛이 이상해…… 사기꾼……."

샤오바이는 아깝다는 듯 담배 꽁초를 주웠다.

"치 의사 선생님이 할아버지를 어떻게 속이겠어요? 이 담배도 한 개비에 돈이 얼만데요. 어떻게 그냥 버려요?"

환자는 목을 뻣뻣하게 세우며 말했다.

"나는 담배를 70년이나 피웠어. 그런 내가 치 의사를 억울하게 만들겠어? 나는 치 의사가 나를 속였다고 하지 않았어. 내 말은 담배 파는 이가 치 의사를 속였다는 거지. 치 의사가 내 자식들보다 나아. 걔네들은 나보고 담배를 피지 말라고 해. 그래서 나는 그랬지. 네놈들도 후회할 날이 올 거라고. 그날이 오면 향 대신 내 유골함에 담배를 태우면 되는 거야. 하지만 좋은 담배여야 해. 가짜는 안 된다고."

치 선생의 낯빛이 아주 좋지 않았다.

닥터 제임스는 앞으로 한 걸음 내딛더니 주머니에서 갑옷처럼 단단한 담배 케이스를 하나 꺼냈다. 어느 기관을 누르자 탁하는 소리와 함께 담배 한 개비가 튀어나왔다. 그는 손가락으로 담배를 집어서는 노란 거북이 모양의 라이터로 불을 붙였다.

불꽃이 튀지는 않았지만, 담배에 불이 붙었다. 가볍게 한숨을 내쉰 그가 담배를 환자에게 건넸다.

"폐암"에 걸린 환자는 죽은 조개처럼 입을 굳게 다물었다.

"줄-게-요."

닥터 제임스가 기이한 억양의 중국어로 열정을 담아 말했다. 파란 두 눈에는 자비로운 빛이 가득했다.

"이건 정품 잉글랜드 제품입니다. 절대 가짜가 아니에요."

"폐암"에 걸린 환자는 그제야 입을 열었지만, 담배를 받지는 않았다.

대신 이렇게 말했다.

“자네 입에 닿았던 담배는 싫어. 나한테 에이즈라도 옮기면 어쩌려고? 입맞춤으로 감염이 된다고 했다고.”

나는 치 선생이 이 말을 전하지 않는 대신 다른 이유를 대면서 박사의 호의를 거절할 거라고 생각했다. 그러나 치 선생은 호의라고는 볼 수 없는 눈빛으로 바다 건너편 신사를 보며 들은 말 그대로 통역했다.

우리는 모두 긴장했다.

닥터 제임스는 연민이 가득한 시선으로 환자를 보며 잠시 멈췄다가 말을 했다.

“서양인이 모두 에이즈 환자라고 여기지는 마세요. 이건 제가 책임지고 말씀드릴 수 있어요. 저는 에이즈 환자가 아닙니다.”

말을 마친 그는 담뱃갑을 병상 옆 테이블에 둔 뒤 샤오바이에게 말을 건넸다.

“저기, 담배 한 개비에 불을 다시 붙여주겠어요. 고맙습니다.”

그는 담뱃갑 안쪽에 손이 닿지 않도록 조심스럽게 건넸지만, 샤오바이는 얼굴을 붉혔다. 치 선생은 담배를 대신 받으며 말했다.

“중국 여성들은 보통 담배를 피우지 않습니다. 제가 할게요.”

노인은 맛이 좋다는 듯 담배를 피우면서 외국인에게 엄지를 몇 번이나 치켜세웠다.

“좋은 담배네! 좋은 담배야!”

닥터 제임스는 벽에 걸린 서화를 관찰했고, 샤오바이는 또 다른 곳으로 달려가 바삐 일했다.

나는 말했다.

"치 선생님. 당신은 호스피스 병원에 참 적합한 사람이네요. 말만 신랄하지, 마음은 따뜻해요."

"아니요."

그는 키가 큰 몸을 구부리며 말을 이었다.

"제가 환자들에게 준 홍타산 담배는 확실히 가짜입니다. 정품은 너무 비싸니까요. 환자들은 담배를 달라고만 하지 제게 돈을 주지는 않아요. 저도 돈을 달라고 할 수 없고요. 담배 파는 사람이 그러더라고요. 이 담배는 다른 이에게 선물로 주는, 선물용으로만 팔리는 담배라고요. 제 담배는 관료에게 주는 게 아니라 임종을 앞둔 이들에게 주는 거죠. 저는 그들을 속이지 말았어야 했어요. 서양의 호스피스 병원 직원들은 확실히 배울만 하네요."

"우리는 이제 막 시작한 단계니까요."

닥터 제임스는 말했다.

"제가 이 그림을 자세히 봤는데 말이죠. 안에 규칙이 하나 있네요……."

우리는 눈을 크게 뜨고 보았다. 그림에는 초서로 "노오노이급인지노(老吾老以及人之老, 내 집의 노인을 돌보는 마음이 다른 집 노인에게 닿는다)"라고 적혀 있었다.

우리는 이구동성으로 물었다.

"어떤 규칙이죠?"

박사는 손가락으로 가리켰다.

"이 글자가 세 번 반복되고 있어요."

이 서양인 의사에게는 정말 쉽지 않은 일이었다. 선녀가 꽃을 뿌린 듯 난해한 초서에서 비슷하면서도 전혀 비슷하지 않은 '노(老)'자를 놀랍게도 알아본 것이다.

치 선생은 나를 보며 말했다.

"해석은 작가의 특기잖아요."

나는 답했다.

"그래도 선생님이 이야기하는 게 낫겠어요. 여기에 붙인 데에는 이유가 있을 테니까요."

치 선생은 목을 가다듬으며 말했다.

"첫 번째 '노'자는 동사로, 노인을 돌본다는 뜻입니다. 두 번째 '노'자는 대명사로, 자기 부모를 의미합니다. 세 번째 '노'자는 명사로, 전 세계의 노인을 모두 포함하는 추상적인 의미지요."

닥터 제임스는 집중하며 들었고, 치 선생은 말을 이었다.

"이 문장을 하나로 엮으면 자기 부모를 돌보듯 인류의 노인을 돌봐야 한다는 뜻이 됩니다."

닥터 제임스는 깨달음에 탄식하며 말했다.

"동양 철학은 신비하면서도 박애적이네요!"

우리는 닥터 제임스를 배웅했다.

"붉은 중국에서 이렇게 젊고도 진지하게 임하는 동료를 만나게 될 줄은 몰랐네요."

닥터 제임스는 치 의사를 좋게 평가하는 것처럼 보였지만, 치 의사에게 건네는 칭찬은 여전히 절제되어 있었다. 그는 아주 진지하게 말했다.

"이번에 여러분들의 나라에 온 뒤로 제게 호화스러운 호텔과 현대화된 생산 라인을 구경하였지요. 황제가 먹었다던 음식도 먹고, 아름다운 유적지도 둘러보았지요. 모든 게 막 시작된 단계지만, 거의 모든 걸 가지고 있어요. 다만 건설 중인 중국에는 부족한 게 하나 있지요."

우리는 다시 이구동성으로 물었다.

"그게 뭔데요?"

"호스피스 사업이죠. 이건 문명 세계의 상징입니다."

정말 뭘하든 비판만 하네. 그러나 나는 그의 철저한 직업 정신에 감동했다.

닥터 제임스는 말을 이었다.

"여러분들의 호스피스 병원은 너무 낙후되었습니다. 빈민굴처럼요. 우리 병원은 화원과도 같습니다. 건물도 크고 설비도 선진적이지요. 심지어는 안에 유치원도 있습니다. 아이들의 웃음소리가 죽은 이들의 탄식을 희석시키죠. 그리고 자원봉사자도 아주 많습니다. 대학교수, 학생, 사무직 직원, 가정주부……. 가장 많은 건 당연히 대학생이죠. 아예 호스피스 팀을 꾸려서 목숨이 위태로운 환자를 위해 대가 없는 봉사를 하거든요. 기독교 정신을 발휘하는 거죠. 아쉽게도 여러분들은 이 단계까지 오려면, 아직 갈 길이 멉니다……."

닥터 제임스는 호의를 품고 한 말이었지만, 치 선생은 단호하게 그의 말을 끊었다.

"우리도 대가 없이 봉사하는 자원봉사자가 있습니다."

그러자 영국 의사는 똑같이 고집스레 말했다.

"하지만 저는 본 적이 없는데요."

치 선생은 물러서지 않고 여전히 고집스레 반박했다.

"그건 중국에 머문 기간이 짧아서 그런 겁니다. 관심이 있으시다면 주말 오후에 와보세요. 그러면 자원봉사자를 볼 수 있을 겁니다."

* * *

한 자원봉사자가 내 앞에 서 있었다. 나는 그녀를 자원봉사자라는 호칭으로 부르는 게 어색했다. 그녀는 젊었고, 미간에 우울함이 깃들어 있었다. 이 모습은 그녀가 단순한 자원봉사자가 아니라 다른 목적 때문에 이곳에 온 사람이라는 걸 수시로 상기시켰다.

이번에 서 있는 장소는 정원이었다. 여기서 죽음을 논의하는 게 더 쉬웠다. 병실에는 위독한 환자들이 많았고, 일부는 깊은 잠을 자거나 넋이 나간 듯한 상태였지만, 나는 그들 바로 옆에서 우리가 피할 수 없는 종착지에 관해서 이야기하고 싶지는 않았다. 설사 그들이 전혀 알아듣지 못할지라도 말이다.

추위는 그녀의 가녀린 뺨을 선홍색으로 물들였다. 처음 봤을 때보다 훨씬 더 매력적으로 변해 있었다. 추위와 더위는 젊은이의 얼굴을 붉게 만들었다. 그러나 더위는 이마도 붉게 만들고, 사람을 거칠어 보이게 했다. 오직 추위 속 홍조만이 과일처럼 생동감이 넘쳤다.

"여기는 어쩌다가 오시게 된 거예요?"

나는 전문 기자가 아니었기에 인터뷰에 능하지 않았다. 가장 궁금한 것만 물어볼 뿐이었다.

"왜냐하면……, 다들 오니까요. 그래서 저도 왔어요."

아주 작은 목소리로 답을 해서 어쩔 수 없이 가까이 다가갈 수밖에 없었다. 그녀의 이마가 방금 닦은 유리컵처럼 맑아 보였다.

"그러면 다들 여기에 오지 않는다면요. 그래도 올 거예요?"

앞에 있는 이는 올해 겨울에 가장 유행하는 검은색 양모 레깅스와 분홍색 부츠를 신은 소녀였다. 생동감 넘치는 스타일이었지만, 그녀의 침착함도 여전히 엿보였다.

그녀는 단언했다.

"오지 않았을 거예요."

그나마 다행이었다. 진심을 드러낼 용기가 있어서.

"그러면 왜 온 거예요?"

"좋은 일을 하라곤 하잖아요. 그런데 평범한 좋은 일은 이미 다른 사람들이 다 해놨죠. 제가 말하는 건 수량이 아니라 종류예요. 대학에서는 새로운 종류의 좋은 일을 발굴해야 하죠. 제 친구의 사촌이 여기 간호사로 근무하거든요. 대학생은 한가한 편이니까 병원에 와서 죽음을 앞둔 할머니, 할아버지와 이야기라도 나누라고 하더라고요. 그래서 이렇게 왔어요."

"친구들은 다들 뭐라고 하던가요?"

"뭘 뭐라고 해요. 처음에는 이렇게 말해요. 돈도 주는 거야? 외국에서는 이런 일을 하면 큰 돈을 번다는데. 그러면 누가 바로 반박을 하죠. 촌스럽게 뭐라는 거야. 외국에서는 이런 일을 할 때 한 푼도 안 받아. 사실 두 사람의 말은 다 맞아요. 돈을 받고자 한다면, 적게 받을 리가 없고, 돈을 받지 않으려고 한다면, 한 푼도 받지 않죠."

나는 다 알면서도 물었다.

"당신들은요?"

"당연히 돈을 안 받는 쪽이죠. 일주일에 한 번이요."

"다들 원해서 온 건가요?"

"뭐라고 해야 하죠. 무섭기도 하고, 궁금하기도 하달까요. 진짜로요. 저는 이제껏 죽은 사람을 본 적이 없거든요. 저는 죽은 걸 볼 수 없어서 이제껏 동물을 좋아하면서도 단 한 번도 키운 적이 없어요. 잘못 키워서 죽기라도 할까 봐요. 살아있을 때 제게 주는 기쁨보다 죽었을 때 주는 슬픔이 훨씬 더 크니까요. 제가 어머니에게 이렇게 물어본 적이 있어요. 옛날 사람들은 개미도 밟아 죽인 적이 없다던데, 나는 시력이 나빠서 길에 있는 개미가 아예 보이지도 않는다고요. 나도 모르는 사이에 몇 마리나 밟아 죽였는지 모르겠다고 말이죠. 그러자 어머니가 이렇게 말했어요. 으이구, 생명이 그렇게 쉽게 사라지는 줄 아니? 네가 마음을 담아서 발바닥으로 힘껏 으스러뜨리지 않는 이상 개미는 죽지 않아. 그래서 제가 한 번 실험해봤어요. 스니커즈를 신고서 걸어가 봤죠. 그러다가 드러누워서 땅 위를 봤어요. 개미는 무사하더라고요. 제가 나쁜 사람이라고 할 수는 없지만, 여기에 오고 싶지 않은 것도 사실이에요. 다른 이유 때문이 아니라, 제가 상처를 쉽게 받거든요. 담도 유달리 작고요."

"오지 않으면 안 되는 건가요? 자원해서 온 거라면서요?"

"안 되죠. 자원해서 왔다고는 하지만 진짜로 원해서 온 사람이 몇이나 되겠어요? 학교에서 그걸로 품행 항목으로 정해서 점수를 매겨서 기록으로 남기거든요. 사랑의 봉사라고는 하지만 반드시 와야 하는 거죠. 처음에는 저도 어쩔 수 없이 왔는데요. 그래도 지금은 원해서 오고 있어요."

닥터 제임스가 이 자리에 있었다면 대체 어떤 표정을 지었을까? 알 수 없었다. 나는 말했다.

"자세히 이야기를 해주시겠어요?"

"처음에 이 정원에 왔을 때는 죽음의 기운이 가득했어요. 사촌 언니가 학우들에게 안으로 들어가서 노인들과 대화하는 게 가장 좋겠다고 했어요. 아니면 청소를 돕는 것도 괜찮고요. 저희가 두려워하는 걸 알았던 거죠. 용감한 학우 몇 명이 아무 병실로 가서 문을 열고 안으로 들어갔어요. 저는 그들이 나와서 제게 어땠는지를 알려주면, 그때 결정하려고 했어요. 그런데 학우들이 소용돌이에 빠지기라도 한 것처럼 나오지를 않더라고요. 저는 우두커니 정원 한가운데에 서 있었어요. 알고 보니 남은 게 저뿐이더라고요. 사촌 언니가 와서는 제게 유리를 닦는 일이라도 돕겠냐고 물었어요. 저는 따뜻한 물이 담긴 양동이를 창문 밖에 내려놓았죠. 그해 겨울은 올해보다 추워서 유리에 얼음꽃이 피어났어요. 내부는 얼음으로, 외부는 황사로 뒤덮였죠. 저는 걸레를 손으로 비틀어서 짰어요. 사촌 언니는 다정해서 물도 따뜻한 걸로 줬어요. 유리를 위아래로 문지르니까 문지른 만큼 유리가 투명해졌죠. 얼음이 남은 곳은 아래쪽뿐이었어요. 창문에 핀 얼음꽃을 그렇게 자세히 본 건 처음이었죠. 크리스마스 트리처럼 투명한 건물 안에 똑바로 서 있었어요. 걸레에 담긴 희미한 열기가 얼음꽃을 부드럽게 녹이자 정교한 나뭇잎은 비에 젖은 것 같았고, 반짝이는 안개가 그 위를 휘감았죠. 그런 뒤에는 얼음꽃의 윤곽이 부드럽게 흐려졌어요. 지금 병실의 유리는 바깥쪽이라 할지라도 막 씻은 포도처럼 은은한 물기를 머금은 듯 아주 깨끗하죠. 밝지만 따뜻하지는 않은 햇빛이 그 위를 비추면, 무지개색 같은

빛을 품어요.”

그녀는 말을 이었다.

“사실 별 효과는 없어요. 한쪽 면만 닦는 건 안 닦는 것과 차이가 없거든요. 하지만 안에 들어가서 닦을 용기는 없었죠. 창문이 닫혀있는 실내에 얼마나 무서운 괴물이 누워있을지 모르는 거잖아요. 어쩔 수 없이 남은 시간을 보내기 위해 저는 손가락으로 가장 아래쪽 유리를 문질렀어요. 유리는 정말 신기해요. 천이나 신문지, 기름이나 알콜로 닦는 것보다 손가락으로 닦는 게 가장 깨끗하거든요. 마치 손가락과 유리가 서로 상극이기라도 한 것처럼요. 저는 무의식적으로 손바닥으로 원을 그렸어요. 유리에서 파란빛이 반짝였죠. 손바닥 반대쪽에 있던 하얀 솜털을 닮은 얼음꽃이 신기하게도 얇아졌어요. 순식간에 갈색 구멍이 생겼죠. 반대편 유리에 누군가가 계란 모양의 초콜렛을 붙여놓기라도 한 것처럼요. 제 체온 때문에 얼음이 증발해 사라진 거예요. 저도 모르게 가까이 다가갔어요. 제가 닦은 유리창 안쪽의 풍경은 어떠한지 한번 보고 싶었거든요. 저는 손을 바꿨어요. 원래 손은 유리를 닦느라 얼음처럼 차가워져 있었죠. 바꾼 손에는 열기가 가득했어요. 얼음꽃이 녹은 부분이 빠르게 커지면서, 구멍 두 개가 생겼는데 제 두 눈을 갖다 댈 수 있을 정도로 큰 구멍이었어요. 저는 무릎을 쭈그리고 앉았어요. 유리가 너무 낮았거든요. 숨을 멈추며 차가운 유리창에 코가 눌릴 정도로 얼굴을 갖다댔는데……. 제가 뭘 봤는 줄 아세요?”

그녀의 우울한 시선이 지면을 향했다. 마치 나를 놀라게 할까봐 걱정하는 듯한 모습이었다. 마음의 준비를 하라는 것 같았다.

그녀는 내가 의사이며 병원에서 오랜 시간을 보냈다는 걸 모르고 있었다.

나는 직설적으로 말했다.

"눈처럼 새하얀 시트, 해골처럼 마른 노인, 나무뿌리 같은 주름, 산소통……."

그녀는 자기 예상을 벗어나지 않았다는 듯 조용히 말했다.

"맞아요. 그런 걸 보기는 했죠. 하지만 그때는 아니었어요. 그 순간, 제가 본 건 끝없는 어둠이었어요. 어둠 속에서 반딧불이 날았죠. 많은 것도 아니었어요. 딱 두 마리. 아주 빠르게 날았죠. 원형으로 된 새하얀 등나무 줄기가 어둠 속에 있었는데, 아주 세밀하면서도 괴이한 형태의 무늬가 있었죠……."

"그게 뭐였죠?"

이번에는 내가 놀랐다. 의학 경력이 20년이 넘는 주치의를 놀라게 할 수 있는 일은 실로 많지 않았다.

"그건 백내장 환자인 할아버지의 눈이었어요. 제가 손바닥으로 녹여낸 그 두 개의 구멍으로 바깥을 보고 있었던 거죠."

그녀는 여전히 시선을 아래로 두고 있었다.

나는 최대한 차분한 목소리로 말하려고 노력했다.

"계속 이야기해보세요."

그런 뒤에는 안으로 들어갔어요. 선생님이 답하셨던 건 그때 보았죠. 저는 할아버지에게 말했어요. 저는 할아버지를 돌보려고 온 사람이라고요.

할아버지는 병상 위에 누워있었고, 바깥을 보려는 자세였어요. 다만 목이 힘없이 어깨 위에 놓여있었을 뿐이었죠. 그는 위암 말기 환자였고, 극히 말라 있었어요. 낯빛은 구석에 버려진 지저분한 비닐 봉투 같았죠. 눈빛도 보는 이를 섬뜩하게 만들 정도로 무서웠고요. 조금 전 움직임 때문에 기력을 소모했는지 힘껏 숨을 몰아쉬었어요.

그는 아주 외로운 것처럼 보였어요. 저는 제 방문에 그가 아주 기뻐할 거라고 여겼죠. 하지만 아니었어요. 할아버지는 무표정한 얼굴로 저를 보았어요. 오래된 침대 시트처럼 냉담한 표정이었죠.

저는 조용하고 쑥쓰러움이 많은 성격이에요. 제가 좋다고 따라다니는 남자에게도 뭐라고 말해야 할지 잘 모르죠. 그런데 제 할아버지 연배일 정도로 나이가 많은, 침묵하는 노인을 앞에 두자니 뭘 어떻게 해야 할지 더더욱 모르겠더라고요.

저는 멍하게 그를 보았고, 그도 멍하게 저를 보았어요. 처음에 창문을 사이에 두고 있었을 때처럼요. 이때 간호조무사인 샤오바이가 밥을 가지고 왔죠. 저는 말했어요. 제가 밥을 먹을 테니 다른 곳으로 가봐도 된다고요. 샤오바이가 그러더라고요. 두 할아버지는 밥을 먹이기가 쉽지 않아요. 한사코 안 먹겠다고 하면, 억지로 먹이지는 말라고요.

저는 걱정하지 말라고 했어요. 저는 기스면을 입가로 가져가 후후 불고는 알맞게 식었을 때 두 할아버지 앞으로 가져갔어요. 그런데 그의 입은 투명한 풀에 붙기라도 한 것처럼 딱 붙어서 떨어지지 않았죠.

식사하셔야죠. 저는 다른 사람에게 밥을 먹이는 일을 하겠다고 한 걸 후회했어요. 저는 다른 사람에게 권유를 하는 데에 서툴렀거든요.

그는 마침내 입을 열었어요. 밥을 먹으려고 입을 연 게 아니라 말을 하려고 입을 열었죠. 약도 소용이 없는데 밥은 말해서 뭐해. 나는 안 먹을 거야. 할아버지는 정신이 아주 또렷했어요. 암 환자들은 죽기 전에 의식이 모두 뚜렷하대요. 누구도 그들을 설득할 수 없어요.

그래도 조금이라도 드셔야죠. 제가 말했어요. 제가 다른 말은 하지 않고 숟가락을 들고 멍하니 서 있었어요. 숟가락 안에 든 음식이 벌써 식어서 다른 그릇 안에 부었어요. 숟가락으로 따뜻한 국물을 다시 펐죠. 그러고는 촛불을 들 듯 숟가락을 들었어요. 고대의 거안제미[6]가 이런 거겠구나, 라는 생각이 들더라고요.

두 할아버지가 정신을 집중하더니 힘겹게 말했어요. 자네 지금 나를 화나게 하려고 작정을 한 건가?

눈물이 다 쏟아졌죠.

아무 사이도 아닌 사람이 이렇게까지 돌봐주는데 정말 너무한 거 아니냐고요!

저는 숟가락을 들고 끝까지 기다렸어요. 국물 안 기름이 뭉쳐서 노란 원을 만들 때까지요

두 할아버지는 한숨을 내쉬더니 이렇게 말했죠. 젊은이, 내가 먹을게. 대신 조건이 하나 있어.

저는 욱하는 마음이 들었어요. 먹든 안 먹든 그건 사실 할아버지 문제잖아요. 저한테 조건까지 걸 일이냐고요. 하지만 이따가 오늘의 성과를 보고해야 한다는 생각이 들더라고요. 어쩔 수 없이 할아버지를 따르기로 했죠. 그래서 물었어요. 조건이 뭔데요?

---

6) 거안제미(擧案齊眉). 밥상을 눈썹에 맞추어 높이 들고 들어가는 것. 아내가 남편을 정성껏 모시는 모습을 말한다.

그러자 할아버지가 득달같이 답하더라고요.

노래 좀 불러줘.

저는 난색을 드러내며 말했어요. 저는 노래를 못 하는데요.

하지만 할아버지는 전혀 타협하지 않았죠. 아주 단호하게 말했어요.

그러면 밥을 안 먹겠다고요!

저는 속으로 할아버지를 비웃었어요. 이렇게 말이 안 통하는 할아버지 보셨어요? 저는 그저 자원봉사자일 뿐이잖아요. 몇 시간만 봉사하면 바로 가버린다고요. 밥 먹는 게 저랑 대체 무슨 상관이겠냐고요. 할아버지 배가 고픈 거지 제 배가 고픈 것도 아닌데? 그리고 이 나이가 되어서 다른 이가 먹여줘야 한다뇨. 저는 화가 나서 이렇게 말했어요.

먹기 싫으면 관두세요. 저는 가서 다른 사람들을 먹여줄래요.

할아버지는 제가 다른 곳으로 가버리는 게 두려운 것 같았어요. 다급하게 이렇게 말했죠. 딱 한 소절만 불러도 괜찮아. 한 소절 부를 때마다 한 입씩 먹을게.

이런 거래는 또 처음이었어요. 하지만 모든 일에는 시작과 끝이 있어야 하는 법이잖아요. 그래서 말했죠. 좋아요. 부를게요. 근데 저는 이제껏 다른 이들 앞에서 노래를 불러본 적이 없어요. 못 부를 수도 있어요.

그는 아이처럼 흥분하더니 저 보고 어서 노래를 부르라고 했어요.

뭘 부르겠어요. 막상 부르려니까 더 난감하더라고요.

《단결이 힘이다》[7]를 부를게요.

힘 있는 노래니까 들을 때도 힘이 나죠.

그런데 제 말에 할아버지가 안 듣겠다고 하더라고요. 평소 샤오바이가 이 노래를 부른대요. 저는 그제야 밥을 먹일 때 노래를 불러야 한다는 게 할아버지가 자주 쓰는 수법이라는 걸 알아차렸어요.

저는 짜증을 참으며 말했죠. 그러면 《멋지게 한 번 떠나자》[8]를 불러 볼게요.

할아버지가 어눌한 목소리로 물었죠. 어디로 떠나는 건데?

저는 그제야 할아버지가 병원에 입원한 지 오래되어서 최근에 유행하는 노래를 잘 모를 거라는 걸 깨달았어요. 저는 말했죠. 보세요. 노래를 불러 달라고 해서 부르는 건데, 불러도 알아듣지를 못하는 거잖아요.

할아버지가 부르세요.

너무 어려워. 나는 못 한다고.

그는 진지하게 생각을 하기 시작했어요. 창백한 얼굴이 갑자기 노랗게 변하더라고요. 정말로요. 붉은색이 아니었어요. 극도로 쇠약해졌기에 핏빛이 다 옅어진 거죠. 그래서 샤오싱 황주(黃酒)처럼 노란색을 띤 거예요.

그는 드디어 무언가를 떠올렸는지 이렇게 말했어요. 사랑 노래를 불러봐.

손에 쥐고 있던 국물이 밖으로 다 튀었죠. 나이 들어 메마른 여든 몇 살의 노인이 사랑 노래를 불러 달라고 하다뇨! 정신에 문제가 생긴 건 아닐까? 저는 눈빛을 반짝이는 할아버지를 보면서 어디에든 있다는 프로이드를 떠올렸어요. 이 노인이 사실은 성적 변태라서 자기 욕망을 분출할 곳을 찾는 게 아닐까, 라는 생각이 들었죠.

---

7) 1943년도에 만들어진 항일 노래이다.
8) 1991년 가수이자 배우인 엽천문이 부른 노래이다.

저는 한 마디씩 강조하며 말했어요.

저는, 사랑 노래 같은 건, 부를 줄 몰라요!

그는 여전히 희망을 품은 채로 말했죠.

그러면《멀리 있는 그곳에서》[9]를 불러줘.

못해요!

그러자 할아버지가 그랬어요. 그러면《큰 강 한 줄기》[10]도 괜찮아.

저는 못 한다니까요. 그러자 할아버지는 무언가를 느꼈는지 떠보듯 말하더라고요.

다 할 줄 알잖아.

가사가 생각이 안 나서 그런다면, 내가 알려줄게.

아니, 스무 살 대학생이 여든 살 노인에게 이런 것까지 배워야겠어요? 저는 단칼에 거절했어요. 그랬더니 전략을 바꾸더라고요.

헤이라라라라, 하늘에 노을이 나타났네,[11] 만 불러도 괜찮아. 아니면 내가 약속을 안 지킬까 봐 그래? 그러면 내가 먼저 먹을게. 먹는 걸 보여줄게……. 그러더니 덜덜 떠는 손으로 숟가락을 잡아서는 입안에 넣었죠. 흑태가 생긴 혀가 면발을 휘저었어요.

저는 갑자기 그곳에 일 분도 더 머무르고 싶지 않았어요. 저는 해야 하는 공부도 많고, 읽어야 할 책도 많았고, 남자친구와 데이트도 해야 했어요, 댄스파티에도 가야 하고, 새로 옷도 사야 하고…….

평생 처음 보는 사람을 위해 왜 제 황금 같은 청춘을 소모해야 하죠?

아예 안 온 것도 아니고 일단 오기는 왔잖아요. 그렇다는 건 떠나도

9) 중국의 민족 음악가인 왕뤄빈이 작곡한 민요로 영화《작은 마을의 봄(小城之春)》(1948)의 삽입곡이다.
10) 1959년에 궈란잉이 부른 노래로 원래 제목은《나의 조국》이다. 첫 구절이 "큰 강 한 줄기"이다.
11)《전 세계 인민들의 단결이 급하다》라는 노래의 앞부분이다.

부끄러울 게 없다는 거잖아요. 가도 되는 거겠죠. 그래서 노래를 안 부르겠다고, 밥은 알아서 드시라고, 안녕히 계시라고 했어요.

그는 얼이 빠진 모습으로 저를 보았어요. 면발이 살아있는 벌레처럼 그의 입에서 튀어나왔죠.

실내는 아주 조용했고, 하늘은 점점 어두워졌어요. 제가 빠르게 떠났다면 그 뒤의 일은 일어나지 않았겠죠. 샤오바이가 깨끗이 세탁한 옷과 시트를 가지고 들어왔어요. 마침 이걸 갈아야 하는데 저쪽 일이 너무 많으니 좀 도와달라고 하더라고요. 가는 길에 아예 불도 켜주고 갔어요.

양쪽 끝이 검게 변한 형광등이 독사처럼 소리를 냈어요.

몸이 약해져서 베개 위에 몸을 기댄 할아버지에게 제가 말했죠. 우리 옆으로 잠깐만 움직여요. 침대 시트를 갈아야 해요.

그는 힘을 주며 팔꿈치로 몸을 반쯤 일으켰고, 옆으로 몸을 옮겼어요. 제가 침대보를 펴자 그는 더는 기다릴 수 없다는 듯 몸을 던지듯 누웠죠. 머리를 들어 숨을 헐떡였어요.

저는 할아버지 등 아래 쪽 시트가 크게 말려있는 걸 봤어요. 그 모습이 마치 만 리를 지나며 전해진 편지 봉투 같았죠. 다른 사람이 보면 제가 일을 제대로 안 한 것처럼 보일 거 아니에요. 그래서 말했어요. 할아버지, 우리 옆으로 다시 좀 더 움직여요. 시트를 제대로 펴게요. 지금은 보기 안 좋잖아요.

할아버지는 급히 숨을 몰아쉬더니 왜 또 고생을 시키냐고 하더군요.

이게 다 할아버지를 위한 거예요.

누구를 위한다는 건지 모르겠네.

할아버지, 무슨 말씀을 그렇게 하세요? 그럼 이게 할아버지를 위한 게 아니면 뭐에요? 제가 이 침대에 눕는 것도 아니잖아요. 이렇게 구겨진 곳 위에 누우면 얼마나 불편하겠어요!

할아버지는 간청하듯 말했죠. 나는 불편함을 못 느껴. 정말이야. 명치를 제외하고는 감각이 없어. 날 좀 편히 있게 내버려 두겠어? 저는 주저 없이 그를 옆으로 밀었죠. 할아버지는 장난감 코너를 떠나지 않으려는 아이처럼 제게 협조하지 않았어요. 하지만 제가 힘을 쓰는 걸 보더니 크게 저항하지는 않았죠. 할아버지는 뼛속까지 고집스러웠지만, 다행히 제가 생각했던 것보다 가벼웠어요. 짚으로 만든 사람 같았죠. 그런데 할아버지 몸이 반쯤 남은 맥주처럼 기포 올라오는 소리를 내더라고요. 저는 제 불만을 드러내려고 할아버지를 조금 밀쳤어요.

이마에 흐른 땀을 닦으면서 말했죠.

됐어요. 보세요. 얼마나 깔끔해요! 보기만 해도 편하네.

할아버지는 어두운 낯빛으로 아무 말도 하지 않았어요. 심지어는 힘껏 몸의 절반을 빼내서 제가 펴준 침대 시트 쪽에 닿지 않으려고 했죠. 다시 구겨져서 저를 귀찮게 할까 봐 그랬던 걸 수도 있고, 소리 없는 항의를 했던 걸지도 모르죠.

이제 우리 옷을 갈아입어요.

저는 할아버지의 반응을 신경쓰지 않고 제 생각만 하며 말했어요. 할아버지는 이제 힘이 전혀 남아 있지 않았어요. 완전히 제 마음대로 할 수 있었죠. 선생님이 눈치채셨는지 모르겠지만, 호스피스 병원 사람들은 환자에게 "우리가"라고 말하지 절대 "제가"라고 말하지 않아요. 예를 들어서 우리 같이 몸을 돌려볼까요, 라고 말하죠. 마치 자원봉사자가 환자와 함께 몸을 돌리기라도 하는 것처럼요. 호스피스에 있는 사람들은 자기 자신을 돌볼 능력을 잃었으니까요. 아주 간단한 동작이라고 할지라도 누군가와 협력해야만 가능하죠.

난 안 갈아입을 거야.

할아버지는 쇠약하지만 아주 분명하게 말했어요.

정말 골치가 아파졌죠.

안 돼요. 저는 아주 확고하게 말했어요. 샤오바이가 제게 옷을 주었어요. 할아버지가 옷을 갈아입지 않으면, 제가 맡은 일을 제대로 안 하는 게 되잖아요?

그는 냉담한 눈빛으로 저를 보더니 네가 갈아입혀 주는 건 싫어, 라고 했죠. 있는 힘을 다해서 "네가"를 강조했어요. 아주 분명하게 자기 뜻을 밝힌 거죠. 할아버지는 옷을 갈아입기 싫은 게 아니었어요. 제 도움을 받아서 갈아입는 게 싫었던 거죠.

저는 사실 남을 돕는 걸 좋아하는 사람이 아니에요. 만약에 학교에서 누군가 제 도움을 거절했다면 저는 기뻐하며 벗어났을 거예요. 그런 뒤에는 다시는 그를 상대하지 않았겠죠.

호의를 드러냈으니 도덕적으로는 할 일을 다 한 거죠. 그 사람이 도움을 필요로 하지 않는다면, 그건 자업자득인 거죠. 그런데 여기서는 모든 게 전복된 거예요. 누가 봐도 도움이 필요한 상황인데, 도와주는 이가 없으면 숟가락도 들 수가 없는데, 그런데도 교만하게 거절한 거죠! 자존심이 크게 상했어요.

왜 제가 도우면 안 되는 거죠?

저는 "제가"를 강조하며 힐문했어요.

왜냐면…… 왜냐하면…… 그는 주저했어요.

저는 흉흉한 기세로 끝까지 캐물었죠.

왜냐면 너는 여자애잖아. 그는 그제야 이유를 말했죠.

저는 이런 이유일 거라고는 전혀 생각하지 못했었어요. 조금 감동하기도 했어요. 하지만 제가 그의 말을 따를 수는 없는 상황이었기에 이렇게 물었죠.

그러면 옷을 갈아입는 걸 누가 도와주면 좋겠어요?

할아버지는 아주 빠르게 답했죠.

샤오바이.

근데 샤오바이도 여자애잖아요.

저는 할아버지가 차별을 하는 것 같아서 기분이 나빴어요.

그런데 할아버지가 별안간 낮은 목소리로 고함을 쳤어요.

여자애 한 명이 보는 건 어쩔 수 없다고 쳐! 하지만 너희 모두가 보는 건 나도 싫다고!

할아버지의 쇠약한 가슴에 저렇게 강렬한 성적 수치심이 있을 거라고는 전혀 생각을 못 했어요. 저는 좋은 마음으로 권했죠. 저희는 모두 인체 생리학을 배웠어요. 그러니까 부끄러워하실 필요 없어요. 저랑 샤오바이는 같아요. 샤오바이는 지금 매우 바쁘고요.

마지막 이유가 그의 마음을 움직인 듯했어요. 어쩔 수 없다는 듯 이렇게 말하더라고요.

샤오바이는 너무 바빠. 좀 쉬라고 해.

옷 갈아입는 일에 관해서는 제가 확실히 책임을 다했다고 할 수 있을 거예요. 속옷을 갈아입을 때 담요로 하반신을 가려줬거든요. 할아버지의 가련한 자존심을 지켜주고 싶었던 게 첫 번째 이유였고, 두 번째 이유는 그가 감기에 걸릴까봐 걱정되었기 때문이에요. 상의를 갈아입힐 때는 아예 이불로 작은 텐트를 만들어서 그 안에서 바쁘게 움직였어요.

이불에서는 불쾌한 냄새가 났어요. 진흙탕의 부패한 냄새였죠. 저는 눈물이 흘러나올 정도로 숨을 참았어요. 병원에서 파란 줄무늬 셔츠 아래로는 티셔츠가 하나 있었고, 저는 이불 안으로 새어 들어간 빛을 통해 어렴풋하게 그 모습을 볼 수 있었어요. 할아버지의 가슴에는 원숭이 얼굴이 있었죠. 경극 손오공의 채색 분장이요. 막 반도원에서 배부르게 복숭아를 먹고 나왔는지 입을 크게 벌린 미후왕은 기분이 좋아 보였어요. 오랫동안 빨지 않아서 그런지 티셔츠는 화장실 소변기 윗부분 벽과 색이 비슷할 정도로 더러웠어요. 손오공 얼굴에 있는 빨간 부분은 오염이 되어서 간장처럼 보였고요.

저는 웃는 낯으로 말했죠.

팔 좀 들어보세요. 제가 티셔츠를 갈아입혀 드릴게요.

그런데 아주 단호한 거절이 돌아왔어요.

안 갈아입어.

저는 깜짝 놀라 물었죠.

왜요?

그는 협상할 여지가 전혀 없다는 듯 말했죠.

뭐가 왜요야. 안 갈아입어.

노인은 정말 변덕이 죽 끓듯 해요. 티셔츠의 오염 정도로 보았을 때 샤오바이조차 지난번에 옷을 갈아입을 때 이 티셔츠를 벗는 걸 설득하지 못한 듯했어요.

저는 이 옷에 나름의 의미가 있을 거라는 걸 예민하게 포착해냈어요. 틀림없이 나름의 사연이 있는 거죠. 어쩌면 할아버지의 연인과 관련이 있는 걸지도 몰라요. 다만 이 티셔츠는 최근 몇 년 사이에 유행한 거거든요. 사람을 웃게 만들 정도로 과장된, 만화 같은 그림이죠. 할아버지의 연인은 유머 감각이 뛰어난 노부인인 거겠죠. 그런데 할머니는 왜 할아버지를 보러오지 않을까요? 외로이 혼자 있는 모습이 가련했어요. 옆에 가족도 한 명 없고요. 또 이런 생각도 들더라고요. 만약에 할아버지가 티셔츠를 벗고, 제가 그걸 빨아서 다시 입힌다면, 제가 샤오바이보다 일을 더 잘한다는 거 아니겠어요?

그래서 말했죠.

제가 빨아드릴게요. 그런 뒤에 다시 입어요.

할아버지는 화를 냈어요.

안 갈아입어! 내가 말했잖아. 안 갈아입는다고. 안 갈아입을 거야! 자네는 왜 이렇게 하는 짓이 얄밉지! 자네는 나를 도우러 온 게 아니라 나를 화나게 할 작정인 거야? 여기 들어왔을 때부터 얼굴을 찡그리더니, 이걸 해라, 저걸 해라 시키고 말이야. 자네는 나를 위해서 그러는 게 아니야. 자기 자신을 위해서 그러는 거지!

이때 저는 그의 이불 아래에 엎드려 옷을 갈아입힐 준비를 하고 있었어요. 그의 목소리는 제 머리 위의 두꺼운 솜이불을 지나면서 북소리처럼 울렸죠. 저는 이불을 홱 걷었어요. 그가 지금 티셔츠만 입고 있어 양팔을 훤히 드러내고 있다는 걸 완전히 까먹고 있었죠. 갑작스러운 찬바람은 그의 생기 없는 백발을 휘날리게 했고, 얼굴의 굴곡을 남김없이 드러냈죠.

그는 나를 증오에 찬 눈빛으로 노려봤어요. 아마도 추워서 그런 거겠죠. 힘겹게 혼자 셔츠를 입으면서 웃는 낯인 손오공의 지저분한 얼굴을 가렸어요.

샤오바이가 안으로 들어왔을 때, 모든 건 아무런 문제가 없는 것처럼 보였죠.

샤오바이가 말했어요. 두 할아버지. 오늘의 자원봉사자는 대학생이에요. 예전에 왔던 이들보다 더 세심하고, 경험이 많지 않나요?

할아버지는 아주 모호하게 우는 소리를 냈어요. 매우 낙심한 것처럼 보였죠.

할아버지, 저들이 간다고 아쉬워하실 건 없어요. 다음주면 또 올 거예요. 샤오바이는 다정하게 말하면서 파란색 줄무늬 옷을 가져갔어요.

저는 정신적으로도 체력적으로도 피로함을 느꼈죠. 저는 사실 사교적인 사람이 아니거든요.

특히 이렇게 변덕스러운 노인을 상대하는 건 저를 당장 도망가고 싶게 만들었죠.

할아버지는 감정이 전혀 없는 목소리로 말했어요.

그 면을 이리 가져다줘.

저는 식었다고 말했죠.

어쨌든 곧 죽을 사람이잖아요. 그를 모른 척 할 수는 없었어요.

가져와.

그는 명령조로 말했죠.

저는 면을 가져갔어요. 면은 벌써 불어있었죠.

그는 숟가락으로 국수를 퍼서는 입안으로 넣었어요. 껌을 씹기라도 하는 것처럼 국수를 씹었죠. 그런 뒤에는 굉장히 고통스럽다는 듯 그것을 삼켰어요. 곧이어 풍덩 하는 소리가 들렸어요. 깊은 못에 돌이 떨어지는 듯한 소리였죠.

저를 보면서 숟가락을 아주 소리 나게 내려놓았거든요.

저는 마음의 혐오를 억누르며 최대한 부드럽게 말하려고 노력했어요.

할아버지, 이제 갈게요. 다음주 토요일에 다시 올 거예요.

좋은 밤 되세요.

그는 밀랍 인형처럼 누운 채 아무 소리도 내지 않았어요.

저는 조심스럽게 밖으로 나가려고 했죠. 두꺼운 면으로 만든 문을 들어 올리려고 했을 때 뒤에서 소리가 들렸어요.

여기로 올거면 사람에게 즐거움을 줘야지. 자네처럼 죽을상을 한 사람은 나도 다시는 보고 싶지 않다고!

크고도 우렁찬 목소리였어요. 포효라고도 할 수 있었죠. 환자에게서 나왔다고는 절대 믿을 수 없는 소리였어요.

저는 빠르게 밖으로 나갔고, 눈물을 흘렸죠. 늙은 괴물, 미친 노인이었어요. 저 사람은 세상에서 가장 심각한 신경퇴행성 질환에 걸려서 머리가 이상해진 게 틀림없다고 여겼죠. 저런 이는 살아봤자 세상에 추악함만 가져올 거라고, 빨리 죽어야 한다고요!

저는 문명인이 생각할 법한 온갖 독설을 모두 떠올리며 그를 저주했어요. 다음 주 토요일까지요. 자원봉사를 가야 하는 날이 다시 된 거죠. 집합했을 때 저는 반장에게 말했어요. 미안하지만 오늘은 못가겠다고요.

왜? 지난 번에는 병원에서 네가 일을 잘한다고 칭찬했는데.

감기에 걸려서요. 노인들은 몸이 약하잖아요. 전염이라도 되면 큰일이죠.

아니지? 이렇게 빨리? 정오에 너랑 네 남자친구가 같이 테니스 치는 걸 봤는데? 감기 핑계로 영화나 보러 가지는 말라고.

감기에 갑자기 걸린 거라서요. 오후 내내 도서관에서 감기 기운이 있는데도 공부를 했어요. 다른 사람들에게 물어봐요.

저는 가지 않았고, 그날 오후 내내 불안했어요. 다른 병실에는 자원봉사자가 모두 있을 텐데, 두 할아버지가 계신 곳은 외로울 테니까요. 할아버지가 원한 대로 돼서 좋아할지 아니면 처량함을 느낄지 알 수 없었죠. 아마 전자일 거예요. 저를 보고 싶지 않다고 한 건 할아버지니까요. 여기까지 생각한 뒤, 저는 가장 어려운 책을 들고는 몰두하기 시작했어요.

그다음 토요일이 또 왔어요. 이번에는 새로운 이유를 만들어낼 수가 없었죠. 또 그 고집쟁이 할아버지가 대체 어떻게 되었는지 궁금하기도 했어요. 만약에 저를 거절할 거라면, 사람들 앞에서 해주기를 바랐죠. 할아버지가 이야기한 건데도, 괜히 제가 책임을 뒤집어쓰며 이리저리 도망갈 수는 없잖아요.

호스피스 병원에 들어갔을 때 우연히 샤오바이를 만났죠. 샤오바이가 그러더라고요. 왔네요. 정말 잘되었어요.

지난주에 두 할아버지가 계속 기다렸어요.

그런가요? 그 고집 센 할아버지가요? 마음이 불현듯 따뜻해졌어요. 할아버지에게 화를 내지 말았어야 했어요. 어찌 되었든 환자잖아요.

저는 다급하게 그 작은 병실을 향해 달려갔어요. 창문에 얼음꽃이 커튼처럼 두껍게 피어 있었죠. 이번에는 반드시 바깥도 닦아야겠다고, 그래야 할아버지가 병상에 누워서 바깥 하늘을 볼 수 있을 거라고 생각했어요.

그런데 샤오바이가 저를 붙잡으며 말하더라고요.

가지 말아요. 거기는 이제 빈 곳이에요.

그러면 그분은요?

저는 할아버지의 이름을 몰랐어요.

가셨어요. 지난밤에요. 금요일이었죠. 아마 토요일까지 기다리고 싶으셨을 거예요. 아쉽게도 기다리지 못하신 거죠. 세상에는 어떻게 하고 싶어도 어떻게 할 수 없는 일이 있는 법이거든요.

저는 이렇게 말했죠.

그건 불가능해요.

정말로요. 저는 이 부고를 믿을 수가 없었어요. 그렇게 화를 낼 수 있는 사람이 어떻게 바로 죽을 수 있단 말이에요?

샤오바이는 말했죠.

저도 어렸을 때는 사람이 죽지 않는다고 믿었어요. 하지만 두 할아버지는 확실히 가셨어요. 할아버지에게는 따님이 한 명 있는데, 미국에 살 거든요. 할아버지 임종 때도 맞춰서 돌아오지를 못했죠. 할아버지는 의식이 계속 또렷하셨어요.

아마 할아버지가 마지막에는, 따님이 아니라 당신을 기다렸을 거예요.

저는 말했죠.

그럴 리가요? 저를 기다렸다고요?

저는 여기 사람들이 죽기 전에 누군가를 기다린다는 걸 알고 있었어요. 심지어는 죽어서도 편히 눈을 감지 못했죠. 하지만 저를 기다리지는 않았을 거예요. 저랑은 딱 한 번 봤을 뿐이고, 또 좋지 않게 헤어졌으니까요.

그런데 샤오바이가 아주 확신하며 말했어요.

당신을 기다렸어요. 할아버지가 그러더라고요. 당신에게 미안하다고. 직접 사과하고 싶다고요. 샤오바이는 갑자기 떠올렸다는 듯 이런 말도 했어요.

당신에게 직접 주고 싶은 게 있대요. 나중에 제게 전해달라고 부탁하셨죠. 기다려봐요. 가서 가져올게요.

저는 매서운 북풍이 몰아치는 정원에 서서 얼음꽃이 만개한 창문을 보았어요. 어제, 어제 나는 뭘 했었지? 하늘은 어째서 내게 계시를 주지 않은 거지?

샤오바이가 돌아와 보따리를 풀기 시작했어요. 그래서 저는 중국 북방의 짙푸른 하늘 아래 눈처럼 새하얀 티셔츠를 보았죠. 앞에는 환히 웃는 손오공의 얼굴이 있었어요. 두 눈에서는 빛이 쏟아져 나왔고, 입술은 복숭아 과즙에 방금 적셔진 듯 선명하고도 붉었어요.

위에는 종이가 놓여 있었죠.

아이야.

너는 내가 살면서 가장 마지막으로 알게 된 사람이란다. 그날 네게 화를 낸 걸 용서해주렴. 네가 원래부터 우울한 성격이라는 건 그날 나도 바로 알아보았단다. 왜냐면 나도 전에 그런 성격이었거든. 이건 좋지 않아. 암에 걸리고 나서 나는 유쾌한 사람이 되기로 결심했단다. 그래서 여러 방법을 생각해냈지.

그중 하나가 노래를 부르는 거야. 하지만 가장 효과적인 건 이 손오공이 그려진 티를 입는 거야. 이 우스꽝스러운 원숭이 얼굴을 처음 보았을 때, 나도 모르게 웃음이 나왔거든. 나는 이제 곧 먼 곳으로 간단다. 그곳에 가기 전에 네게 원숭이 얼굴을 주고 싶다. 우울할 때면 이걸 보렴. 그러면 너도 모르게 웃음이 나올 거야.

화를 내기를 좋아하는 할아버지가

알아보기 힘든 글씨체였고, 한 획, 한 획을 몇 번이나 나눠서 쓴 듯했어요.

북풍을 맞으면서 저는 얼굴 가득 눈물을 흘렸어요. 하지만 그 선명한 색상의 경극 분장의 티셔츠를 보니까 정말로 웃음이 나왔어요.

샤오바이가 말했어요.

할아버지는 돌아가실 때 아주 고통스러워하셨대요. 위암이 유문부까지 퍼져서 막힌 하수관처럼 장이 완전히 막혔다고요. 섭취하는 게 모두 위 안에 쌓이기에 물 한 방울조차 독약과도 같았대요.

저는 할아버지가 먹었던 그 한 숟가락이 제게 건넨 가장 큰 위로라는 걸 알아요.

예전에는 저는 정말 노래를 할 줄 몰랐어요. 지금은 이곳에 오기 위해서 노래를 많이 배웠어요. 사람들은 많은 곳에서 기쁨을 찾죠. 하지만 많은 이가 평생토록 기쁨을 찾지 못하기도 해요. 할아버지는 제게 기쁨을 가르쳐줬어요. 죽음이 제게 기쁨을 가르쳐주었죠.

자원봉사자는 나를 보며 말했다.

어때요. 이제 더는 안 우울해 보이지 않나요?

나는 이렇게 답했다.

"영원히 기쁘게, 노인들을 위해 노래를 부르기를 바라요."

* * *

병원 출입이 잦아지면서 일부 보호자와 안면을 트게 되었다.

그들은 말했다.

"아버지나 어머니가 여기 계신가 봐요? 효심이 크네요. 올 때마다 뵈는 것 같아요."

원장 사무실로 들어가자 마침 안에 있던 치 의사를 만났다.

나는 말했다.

"이번 인터뷰가 매우 만족스러웠어요. 마지막으로 부탁을 하나 하고 싶어요. 절대 거절하지 말아주세요."

그들은 성의있게 답했다.

"말씀하세요."

"환자를 한 명 소개하고 싶어요. 입원했으면 하거든요. 길게는 아니고요. 모든 비용은 규정 대로 낼 겁니다. 따로 특혜를 주실 필요는 없어요."

그들은 물었다.

"문제 없어요. 가까운 사이인 분인가요?"

친절함이 묻어나는 표정이었다.

"아주 가깝죠."

"남자인가요 여자인가요?"

"여성입니다."

그들은 벽에 붙은 병상표를 확인하며 말했다.

"마침 여성용 병상이 하나 비어있습니다. 환자에게 빨리 오라고 해주세요. 저희는 자리 여유가 별로 없거든요."

나는 황급히 고개를 끄덕였다.

"오늘 바로 올겁니다."

"아니면 우리가 가서 데리고 올까요? 저희가 제공하는 서비스 항목 중에 직접 방문이 있습니다. 비용도 아주 적어요. 기름값만 주시면 됩니다."

"고맙습니다. 하지만 필요 없을 것 같네요."

치 의사는 말했다.

"며칠 머물지 않는다고 하시는 걸 보면, 임종을 앞두신 것 같은데요. 병명을 알 수 있을까요? 지금 병원에 있는 건가요? 아니면 집에 있는 건가요?"

"그 환자가 바로 접니다. 여기 병원에서 며칠 입원하고 싶어요. 죽음을 경험하고 싶거든요. 모든 건 다 절차대로 해주시면 됩니다."

원장과 치 의사가 콧구멍을 벌렁거렸다. 오랫동안 알고 지낸 사이가 아니었더라면 아마 그들은 나를 정신 병원으로 가보라고 했을 것이다.

원장은 말했다.

"좋습니다. 퇴원이 확실한 환자를 받는 건 처음이네요. 하지만 위중

한 환자가 왔을 경우 반드시 병상을 즉시 내줘야 합니다."

나는 연거푸 고개를 끄덕였다.

치 의사는 말했다.

"작가도 이렇게 직업 정신이 투철할 줄은 몰랐네요. 죽음이라고 하는 게 선생님 생각처럼 그렇게 오묘하지는 않습니다. 중국어에 최후의 발악이라는 말이 있지요. 죽기 전에 느끼는 고통이 엄청나다는 거죠. 그러나 최신 연구 결과에 따르면 사람의 몸은 죽기 전에 어느 정도 대비를 합니다. 정신이 혼미해지고, 감각이 둔해지죠. 임계점이 극한으로 올라갑니다. 정상인의 감각으로는 죽음을 파악할 수 없습니다."

원장은 말했다.

"저도 치 선생의 의견에 동의합니다. 한 의학 보고서에 따르면 수술대 위에 어떤 환자가 누워 있었고, 국소 마취를 했다고 합니다. 그런데 환자가 돌연 탄식을 하더니 자기가 죽을 거라고 했대요. 그런 뒤에 그의 호흡과 심장이 정말로 멎었죠. 분명한 죽음이었습니다. 피를 흘리던 상처마저 깨끗해졌으니까요. 더는 심장이 피를 순환시키지 않았으니까요. 그래서 피가 흘러나오지 않았던 겁니다. 응급조치를 시작했고 15분 뒤에 환자의 심박과 호흡이 돌아왔습니다. 이 사람이 죽음을 어떻게 묘사한 줄 아십니까?"

"그 사람이 한 말은 어찌 되었든 진짜와는 다르지 않을까요. 어쨌든 다시 살아났잖아요. 가짜 죽음인 셈이죠."

치 선생은 말했다.

"그건 틀린 말씀입니다. 전력을 다해서 구하지 않았더라면 그는 다시 살아나지 못했을 테니까요. 호흡과 심장 박동이 멎었다는 건 죽음이 맞습니다."

"좋습니다. 그러면 죽음을 맛본 이의 느낌은 어땠던 건지 듣고 싶네요."

원장은 말했다.

"그는 죽음이 가벼우면서도 따뜻한 깃털과도 같다고 했습니다. 그 순간에 날아오르는 듯한 느낌이 들었고, 모든 고통이 더는 존재하지 않으면서 극도로 편했다고요."

나는 깜짝 놀랐다. 죽음이 가장 잔혹한 형벌이라는 말을 들었을 때보다 훨씬 더 놀랐다.

치 선생은 말했다.

"죽음은 어쩌면 아주 아름다운 일일지도 모릅니다. 최소한 우리가 생각했던 것처럼 그렇게 공포스럽지는 않을 겁니다. "

그는 내가 망설이고 있다는 걸 알아차리고는 말을 이었다.

"당신이 어떤 곳에 갔다고 칩시다. 그런데 거기가 별로라는 생각이 들었고, 적응할 수가 없었어요. 그러면 돌아오실 건가요?"

"그렇겠죠."

"당연히 그렇겠죠. 죽음에서 되돌아온 사람을 본 적이 있나요?"

나는 순간 깨달으며 말했다.

"본 적이 없습니다. 그들은 돌아오는 걸 원하지 않는 건가요?"

원장은 말했다.

"우리나라는 죽음에 대한 교육이 부족하죠. 죽음을 처참하고 두려운 것이라고 여겨요. 죽음의 베일을 벗겨내야 합니다. 우리가 언젠가는 그곳으로 가는 거라면, 저는 떠나는 이들에게 안내 지도를 줄 수 있기를 바랍니다."

치 선생은 말했다.

"입원할 병실에 있는 환자 중 한 명이 곧 죽게 될 겁니다. 아마도 새벽 4시쯤에요. 그때가 음기가 가장 왕성한 때니까요. 그 병실은 4인실이고, 환자가 사망하면 처치를 위해 일련의 과정을 거치게 됩니다. 혹시 수면에 방해가 될까요?"

"저는 그곳에서 자는 게 좋습니다."

나는 속으로 이렇게 생각했다.

내 수면을 방해하지는 않을 거예요. 애초에 잠들지도 않을 테니까.

원장은 말했다.

"그러면 그렇게 하죠. 21번 병상이에요. 이제 당신은 제 환자입니다. 의사로서 당신에게 제일 먼저 내릴 지시는 수면제를 복용하는 겁니다."

* * *

병실은 약 20평 정도가 되었고, 병상이 두 줄씩 총 네 개가 놓여있었다. 18번 병상부터 시작해 내 병상인 21번은 문 옆에 있었다.

속 사정을 아는 간호사가 살짝 웃으며 말했다.

"무서우면 벨을 눌러주세요."

나는 말했다.

"제 신경은 케이블카의 와이어로프처럼 견고하답니다."

간호사는 떠났다.

나머지 세 개의 병상에는 노부인 셋이 고목처럼 누워있었다. 나는 큰

실수를 저질렀다. 새벽 4시에 마지막 길을 떠날 거라는 환자가 누군지를 물어보지 않았기 때문이었다. 간호사를 부르고 싶었지만, 내가 겁이 많다고 여길까 봐 걱정이었다.

직접 보지 뭐. 나는 누가 곧 죽을 지를 알아볼 수 있을 거라고 여겼다.

이미 깊은 밤이 되었다. 나는 복도 안 희미한 불빛에 의지해 먼저 20번 병상으로 갔다. 나는 그녀는 아닐 거라고 바로 확신했다. 그녀의 입술은 조금 열려 있었고, 주홍색 혀가 반쯤 부패한 앵두처럼 빠진 이들 사이로 빼꼼 모습을 드러내고 있었다. 설태 아래의 혈맥이 규칙적으로 움직이는 걸 보니 바로 먼 길을 떠날 것 같지는 않았다.

나는 창문 옆에 있는 19번 병상으로 갔다. 얼굴은 창백했고 목은 오래된 악기처럼 정맥 혈관이 가득했다. 나는 그녀의 병상 옆에 오 분 정도 서 있었다. 그녀는 천년의 미라처럼 깊은 잠을 잤고, 옆에 누가 있는지도 전혀 모르는듯했다. 나는 생각했다. 오늘 떠나는 이는 이 사람이겠다고.

그때 어디서 푸드득하는 소리가 났다. 노부인의 다섯 겹은 포개진 눈꺼풀이 떠졌다. 이렇게 가까운 거리에서 노파와 눈을 마주치자 마치 선사 유적을 관찰하고 있는 것만 같았다.

노파는 입을 열고 물었다.

"새로 왔나 보지?"

뜻밖에도 소리에 힘이 있었다.

나는 당황하며 답했다.

"네."

마트에서 물건을 훔치다가 들킨 도둑이 된 듯한 기분이었다.

이렇게 혈기 왕성하게 살아있는 사람을 죽을 거라고 여기고 있었다니.

"암이야?"

그녀의 질문에 나는 답했다.

"네."

"그 사람들이 병실을 자주 옮기라고 할 거야."

"왜요?"

"왜냐면 가는 사람이 있으니까. 자네가 머무는 병실에서 누가 갈 것 같으면, 그들이 자네가 겁을 먹을까 봐 걱정하거든. 그래서 병실을 옮기라고 하지. 나도 벌써 네 번이나 옮겼어. 나중에는 더는 옮기지 않게 되었지만. 자네는 새로 온 21번 병상이잖아. 옛 21번 병상은 어제 갔어. 나는 옮기지 않았지. 있잖아. 나는 가는 게 두렵지 않아. 옮기는 게 두렵지. 게다가 어느 병실로 옮기든 꼭 가는 사람이 있다고. 여기는 가는 곳이니까. 매일 누군가는 가지. 20번 병상은 식물인간이야. 19번 병상 사람은 곧 가겠지……."

그녀의 말은 예고도 없이 멈추며 나를 어둠 속에 홀로 두었다.

문제가 해결되었다.

18번 병상에 있는 이는 가벼운 백발처럼 침상 위에서 소리 없이 흔들렸다. 그녀는 혼수상태에 빠져 있었고, 동공도 어둠에 잡아먹힌 듯 확장되어 있었다. 그리고 호흡이 아주 빨랐다.

나는 그녀의 호흡 속도에 맞춰서 숨을 쉬어보았지만, 곧 질식할 것 같았다.

나는 21번 병상으로 돌아갔다. 그곳은 나의 야영지였다.

눈처럼 새하얀 침대 시트에는 빨아도 지워지지 않는 얼룩이 몇 군데 남아 있었고, 팽팽하게 당겨져 있었다. 침대 표면 전체가 평평한 북처럼 평탄했다. 베개 커버도 접시를 감싼 종이 한 장처럼 의심스러울 정도로 부풀어 있었다.

나는 조심스럽게 침대 위로 올라갔다. 줄무늬 편지지 같은 파란 옷을 입고는 깨끗한 이불 안으로 몸을 파묻었다. 내가 뒤치락거리면서 몸을 좀 더 편히 눕혔을 때, 갑자기 어떤 "구멍"으로 몸이 미끄러져 내려갔다. 잘 펴진 새하얀 침대 시트 아래에는 사람 모양의 구멍이 있었다. 그것은 나를 안에 빈틈없이 끼워 맞췄다. 동시에 내 머리뼈도 베개 안 타원형 구멍 안으로 들어갔다. 그것은 정밀한 기계를 감싼 스티로폼처럼 나의 두 귀를 포함한 두개골을 베개 안에 적절히 고정시켰다.

병상 위에 누운 채 움직이지 않았던, 가버린 이들 한 명 또 한 명이 침대 위에 그들의 마지막 작품을 새겨놓은 것이다. 나중에 온 이는 그 안에 자기를 끼워 맞추기만 하면 되는 거였다.

해변가에 드러누운 이가 남긴 흔적처럼 보이는 구멍에서 나는 벗어나려고 애썼지만, 그럴 수가 없었다. 어느 쪽으로 몸을 돌리든 벗어날 수가 없었다. 순순히 그 구멍에 누워야만 하늘이 만들어놓은 듯 자연스러운 조화를 이룰 수 있었다.

그래서 나는 더는 버둥거리지 않았다. 막상 적응하니 제법 편하기까지 했다. 나는 이불을 만지작거렸다. 세상을 떠난 수많은 이들의 몸을 덮어주었던 담요는 지금 이 순간 내게 따뜻함을 주고 있었다. 나는 베개에서 나는 냄새를 피할 방법이 없었고, 냄새는 죽은 이들의 정보를 내 머릿속에 강제로 입력했다. 베개 안의 메밀 껍질마다 이야기가 스며들어 있었다.

나는 천장에 붙어있는 혀 모양의 마른 시멘트 자국을 보았다. 어떤 지식인 여성의 눈에는 이 얼룩이 분명히 지도처럼 보이고, 가정주부의 눈에는 틀림없이 꼬리가 잘린 도마뱀처럼 보일 거라는 생각이 들었다.

내 머리와 가까운 쪽에는 짙은 남색의 툭 튀어나온 곳이 있었다. 나는 검지로 그것을 만져보았다. 문질러도 색이 벗겨지지 않았다.

나는 곧 그것을 중심으로 9제곱센티미터 주변의 벽이 유달리 매끄럽다는 걸 깨달았다. 아, 알았다. 이 병상에 누워서 임종을 맞이하던 노인들이 앞이 잘 안 보이는 와중에 이 반점을 주시했고, 모두 덜덜 떨리는 손가락으로 만졌던 것이다.

현묘함이 가득한 반점이었다. 누가 이 반점의 비밀을 풀 수 있을까?

나는 죽음 직전의 감각을 어떻게든 체험해보고자 했지만, 갈 길이 먼 듯했다.

밤은 점점 깊어졌고, 복도에 있는 등도 대다수가 꺼졌다. 건물 전체가 사망 직전의 어둠 속으로 침몰하는 중이었다. 원장의 수면제는 놀랍게도 아무런 효과가 없었다. 내 머리는 아이스 음료처럼 맑았다. 공기 중에는 알 수 없는 소음이 가득했다. 식물인간의 메마른 몸에는 거대한 엔진이 잠복해 있는 듯했고, 모든 호흡 소리는 귀에 전해지는 우렛소리 같았다.

18번 병상의 숨소리가 점점 빨라졌고, 흐느끼는 듯한 숨소리는 거의 하나로 이어져 디스코 비트처럼 빨랐다. 듣는 것만으로도 자기도 모르게 목구멍이 함께 움직여 가슴이 궁지에 몰린 듯 급해지고 답답해졌다.

가장 두려운 건 19번 병상이었다. 그녀는 다 마치지 못한 말을 삼킨 뒤로는 아무런 소리도 내지 않았다. 우화등선이라도 해서 사라진 듯 쥐 죽은 듯 고요했다. 소리 없는 고요함은 시끄러운 소음보다 훨씬 더 무서웠다.

나는 조급하게 몸을 뒤척였다. 새벽 4시가 영원히 오지 않을 것만 같았다.

"아직도 안 자고 있어?"

갑작스러운 질문은 나무의 요정처럼 갑자기 나타났고, 나는 깜짝 놀라 식은땀을 다 흘렸다.

어디서 들리는 소리인지 방향도 가늠이 되지 않았다.

"당신 말이야. 21번 병상. 지금 말을 할 수 있는 사람은 우리 둘뿐이야."

19번 병상의 노인이 침착하게 말했다. 오랜 시간 동안 힘을 비축하며 기력을 회복했는지 그녀의 발음은 분명했다.

"네."

내가 답하자 그녀는 아주 단호하게 지시했다.

"손을 침대 오른쪽 매트리스 밑으로 넣어봐."

나는 시킨대로 했다.

"손에 닿았어?"

"닿았어요."

작은 약 봉투가 내 손 안에서 바스락 소리를 냈다.

"입에 침을 모아서 약을 털어 넣은 뒤에 삼켜."

그녀는 어둠 속에서 내게 계속 지시를 했다. 목소리에는 도저히 거절할 수 없는 위엄이 서려 있었다.

나는 약봉지 안에 있는 단단하면서도 매끄러운 윤곽을 만지며 물었다.

"이게 뭔데요?"

"약이지. 수면제."

"아, 이미 먹었어요. 그런데도 잠이 안 오네요."

그녀는 경험이 많다는 듯 말했다.

"그건 너무 적게 먹어서 그래! 두 알 더 먹어. 틀림없이 효과가 있을 테니까."

확실히 수면제 두 알이었다. 원장이 내게 줬던 것과 같았다.

"이건 누구 거예요?"

"21번 병상. 막 가버린 21번 병상 말이야. 이게 그녀의 마지막 약이지. 내게 그랬어. 이 약은 자기가 먹지 못할 것 같다고. 곧 길을 떠날 것 같다고 말이야. 버리기도 아깝고, 의사들에게 돌려주려고 했더니 됐다고 했대. 여기는 환자가 많아서 병상이 부족하니까 곧 새로운 사람이 오지 않냐고, 처음 온 사람들은 잠에 잘 들지 못하니까 자기가 이불 밑에 숨겨둘 테니 그 사람들에게 먹이라고 했지. 진짜로 그 약을 쓰게 되는 순간이 오게 될지는 몰랐지만 말이야. 먹었어?"

"먹을게요."

"걱정할 거 없어. 별거 없거든. 나는 몇 번이나 보았지. 정말 별거 없어."

어린 시절, 예방주사를 먼저 맞은 여자아이가 뒤에 선 여자아이에게 말해주는 것과 비슷한 말투였다.

"전 두렵지 않아요. 감사해요. 예전 21번 병상 환자에게도 감사하고요."

그녀는 깔깔 웃었다.

"내게 하는 감사는 잘 받을게. 21번에게 하는 감사는 나중에 그쪽으로 가면 직접 전하도록 해."

그녀는 다시 또 고요한 어둠 속으로 사라졌다. 이번에는 딱딱한 약이 내 손에 있었다.

전혀 모르는 죽은 여성이 남긴 약이었다. 그런데도 나는 그녀에게 친근감을 느꼈다.

나는 약을 입안에 넣은 뒤 천천히 삼켰다.

이런 단어가 떠올랐다.

"유약(遺藥)".

생사의 경계에서 내 머릿속은 점점 더 모호해졌다. 그건 핼리혜성의 궤도처럼 커다란 타원이었다. 죽은 이에게서 계승한 알약은 특별한 마력이 있었다. 내가 깨어났을 때, 건너편에 있던 18번 병상은 소리 없이 비어있었다. 침대 위의 이불은 각이 잡혀 있었고, 때맞춰 내리는 상서로운 눈처럼 평화롭고도 길했다.

간호사는 웃는 낯으로 나를 보며 말했다.

"이렇게 깊게 주무실 줄은 몰랐네요. 저희가 18번 병상 환자분의 사후 뒤처리를 하는데도 전혀 모르시더라고요."

나는 가슴을 치고 발을 구를 정도로 후회했다.

20번 병상에 누워있는 식물인간은 여전히 조용히 혀를 내밀고 있었고, 나는 19번 병상으로는 감히 다가가지 못했다. 내가 중병에 걸려 가망이 없는 이가 아니라는 걸 알아챌까 봐 두려웠기 때문이었다. 나는 고질병에 걸려 일어나지도 못하는 환자처럼 책상다리를 하며 이불 옆에 앉았다.

"아픈 척 하는 거구만."

19번 병상 환자가 급소를 찌르듯 말했다.

"척할 게 없어서 죽는 척을 해? 자네가 잠을 잘 때 숨소리만 들어도 알겠던데. 진짜로 갈 사람들은 숨 쉬는 것조차 간당간당하거든."

그녀는 이불 안에 몸을 파묻고 있었고, 나는 그녀의 표정을 볼 수 없었다.

죽음에 대한 안목이 뛰어난 사람 앞에서는 아무 말도 할 수 없기 마련이었다.

그런데도 나는 말을 했다.

"호기심 때문에 이러는 게 아니예요. 사람들이 모두 이 일을 두려워하죠. 그래서 저는 먼저 경험해보고 싶었어요. 사람들에게 알려주려고요."

19번 병상은 말했다.

"생각으로는 뭐든 못하겠어! 근데 그게 가능하겠어? 불가능해. 죽음은 빨갛게 익은 과일과도 같아. 시간이 지나야만 익는다고. 모든 사람마다 하나씩은 다 가지고 있지. 조급해할 필요가 없잖아? 다급하게 먼저 따봤자 안 익어서 파란 열매일 뿐이지. 파란 열매와 빨간 열매가 맛이 같겠어?"

나는 말문이 막혔다.

그녀는 갑자기 조금 웃으며 말했다.

"내가 지금 무슨 생각을 하고 있는지 알아?"

그거야말로 내가 그토록 알고자 하던 거였다. 요즘 나는 죽음을 앞둔 이들에게 너무나 물어보고 싶었다. 다만 차마 물어볼 수가 없었다. 너무 슬퍼할까 봐 그럴 수가 없었다. 그런데 지금 누가 먼저 솔직하게 말해주겠다고 하니 나로서는 더할 나위 없는 바람이었다.

"죽으면 무엇이 될지를 생각하고 있어. 며칠 뒤에는 화장이 되겠지. 맑은 날에 바람이 분다면 나는 바람을 타고 멀리 날아갈 거야. 하늘에서 오래 떠돈다고 할지라도 빨리 지상으로 내려오고 싶지는 않아. 내년 이쯤에 돌아오고 싶어. 나는 뭘로 변할지도 생각해두었다고. 내 마음대로 되지 않는다면, 방법을 생각해서 견뎌봐야겠지. 예를 들어서 나무로 변하게 된다면, 나는 물을 흡수하지 않을래. 그러면 빨리 메말라 죽겠지. 어떤 나무들은 아무 이유 없이 말라죽잖아. 그게 다 이래서 그런 거야. 그들은 나무로 변하는 걸 원하지 않았던 거지. 만약에 그릇이 되어야 한다면, 나는 바닥으로 몸을 내던져서 부서질 거야. 주석 그릇도 싫고, 솥도 싫어. 그릇이 자기 혼자 깨지는 일을 겪어 본 적이 있나?"

나는 그녀의 놀라운 말에 이미 익숙했기에 그냥 네, 라고 답했다.

"이러면 내가 변하고 싶은 걸로 변할 수 있을 거야."

그녀는 만족스럽게 자신의 말을 끝냈다.

노부인이 미리 짜놓은 주도면밀한 계획을 마주한 나는 탄복하면서도 조심스럽게 물었다.

"그러면 어서 변하고 싶은 게 뭔데요?"

그녀는 아주 단호하게 말했다.

"눈. 통통한 남자 아기의 눈. 속눈썹이 아주 긴 그런 눈으로."

그러고는 말을 이었다.

"한 쌍이 안 될 것 같으면, 하나로만 변해도 괜찮아."

그녀는 관대하게 이렇게도 말했다.

"다른 하나는 다른 사람보고 되라고 하지 뭐."

나는 몸을 기울이며 텅 빈 둥지처럼 움푹 들어간 그녀의 눈을 주시했다. 그제야 그녀가 맹인이라는 걸 알게 되었다. 미래에 있는 남자아이의 눈은 틀림없이 매처럼 날카로울 것이다.

그녀는 나무의 요정처럼 내게 물었다.

"자네는? 자네는 다음 생에 무엇이 되고 싶나?"

"저는……"

나는 말을 잇지 못했다. 죽음에 대한 내 지식이 겉핥기에 불과했다는 걸 깨달았다. 우리는 죽음을 맞이하면 삶이 끝날 거라고 여겼지만, 사실 진짜로 죽음을 맞이하는 이들은 그 이후의 일을 고민하느라 바빴다.

그랬다. 우리는 모두 연기가 될 것이다. 연기가 되어서 하늘을 날고 언젠가는 땅으로 떨어진다. 우리 생명을 구성하는 가장 기본이 되는 입자는 우리의 정보를 가지고 우주를 떠돌았다. 그건 엉망으로 뒤섞인 카드와도 같아서 아주 드물게 사람의 모습으로 나타날 수 있었다.

우리는 자연 속 어떠한 물질로도 변할 수 있었고, 모습을 드러내거나 혹은 모습을 숨긴 채로 세상을 내려다보면서 영원의 궤도를 따라 무한히 돌 수도 있었다.

이 명백한 기회를 소중히 여겨야 할 것이다. 마지막 순간을 맞이할 때까지.

할머니가 돌연히 다시 입을 열었다.

"천천히 생각해봐……. 자네는 아직 시간이 많으니까……. 급할 게 없지. 급할 게 없어……."

그녀는 차분하게 앞을 볼 수 없는 눈을 떴고, 더는 내게 말을 하지 않았다.

나는 호스피스 병원의 병상 위에 앉아 신선한 햇볕을 쬐었다. 진심으로 미소가 나왔다.

그랬다. 우리에게는 아직 시간이 많으니까!

햇빛이 분홍벽을 비추면서 호방한 초서체 문장을 밝혔다.

유오유이급인지유(幼吾幼以及人之幼)

치 선생의 해석에 따르면 이 문장은 이런 뜻이었다.

자기 아이를 사랑하는 것처럼 인류 전체의 아이를 사랑하라.

호스피스 병원에 있는 모든 글과 그림은 원장의 아버지가 직접 쓴 거였다. 그는 매우 유명한 서화가로 그의 그림은 대형 호텔에도 걸리며 그 가치가 수천, 수만 위안에 이르렀지만, 그의 딸은 그에게 단 한 푼도 주지 않았다고 한다.

한혈마의 꼬리

나는 우울한 여자야.

아름다운 여자는 매우 많지만, 우울한 이는 많지 않아. 우울함은 아름다움보다 매력적인 특징이지. 미모는 화장이나 미용으로 얻을 수 있지만, 우울함은 피에서부터 뿜어져 나오거든. 미모는 나이가 들면서 가치가 떨어져. 하지만 우울함은 오래된 술과 같아서 시간이 지날수록 맛이 더 깊어지지. 우울함이라는 이 독특함 덕분에 나는 대학에서 우등생이라고 여겨지던 장치와 연애를 하게 되었어.

물론 우울함에도 단점은 있지. 그건 작은 칼처럼 내 신경을 찔러대거든. 얼굴을 창백하게 만들고, 몸을 허약하게 만들어. 그래서 나는 잔병치레가 잦은 편이야. 잔병치레가 잦다는 건 아주 행복한 일이지. 중국 고대의 미녀들은 모두 잔병치레가 잦았거든. 시스(西施, 서시)도 그랬고, 린다이위(林黛玉, 임대옥)도 그랬어. 그녀들이 병에 걸리지 않았더라면, 그 아름다움은 모두 사라졌을 거야.

학교에서 자원봉사를 모집했었어. 호스피스 병원에 가서 봉사 활동을 하는 거라고 했지.

가장 먼저 신청한 사람은 나였어. 그 병원에서는 살아서 퇴원하는 환자가 없다고 하더라. 틀림없이 세상에서 가장 우울한 곳일 거야. 나는 호기심이 일었어. 그곳이 내 우울함을 한층 더 짙게 만들어 줄 것 같았지. 수준 높은 운동선수가 올림픽에 참가하는 것처럼, 내 우울함도 죽음의 세례를 받아야 한다고 생각했어.

여학생들은 신청을 많이 하지 않았대. 그들은 죽음을 두려워했거든.

장치가 그러더라.

네가 두려워한다는 건 알고 있어. 하지만 네 선량함은 두려움보다 크지. 우울함과 선량함은 네게 성스러운 아우라를 더해줘. 내 부인의 마음에 생명을 향한 동정이 충만하다는 게 기뻐.

나는 내심 그 평가가 마음에 들었어. 하지만 얼굴에 떠오른 건 옅은 우울뿐이었지. 우울은 이미 내 가면이 되었고, 어떤 감정을 느끼든 나는 우울함으로만 감정을 표현하게 되었거든.

장치도 신청을 했어. 나와 학우들은 토요일 오후에 함께 호스피스 병원으로 갔지. 그곳은 겉으로 보기에는 다른 병원과 다를 바가 없었어. 심지어는 더 조용했지.

하얗고 동그란 모자를 쓴 수간호사가 말했어.

"여러분, 모두 조용히 하세요. 이곳은 인생의 마지막 정거장입니다. 환자는 이곳에서 영원을 향해 가지요. 저들은 의지할 데가 없는 노인이에요. 우리는 그들에게 마지막 따스함을 주는 거고요."

그 순간, 나는 이곳에 온 걸 후회했어. 젊음이라는 건 얼마나 멋져! 나는 노화가 싫어. 노화라는 건 아주 두렵고, 지저분한 거야.

나중에 나이가 들면 나는 자살을 할 거야. 나 자신을 영원히 청춘의 매력 안에 둘 거야.

수간호사는 말을 이었어.

"환자의 상태를 먼저 알려줄 테니까 여러분이 맡을 환자를 자유롭게 택하도록 하세요. 1번 병실의 1번 병상은 팡원 어르신이고, 70세, 폐암 말기 환자예요. 가족은 따로 없고, 아주 유명한 호금 연주가입니다……."

나는 즉시 답했어.

"어, 수간호사님. 저는 그분으로 할래요."

장치가 나를 붙잡으며 말했어.

"두쥐안, 성격이 왜 이렇게 급해? 간호사들이 아직 소개를 다 안 했잖아. 다른 사람들의 상황을 들어보고 결정해도 늦지는 않아. 어쩌면 우리 두 사람이 같은 병실로 갈 수도 있는 거잖아."

나는 장치와 같은 병실에 있고 싶지는 않아. 사실 나는 환자를 싫어하거든. 장치에게 그런 모습을 보여주고 싶지 않았어. 그리고 그 환자는 예술을 알잖아.

죽음을 앞둔 다른 이들보다는 더 흥미롭지 않을까?

수간호사는 나를 데리고 복도 안쪽으로 데려갔어. 신고 있는 구두 뒤꿈치가 덜덜 떠는 이처럼 딱딱 소리를 냈지. 나는 부끄러운 마음에 이렇게 말했어.

"다음에는 밑창이 부드러운 신발을 신을게요."

"이 신발이면 아주 좋은데요. 우리는 다른 병원과 달라요. 떠들썩한 걸 좋아하죠. 시끄러우면 시끄러울수록 좋아요. 사람 사는 분위기가 나잖아요."

수간호사가 병실 문을 열자 호금 연주 소리가 멎었지.

폐암에 걸린 70세 노인의 모습은 어떠할까? 내가 처음에 상상했던 건 아주 여위고 나이 들어 보이는, 얼굴은 종이처럼 창백하고 허리는 구부정한 모습이었어. 하지만 호금 연주 소리를 듣자 너무 비관적인 결론을 내릴 수는 없겠다는 생각이 들었어. 어쩌면 병세가 심하지 않을 수 있다고, 어느 정도는 더 버틸 수 있겠다고 말이야. 또 이런 생각도 들었어. 혹시 문병을 온 방문자가 그를 기쁘게 하려고 일부러 경쾌한 소리로 연주를 하는 게 아닐까.

병실에는 병상이 하나뿐이었어. 사람도 한 명만 있었지. 오래된 호금이 침대 옆에 기댄 채로 세워져 있었어. 노인은 흰 이불 위에 낙엽처럼 드러누워 있었는데 추위 때문인지 이불을 한쪽만 덮고 있었어.

그는 내가 상상했던 것보다 훨씬 더 쇠약해 보였지만 조금 전의 호금 연주 소리는 그가 낸 게 분명했지.

그는 우리가 온 걸 보고 말했어.

"아, 수간호사님, 안녕하신가. 오늘은 어떤 좋은 소식을 가져왔나?"

큰 목소리는 나를 놀라게 만들었지. 직접 들은 게 아니었다면, 나는 이렇게 메마른 몸에 맑은 음파가 숨겨져 있다는 걸 믿을 수 없었을 거야.

수간호사는 말했어.

"팡 선생님 안녕하세요. 이분은 대학생인 두쥐안이에요. 앞으로 선생님을 보러 자주 올 거예요. 좋아요. 이제 두 분이 이야기를 나누세요. 저는 이따가 선생님을 치료하러 올게요."

말을 마친 수간호사가 병실을 떠났지.

나는 어색하게 안부를 여쭌 뒤 조심스레 말했어.

"제가 뭘 해드리면 될까요?"

그는 갑자기 벌떡 일어나 병상 위에 앉더니 다리를 뻗으며 신발을 찾았어. 부드럽고도 긴 다리는 축 처져 있었고, 지면 위에서 맹목적인 원을 그렸지. 나는 그를 도와 신발을 들어주고 싶었지만 어떤 방식으로 도와야 할지 알 수가 없었어.

힘겹게 신발을 신은 그가 병상 가장자리에 단정하게 앉으며 말했어.

"아, 뭘 해준다고? 괜찮아! 괜찮아! 내가 다 알아서 할 수 있어. 봐. 혼자서 걸을 수도 있다고……."

그는 병상 난간을 붙잡으며 일어났고, 비틀거렸어. 병상 머리맡에서 손을 떼자마자 곧장 옆에 있는 테이블의 모서리를 붙잡았지. 조금이라도 방심하면 곧장 미끄러져 넘어질 것만 같았어. 그가 투덜거렸어.

"미안하네. 이게 다 바닥이 미끄러워서 그래."

나는 그를 보았어. 내게 왜 미안하다고 했는지 이해할 수가 없었지. 그 말은 마치 배우가 관객에게 말을 거는 것 같았어.

"봐. 나는 혼자서 물도 마실 수 있다고."

그는 병상 옆 테이블에 놓인 찻잔을 들고는 덜덜 떠는 손으로 뚜껑을 열었어. 그러고는 언제 식었는지 알 수 없을 찻물을 꿀꺽 마셨지. 물을 마시면서 나를 보았어. 내가 자기를 보고 있는지 확인하듯 말이야.

찻잔 위에 뚜껑을 내려놓는 손은 유난히 떨렸지. 뚜껑이 바닥으로 떨어졌어.

나는 쭈그리고 앉아서 부서진 뚜껑 조각을 주웠어. 그는 미안해하며 말했지.

"전부터 찻잔을 바꾸고 싶었어."

나는 찻잔이 깨지는 일이 몇 번은 더 일어나기를 바랐어. 그러면 할 일이 생길 테니까. 어색하게 침묵하지는 않아도 될 것 아냐.

그는 병상 가장자리에 잠시 앉아 있더니, 어색한 분위기를 풀려는 듯 입을 열었어.

"맞다. 나는 혼자서 이불도 갤 수 있어."

그런 뒤에는 다짜고짜 자리에서 일어나 이불을 개기 시작했어.

병원의 이불은 펼쳐진 낙하산처럼 고정된 형태가 없어서 접는 데 힘이 들어. 팡 선생은 이불을 개다가 힘에 겨워서 숨을 다 몰아쉬었지. 나는 몇 번이나 그만두시라고 권하고 싶었지만, 신이 난 모습을 보니 그럴 수가 없더라고.

마침내 이불이 다 개어졌을 때 그는 이불 더미에 기댄 채 헐떡이며 말했어.

"어떤가. 내가 잘 개었지?"

하지만 이불은 반죽한 밀가루 덩어리 같았어. 물을 너무 많이 넣어서 축 늘어진 반죽처럼 침대 모서리에 늘어져 있었지. 그에게 거기를 눌러 보라고 하면, 더 늘어져서 형태를 잃을 것만 같았어.

할아버지의 동작을 보니 이제 막 초등학교에 입학한 조카가 떠오르더라고.

그가 매우 가련하다는 생각이 들었어.

"팡 어르신, 좀 쉬세요. 이불 개어 놓은 게 솥뚜껑 같은데요. 각이 잡힌 곳이 하나도 없잖아요. 제가 다시 개어드릴게요."

놀랍게도 그는 고집을 피웠어.

"아냐! 필요 없어. 내가 갠 것도 좋아."

평소 같았으면 나는 그를 무시했을 거야. 하지만 오늘은 단체 봉사 활동을 하러 온 거잖아. 다른 학생들이 이렇게 축 처진 이불을 보면 이렇게 말할 거 아니야. 두쥐안, 너는 봉사 활동을 하러 왔으면서 환자를 위해 아무 일도 안 하면 어쩌자는 거야?

그래서 나는 그를 살짝 밀어서 옆으로 비켜달라고 했어. 이불을 새로 개게 말이야. 그런데 그가 꿈쩍도 안 하더라고.

나는 재빠르게 그를 피하며 이불을 털었어. 먼지가 날리면서 그가 기침을 했지.

양심의 가책을 조금 느끼기는 했지만, 솔직히 그의 탓이라는 생각도 들었어. 비켜달라고 했을 때 비켜줬으면 나도 일을 더 수월하게 했을 테니까. 그러면 이렇게 난장판이 되지는 않았겠지. 다시 갠 이불은 군영의 이불처럼 각을 제대로 잡아서 모서리가 분명했어.

나는 내 작품을 감상하며 득의양양하게 말했지.

"보세요. 이제 이불이 훨씬 더 깔끔해졌죠?"

노인은 내 말을 무시했어.

나는 어떻게 해야 할지 알 수가 없었지. 팡 선생은 이 어색함을 없애야 한다는 책임을 느끼기라도 한 것처럼 길게 한숨을 내쉬더니 최대한 밝은 모습으로 말했어.

"두쥐안, 경극 노래를 좀 불러주게. 〈우리 집에는 삼촌이 셀 수 없이 많아〉[1]는 어때. 내가 반주를 해줄게."

그는 손을 뻗으며 힘겹게 악기를 찾았어.

나는 서둘러 말했지.

"팡 선생님. 정말 죄송해요. 저는 경극을 부를 줄 몰라요. 유행 가요는 어느 정도 가능할 것 같은데, 방금 말씀하신 곡은 전혀 몰라요."

팡 선생은 의구심을 품은 목소리로 말했어.

"경극을 할 줄 모른다고? 설마? 경극은 우리의 전통극인데. 정말로 못한다면 더더욱 배워야지."

나는 연민을 가득 담아 그를 보았어. 그는 자신의 직업을 열렬히 사랑하는 게 분명해. 그래서 그 분야를 하나의 항성으로 여기는 거지. 전 세계가 그것을 중심으로 돌아간다고 생각하면서 말이야. 너무 불쌍했지. 이 사람은 지금보다 나이가 더 들고, 몸 상태가 더 나빠져도 여전히 열심히 경극을 가르치려고 하겠지? 그 생각을 하자 그가 더 불쌍해졌어.

사실 나는 이런 말이 하고 싶었어. 경극을 모르는 게 뭐가 어때서! 그걸 배울 시간이면 차라리 외국어 단어를 몇 개 더 외우겠어! 하지만 동정심이 일었기에 이 문제를 가지고 그와 싸우고 싶지는 않았어.

---

1) 중국 문화 대혁명 시기에 상연될 수 있었던 8개의 '모범극(樣板戲)' 중 하나인 《홍등기(紅燈記)》에 나오는 단락이다.

그래서 이렇게 말했지.

“우리 화제를 바꿔볼까요. 경극 말고요. 경극만 아니면 다른 건 다 괜찮아요.”

팡 노인은 아주 실망한 것처럼 보였어. 차라리 내가 그와 언쟁을 하는 걸 더 달갑게 여길 것 같았지. 그는 혼잣말하듯 말했어.

“다른 걸 이야기하자고? 다른 걸 뭘 이야기하지?”

우리는 진흙으로 빚은 노인 토우 하나와 청년 토우 하나가 되기라도 한 것처럼 이렇게 멍하게 앉아 있었어. 하지만 불편하지는 않았어. 속으로 다른 생각을 하고 있었거든. 그는 여기서 주인이고, 나는 곧 가버릴 손님이잖아.

잠시 후 팡 노인은 다른 사람이 되기라도 한 것처럼 밝은 목소리로 크게 말했지.

“좋아. 우리 다른 걸 이야기해보자. 두쥐안, 내게 재미있는 이야기를 하나 해주겠어?”

나는 나 자신을 원망했어. 내가 내 무덤을 판 거야. 재미있는 이야기를 해달라고? 내가 제일 싫어하는 게 재미있는 이야기인데. 그런 건 할 일 없는 사람들이 시간을 소모할 때나 하는 거야. 지어낸 이야기도 죄다 저속하기 짝이 없지. 그건 내 천성과 정반대였어. 나는 냉랭한 목소리로 말했지.

“팡 선생님, 죄송해요. 저는 어렸을 때부터 재미있는 이야기를 하지 않았어요.”

죽음을 앞둔 노인에게 이렇게 냉담하게 굴어서는 안 되는 걸지도. 하지만 나는 내 의지를 더 존중했어. 그가 여기서 멈추기를 바랐지.

그는 격렬히 기침하기 시작했어. 핏대가 서고, 두 눈이 충혈되었지. 나는 사람이 이렇게나 심하게 기침하는 걸 생전 처음 보았어. 불어오는 바람에 100년은 마른 나뭇가지가 순식간에 뚝 부러지는 듯한 기침 소리였지. 나는 너무 놀라서 어쩔 줄을 몰랐어. 영화 속 노비들이 그러는 것처럼 등을 두드려야 하나 생각하고 있는데, 갑자기 소리가 뚝 끊기는 거야. 마치 보이지 않는 손에 목이 붙잡히기라도 한 것처럼 말이야. 나는 너무 당황해서 간호사를 부르려고 했어. 그런데 팡 노인이 다시 숨을 쉬기 시작했어. 입을 벌린 뒤에는 아주 자연스럽게 피를 한 덩어리 토해냈지. 그 뒤로는 모든 게 조용해졌어.

나는 입을 반쯤 벌렸어. 너무 놀랐거든. 팡 노인은 입가에 묻은 피를 닦을 겨를도 없이 미소를 드러내며 말했지.

"괜찮아. 좋……좋아. 자네가 말하지 않겠다면, 그러면, 내가……, 내가 이야기를 해줄게…… 재미있는 이야기."

여전히 충격에서 벗어나지 못한 나는 벌벌 떨며 말했어.

"좀 쉬세요."

그런데 놀랍게도 팡 노인은 태도가 강경했어.

"안 돼. 자네에게 재미있는 이야기를 해줄 거야. 다 듣고 나면 자네가 웃는 모습을 보여줄지도 모르잖아."

더는 그를 막을 방법이 없었지.

"마음대로 하세요. 말하고 싶으시다면 말씀하셔야죠."

속으로는 이렇게 생각했지. 허우바오린[2]이 부활했다고 해도 나는 웃지 않을 거야.

2) 중국의 전통 연희 중 만담(相聲)의 대가로 1993년에 사망했다.

팡 노인은 혼자서 이야기를 했어.

"옛날 옛적에 어떤 이가 죽음을 맞이하게 되었어. 모두 그를 위해 슬퍼했지. 그런데 그가 말했어. 이보게, 나를 위해서 이렇게 슬퍼할 필요는 없네. 죽는다는 건 아주 즐거운 일이야. 그러자 다른 이들이 말했어. 그걸 자네가 어찌 알고? 그는 말했지. 만약 우리가 낯선 곳으로 여행을 갔다고 치자고. 그곳이 별로라면 자네들은 빠르게 돌아올 거야. 그런데 그곳의 풍경이 아름답다면 계속 그곳에 머물고자 하겠지. 그렇지 않나? 그러자 다른 이가 말했어. 확실히 그렇겠지. 그러자 그 사람은 말했어. 그러면 자네는 죽음에서 되돌아온 이를 본 적이 있나? 그러니까 저승은 틀림없이 좋은 곳일 거야…… 좋은 곳이지…… 껄껄껄……."

팡 노인의 웃음소리가 아주 컸어. 심지어는 눈물도 나오려고 했지.

나는 멍하게 그를 보았어. 조금 전에 그가 기침할 때보다 더 무서웠어.

불치병에 걸린 이라면 우는 게 정상이 아닌가. 그래야 사람들의 동정을 얻지. 만약 기쁨에 젖어 크게 웃는다면 조금 마귀 같지 않을까. 나는 내 얼굴 근육이 물 밖으로 나온 물고기처럼 불안하게 씰룩이는 게 느껴졌어.

그는 입꼬리가 비뚤어질 정도로 웃으며 말했어.

"두쥐안, 왜 안 웃어? 얼마나 재미있는 이야기야. 자네는 웃음에 인색하구만?! 자네 부모는 자네에게 미소를 짓는 법을 안 가르쳐 준건가?"

그의 말이 나를 자극하며 분노하게 만들었어. 죽음을 앞둔 이는 다른 이의 동정을 얻을 수 있지만, 그 동정이 무한한 건 아니야. 나는 그에게 반박하기로 결심했지.

나는 그의 두 눈을 직시하며 말했어.

"솔직하게 말씀드릴게요. 저는 이 이야기가 하나도 웃기지 않아요. 이런 걸 철학에서 개념적 전환이라고 하는데요. 죽음은 일방통행인 길이라서 그곳으로 간 이들은 다들 돌아올 수가 없어요……."

나는 돌연히 말을 멈췄어. 죽음을 앞둔 이에게 이런 말을 하는 게, 설사 그럴만한 이유가 있다고 할지라도, 이건 너무 잔인한 일이잖아. 내심 소름이 돋은 나는 빠르게 이를 감추면서 말을 돌렸지.

"……팡 선생님, 제가 옷을 더 입혀드릴게요. 좀 추워하시는 것 같아요……."

웃을 때의 활기찼던 모습을 전혀 찾아볼 수가 없었어. 그는 허수아비라도 된 것처럼 고개를 푹 떨궜지.

"아니야, 나는 춥지 않아. 몸이 아니라 마음이 추운 거야. 나는 아이가 아니라고. 추우면 스스로 옷을 껴입을 수 있어."

그의 목소리가 점점 작아지더니 거의 들리지 않았어.

문이 열리더니 간호사가 수액 카트를 밀며 안으로 들어왔어.

"팡 어르신, 수액 맞을 시간이에요. 누워계세요. 절대 움직이시면 안 돼요."

노인은 순순히 병상 위에 누웠고, 가녀린 팔을 내밀었어. 팔 위에는 못이 잔뜩 박힌 괴상한 병기에 다치기라도 한 듯 주삿바늘 자국이 빼곡했지. 나는 차마 더 볼 수가 없어서 시선을 창문 밖으로 향했어. 창밖에는 은색 귀걸이를 닮은 하얀 꽃이 핀 조팝나무가 있었지.

나는 쇠붙이가 부딪히면서 나는 은은한 소리를 들었고, 곧 간호사의 말도 들었어.

"아이고, 죄송해요. 팡 어르신. 혈관을 못 찾았어요. 많이 아프셨죠."

팡 노인은 감각이 전혀 없는 듯 침착한 목소리로 말했지.

"괜찮네. 자네 기술이 부족해서 그런 게 아니라 내 팔에 문제가 있는 걸세. 너무 많이 찔러넣어서 구멍 뚫린 신발 밑창처럼 되었거든. 이건 자네 탓이 아니지."

간호사는 바늘을 몇 번이나 더 꽂았어. 바늘 끝이 피멍이 들어 푸르스름한 피부 아래를 파고들었을 때, 내 가슴도 고슴도치처럼 가시를 세웠지. 하지만 팡 노인의 얼굴에는 여전히 평안한 미소가 걸려 있었다니까. 나는 그의 신경이 벌써 마비된 걸지도 모른다고 의심했어…….

마침내 간호사가 바늘을 제대로 꽂는 데 성공했지. 그녀는 다른 병실로 가야 한다면서 나보고 수액 병을 지켜봐 달라고 했어.

다시 또 나와 고독한 노인만이 남겨진 거야. 수액 방울이 떨어지는 단조로운 소리가 울려 퍼지는 병실 안에는 심장 하나가 더 뛰고 있는 것 같았어. 병상 위에 드러누운 팡 노인은 천장을 보며 물었어.

"두쥐안, 밖에 있는 길에는 사람이 많지? 차도 많고?"

일부러 대충 답하려고 그런 게 아니었어. 그저 길에 있는 사람과 차에 관심을 쏟았던 적이 없기 때문이었어.

"전이랑 비슷할걸요."

잠시 후 그가 다시 물었다.

"두쥐안, 바깥 날씨는 벌써 더워졌지? 자네가 치마를 입고 있는 걸 보니 말이야. 하지만 나는 날이 갈수록 추운 것 같아."

"곧 여름이에요. 당연히 갈수록 더워지죠."

나는 평소 말투대로 답했을 뿐이었는데 노인은 눈에 띄게 실망한 기색이었어. 그러나 그는 쓰러져도 다시 일어나는 오뚝이처럼 예상치 못한 곳에서 몸을 일으켰지.

"두쥐안, 들어봐……."

미약한 물소리 외에는 방안은 무덤처럼 고요했어.

나는 나지막하니 말했어.

"뭘 들어요……? 저는 아무 소리도 안 들리는데요?"

그는 느닷없이 화를 냈다.

"나보다 나이도 훨씬 어리잖아. 어째서 소리를 못 듣는 거지?"

내가 미처 반응하기도 전에 그의 두 눈에는 신비한 빛이 번뜩였어.

"수액 병에서 물 떨어지는 소리를 들어봐……. 이 소리는 '상'이고, 다른 소리는 '척'이야[3]……. 자세히 들어보라고……."

아무리 들어도 구분이 되지 않았어. 물방울이 수면과 부딪히며 흩어지는 단조로운 소리는 이 소리나 저 소리나 차이가 없었거든.

팡 노인은 내게 완전히 실망한듯했어.

차라리 이게 낫다는 생각이 들더라고. 대신 조용한 시간을 보낼 수 있을 테니까. 그는 잠들었는지 눈을 가늘게 떴어. 내가 긴장을 막 풀었을 때, 그는 새로운 제안을 했어.

"두쥐안, 나를 위해 호금 연주를 해주겠어? 여기에 누워있어서 꼼짝도 할 수가 없거든. 호금 소리가 정말 듣고 싶어."

나는 단호하게 거절했지.

---

3) 한국과 중국의 전통음악에서 음계를 이루는 오음 중 상(上)은 상(商)의 이명이고, 척(尺)은 치(徵)의 이명이다.

"저는 이 악기를 연주할 줄을 몰라요. 심지어 자세히 본 적도 없어요."

나는 그가 상심할 거라고 생각했거든. 그런데 놀랍게도 신이 난 듯한 표정으로 눈을 크게 뜨면서 말하더라.

"그건 내가 지금 가르쳐줄 수가 있지. 수액을 맞는 모습을 지켜보면서 있는 것도 지겨울 거 아니야. 악기를 배우면 좋지 않겠어? 호금을 가지고 와봐."

나는 그의 호의를 거절할 수가 없었기에 아무렇게나 호금을 연주했어. 어떤 현을 건드린 건지 모르겠지만, 날카로운 소리가 났지.

팡 노인은 자기 손톱에 대못이 박히기라도 한 것처럼 고통스럽게 말했어.

"아이고, 학생, 손을 부드럽게 써야지. 이 호금은 내 할아버지의 할아버지가 내게 물려주신 거라고. 최소한 이백 년은 되었어."

호금을 쥐고 있는 손가락이 저리기 시작했어. 마치 작은 요정이 내 팔에 기어오르고 있는 것 같았지.

"아…… 그렇게 오래된 물건인 줄은 몰랐네요."

노인은 흥이 올랐어.

"맞아. 자연에 있는 돌 하나나 나무 한 그루도 모두 자기만의 생명이 있지. 인류보다 훨씬 더 긴 생명이야."

곧 바스라질 것 같은 노인과 생명에 대한 이야기를 나누려니 어쩐지 모골이 송연해지는 느낌이었어. 나는 서둘러 호금에 대한 호기심을 나타냈지.

"어떻게 해야 소리가 나는 거예요?"

노인은 드디어 공통점을 찾아냈다고 여겼는지 코끝을 다 반짝였어.

"두쥐안, 내가 시키는 대로 해. 일단은 이 악기 가방을 다리 위에 내려놔. 호금을 켜면 송진 가루가 떨어지거든. 그걸 깔아야 치마가 지저분해지지 않지……."

나는 시키는 대로 대나무로 만든 낡은 악기 가방을 무릎 위에 내려놓았어. 그러자 단향을 닮은 향이 은은하게 퍼지는 걸 느낄 수 있었지.

"이 악기 가방은 내 부인이 만들어 준 거야. 아주 정교하지! 그녀가 날 떠난 지도 벌써 이십 년이 넘었어……. 그래, 그녀 이야기는 그만하지. 이 경호(京胡, 경극에 쓰이는 호금)에 대해서 이야기를 해보자고. 이건 상비죽(湘妃竹)이라는 대나무로 만든 거야. 상비는 옛 중국의 아주 아름다운 여성인데, 남편이 출정을 나갔다가 전장에서 죽었지. 그녀의 눈물이 산과 들에 있는 대나무숲을 모두 적셨고, 그때부터 대나무에 보라색 눈물 자국이 생겼다고 해……."

노인은 말을 이었어.

"이걸 보라고. 이 현은 중국에서 가장 진귀하면서도 튼튼한 누에고치 실로 만든 거야. 현이 울릴 때면 비단처럼 부드럽고도 가벼운 느낌이 전해지지……. 여기 이 경호의 활을 보라고. 이건 서역 신장의 한혈마의 꼬리털을 모아서 만든 거야. 이 활이 새것이었을 때는 한혈마의 하얀 털이 이백 개나 되었지만, 시간이 지나면서 지금은 백 개밖에 남지 않았어. 하지만 힘은 그대로지. 이걸 켜면 서역에서 달리는 말발굽 소리가 들리는 것 같지……. 그리고 호금을 켤 때는 송진을 사용해. 원시림에 있는 천년 된 소나무에서 흘러나온 송진이지. 그건 소나무의 눈물과도 같은 거야. 가장 오래된 소나무에게는 골수와도 같은 거지…….
이걸 다시 보게. 이 몸통은 뱀의 피부를 감싸서 만들지. 이건 악기 소리가 변화무상하면서도 생동감이 넘친다는 걸 상징해. 인간과 천지가 나누는 대화를 번역해 주는 거지. 뱀을 무시하지 마. 사람을 향한 신의 마음을 가장 먼저 발견한 게 뱀이니까…….”

나는 조용히 그의 말을 들었어. 그 소리는 오래된 나무 구멍에서 나는 딱따구리 소리처럼 내 연약한 마음을 파고들었지.

나는 호금을 내 다리 위에 내려놓았고, 팡 노인은 병상 위에 누워 리모콘처럼 조종을 했어.

“왼손으로 경호를 잡고, 오른손으로 활을 잡아. 그렇지. 잘했어. 그런 뒤에 이렇게 당기면…….”

나는 은백색 말 꼬리털로 이루어진 활로 누에 고치실로 만든 줄을 문질렀어.

호금은 아주 둔탁한 신음 소리를 내며 응답했지.

“와, 도저히 들어줄 수가 없을 정도네요!”

나는 나도 모르게 외쳤어.

팡 노인의 얼굴에는 불쾌한 기색이 떠올랐지만, 그래도 그는 인내심을 가지고 설명했지.

“조급해할 거 없어. 나도 막 시작했을 때는 연주 소리가 심각했거든. 그때 나는 일곱 살이었지. 조부께서 이렇게 말씀하셨어. 들어봐라. 경호가 죽었다고 생각하지마. 이 안에는 많은 동물과 식물의 영혼이 숨어있어서 네가 연주를 할 때면 그들이 네게 말을 건단다. 하지만 나는 아무리 들어도 그들의 말이 들리지 않았어. 나중에 풀 내음이 가득한 밤이었지. 그때 나는 달빛 아래에서 경호를 연주했어. 그런데 갑자기 들리게 된 거야. 산과 들, 강, 호수, 바다의 목소리가 다 함께 내 귓가에서 울려 퍼졌어. 무수한 생령이 내게 속삭였지. 사람의 생명은 유한해. 우리의 육신이 이 세계에서 사라진 뒤에는 우리는 대나무나 누에고치 실이 되어서 대자연에 우리의 비밀을 계속해서 들려줄 거야……."

노인이 하는 말은 아주 흥미로웠지만, 공감할 수는 없었어.

나는 난감했어.

"저는 경호를 연주할 줄 몰라요. 악기 고유의 맛을 제대로 느끼지는 못할 것 같아요."

팡 노인은 몸을 기울였어. 수액의 고무관이 그가 자세를 바꾸면서 잠시 구부러졌지. 수액의 흐름이 멈췄어. 그는 열정을 담아 가르쳤지.

"다시 해봐. 조금 더 부드럽게, 다시 켜봐……."

그의 열정을 거절할 수가 없었던 나는 말총으로 다른 현을 켜보았어.

우렁찬 소음이 처음 울음을 터뜨린 어린 수탉처럼 날카롭게 터져 나왔지.

팡 노인은 한스럽다는 듯 말했어.

"자네는 대학생 아닌가, 어쩜 이렇게 둔해! 마음으로 악기를 느껴야지. 경찰봉을 다루듯 거칠게 해서는 안 된다고!"

나는 집에서 사랑받는 딸이고, 학교에서는 좋은 학생이었어. 이제껏 누구도 내게 질책한 적이 없었지. 나는 억울함에 큰소리로 외쳤어.

"제가 악기를 못 다룬다고 했잖아요. 대체 왜 경호를 배우라고 강요하는 거예요? 저는 대학생이지 배우가 아니라고요! 저는 선생님 곁에서 봉사 활동을 하려고 온 거지, 선생님의 화풀이 대상으로 온 게 아니에요! 보니까 폐만 아픈 게 아니라 정신머리도 아픈 거네요!"

노인은 내가 이렇게 흥분할 줄은 몰랐다는 듯 잠시 어안이 벙벙하게 있더니 곧 분위기를 누그러뜨리려고 했어.

"자네를 위해서 그러는 거지. 예쁜 아가씨가 어쩌다가 이렇게 사나워진 거지?"

그 말이 분위기를 더 긴장되게 만들었지. 나는 분노를 담아서 말했어.

"내가 못생겼든 예뻤든 댁이랑 무슨 상관이에요. 남의 일에 신경 쓸 시간에 본인 말기 암이나 챙기세요!"

이 말을 내뱉었을 때 나는 내가 잘못을 했다는 걸 깨달았어. 하지만 뱉은 말을 도로 주워 담을 수는 없었지.

그는 몸을 떨며 물었어.

"자네…… 자네 어떻게…… 내게…… 그런 말을?"

젊은이들은 자기가 잘못했다는 걸 깨달아도 곧장 고개를 숙이지는 않는 법이잖아.

"저도 다시는 댁한테 이런 재수 없는 경호 같은 걸 배우고 싶지는 않다고요!"

그런 뒤 경호를 힘껏 병상 위로 던졌어.

경호는 소리 없는 비명을 질렀지. 끊어진 말꼬리 털 몇 개가 분노한 수염처럼 허공에서 날았어.

그러자 노인은 오히려 냉정함을 되찾았어. 그는 서릿발이 선 목소리로 말했지.

"내 호금을 망치지 마. 그건 한혈마의 꼬리털이야. 자네가 배상할 수 있는 게 아니라고! 자기가 젊다고 해서 모든 걸 대수롭게 여기지는 말게. 지금은 내가 먼저 가지만, 나중에는 자네도 이 길을 가야 할 테니까. 자네도, 나도 모두 이 세상에 없을 때, 그래도 경호는 듣기 좋은 소리를 낼 거야. 젊은이, 모르겠어? 자네도 나이가 드는 날이 올 거야. 자네도 죽는 날이 올 거라고!

눈물이 내 얼굴에서 하염없이 흘러내렸어.

문이 열리고는 간호사가 안으로 들어왔지.

"무슨 일이에요? 소란스러운 소리를 들은 것 같은데요?"

나는 뭐라고 대답을 해야할지 몰라서 몸을 옆으로 살짝 돌리며 감추려고 했어.

"아, 별거 아니에요. 그냥 악기에 대해서 이야기했을 뿐이에요."

하지만 노인은 내게 협조를 해주지 않았지. 그는 목을 기울이면서 불만을 드러냈어.

"아니, 별거 아니긴. 확실히 뭐가 있었지. 자네들이 데려온 이 사람은 자원해서 온 게 아니야. 전혀 원하지 않는데 여기로 온 거지. 내가 살 날이 얼마 남지 않았다는 건 나도 잘 알고 있네. 남은 세월은 태양을 보면서 지내고 싶지, 흐린 날은 될 수 있으면 보고 싶지 않아. 하지만 이 아이는 죽을상을 하고 있다고. 장마보다 더해. 나를 더 우울하게 만들 뿐이라고. 나는 저 사람이 날 돌봐주는 걸 원하지 않아. 나 자신은 내가 잘 돌볼 수 있어. 자네들이 저 사람 보고 가라고 하게. 나는 다시는 저 얼굴을 보고 싶지 않아. 싸늘한 게 웃음이라고는 전혀 찾아볼 수가 없지. 목소리도 더는 듣고 싶지 않아. 다른 이를 기쁘게 만드는 말은 뱉지를 않는다고."

간호사는 아이를 달래듯 그에게 말했어.

"팡 선생님, 노여움을 푸세요."

그러고는 내게 눈짓을 하며 속삭였지.

"두쥐안, 우리는 일단 나가 있죠."

간호사에게 해명하려고 했을 때였어. 간호사가 먼저 입을 열었지.

"저기, 말 안 해도 됩니다. 어떤 일인지 알 것 같으니까요. 마음에 두지 말아요. 속상해할 것도 없어요. 우리는 이런 경우를 많이 봤거든요. 곧 죽을 사람들이 잘못인 거죠. 사람은 죽음을 앞두면 자기 주장이 강해지기 마련이거든요. 우리는 아직 살날이 많잖아요. 그러니까 너무 신경 쓰지 말아요. 당신이 억울하다는 건 나도 알아요."

그러고는 친근하게 내 어깨를 두드렸어.

나도 욱하는 마음에 말했지.

"흥, 내가 보고 싶지 않다고요. 저도 보기 싫어요!"

간호사는 한숨을 내쉬며 말했어.

"염라대왕 코앞에 선 이들이에요. 양해해주세요."

나는 말을 하지 않았어.

학교로 돌아가는 길에 장치가 내게 물었지. 낮빛이 왜 이렇게 좋지 않냐고. 이런 곳에 오니까 마음이 얼어버렸어. 낮빛이 좋을 리가 있겠어? 나는 이렇게 답했지.

일주일은 순식간에 지나갔어. 자원봉사자가 호스피스 병원에 가서 봉사활동을 해야 하는 날이 왔지. 장치는 말했어.

"두쥐안, 어서 가자. 병원으로 가야지."

"나는…… 나는 안 갈래."

그는 놀란 듯 내 안색을 살피더니 연이어 물었지.

"왜? 무슨 일인데?"

"왜냐면…… 내가 감기에 걸렸어. 머리도 아프고, 재채기도 해. 못 믿겠으면…… 에취…… 진짜야. 이런 상태로는 목숨이 위태로운 어르신들을 뵈러 가는 게 좋지 않겠지? 어르신들이 옮기라도 하면 설상가상인 거잖아. 그래서 나는 안 가려고."

미리 준비한 변명을 읊기는 했지만, 그를 속이는 거라 마음이 불안해졌어. 그래서 말을 더듬거리게 되었지. 덕분에 그는 내가 아프다는 걸 더 믿게 되었고. 그는 안심이 되지 않는다는 말투로 말했어.

"그러면 우리 먼저 갈게. 집에서 푹 쉬어야 해."

장치는 병원에서 돌아오자마자 나를 보러 왔어.

"두쥐안, 좀 괜찮아졌어?"

진심으로 걱정하는 그의 모습을 보자 나는 마음이 약해져서 다급히 말했지.

"아, 나는, 당연히…… 괜찮아졌어. 몸을 좀 움직이고, 땀을 뺐더니 많이 나아졌네."

장치는 그제야 병원 이야기를 꺼냈어.

"그 1번 병상 할아버지가 널 염려하시더라. 너는 왜 안 온 건지 계속해서 물어보셨어."

나는 낯빛을 바꿨지.

"누가 나에 대해서 물었다고? 폐암에 걸린 그 고집쟁이 할아버지가?

거짓말이지? 그 사람이 나를 염려했다는 건 못 믿겠는데?!"

장치는 오히려 반문했어.

"너를 왜 속여? 네가 아프다는 말을 듣더니 많이 걱정하시던데. 네가 그분을 보러 갔었는데 이번에는 안 간 거잖아. 너에 대해 물어보는 것도 아주 당연한 거 아니야?"

그래도 반신반의했지. 장치를 보며 아주 진지한 얼굴로 물었어.

"그게 정말이야?"

"당연히 정말이지. 이런 일로 내가 너를 뭐하러 속여? 이게 무슨 영원한 사랑의 맹세도 아니고."

"하긴, 사람을 속이는 것도 자기에게 이로운 게 있어야 그러는 거지."

잠시 말을 멈춘 나는 결심을 하며 그에게 물었어.

"저기, 너 경극 부를 줄 안다고 했지?"

"조금은. 잘한다고 할 수는 없고, 대충 초보 단계는 될 거야."

"겸손할 거 없어. 제자 한 명 좀 받아줘."

"누군데? 예쁜 여자야?"

"우울한 여자야. 이름은 두쥐안이고. 〈우리 집에는 삼촌이 셀 수 없이 많아〉 부를 줄 알아?"

"선생을 제대로 찾았네. 부를 줄 알아. 엄마가 가르쳐줬거든. 하지만 내게 배우려는 이유를 먼저 알려줘야 해."

나는 시선을 낮추며 말했지.

"나를 욕했던 사람을 위해서야."

장치는 매우 감동하더니 더는 아무 말도 하지 않았어.

일주일이 눈 깜짝할 사이에 지나갔지. 토요일 오후, 호스피스 병원에 간 나는 곧장 1번 병상을 향해 달려갔어. 팡 노인이 날 용서했다니 나는 방 노인에게 경극을 한 소절 불러줄 거야. 그는 반주하는 거지.

간호사가 마침 병상을 정리하고 있었어. 고개도 들지 않고 답했지.

"이게 누구야. 문을 왜 그렇게 세게 열어요? 호스피스 병원이 집 같은 분위기를 중시한다고는 하지만, 집에서도 이렇게까지는 안 하는데. 여기가 병원인지 도떼기시장인지 모르겠네."

나는 다급하게 말했지.

"아…… 죄송해요. 제가 너무 빨리 뛰었죠."

간호사는 그제야 고개를 들었어.

"두쥐안, 당신이었군요."

병실 안에는 다른 이가 없었어. 나는 말했지.

"어, 간호사 선생님, 할아버지는 어디로 갔어요?"

"어떤 할아버지요?"

나는 간호사라는 사람이 건망증이 이렇게 심해서야 어쩌나, 라고 생각했지.

"지난번, 여기 병상에 계시던, 폐암에 걸린 분이요. 저보고 경호를 배우라고 했던 할아버지요."

간호사는 그제야 깨달은 듯했어.

"아, 팡 노인 말하는 거군요. 가셨어요."

나는 망설이며 물었지.

"어디…… 어디로 가셨다는 거예요?"

간호사는 관용을 베풀듯 웃으면서 내 무지를 용서했어. 그런 뒤에는 아주 침착하게 말했지.

"가셨다는 건 돌아가셨다는 뜻이에요."

나는 조심스레 간호사를 보았어. 위험한 물건이 가득 담긴 병을 보기라도 하는 것처럼 말이야. 그런 뒤에는 한 음절씩 띄엄띄엄 말했어.

"그 말씀은…… 경호를 연주하던 할아버지가…… 돌아가셨다고요?"

간호사는 부드러운 베개를 털면서 말했지.

"맞아요. 어제 일이죠. 그래서 병상을 정리하고 있는 거잖아요. 이제 새로운 환자가 올 거예요."

나는 곧장 폭발할 것만 같았어. 그녀의 무관심에 너무나 화가 났지. 나는 격렬하게 외쳤어.

"불가능해요! 병상 위에 누워있던 멀쩡한 사람이 어떻게 죽는단 말이에요? 그렇게 화를 내던 사람이 어떻게 죽을 수 있어요? 이불도 혼자 개고, 물도 혼자 따르고, 길도 혼자 걷고, 호금을 연주하던 사람인데, 어떻게 죽는단 말이에요? 어떻게 이럴 수가 있어요?"

나는 곧장 표정을 친절하게 바꿨어. 간호사에게 호감을 사려는 듯한 얼굴로 다시 말했지.

"선생님. 제게 농담을 하시는 거죠. 할아버지는 틀림없이 다른 병실로 가신 거예요. 그렇죠?"

나를 보는 간호사의 눈빛에는 슬픔과 연민이 있었어.

"학생, 온실 속 화초처럼 자라서 죽음이 어떤 건지 전혀 모르나 보네요. 책에서는 죽음이 아주 복잡한 거라고 설명하죠. 그래서 속아 넘어간 거예요. 죽음은 아주 단순한 일이에요. 세상에 있는 그 어떤 일보다 단순하죠. 어제는 멀쩡했던 사람도 오늘부터는 영원히 존재하지 않아요. 간단하고도 명료한 일이죠. 참, 팡 노인은 가족이 없거든요. 죽기 전에 편지를 써서 당신에게 남겼어요. 그리고 그의 호금도요. 지금 바로 가져다줄게요."

나는 이 주 전에 내가 서 있던 자리에 서 있었어. 침대 시트와 이불은 여전히 새하얗지. 창문 밖에 있는 조팝나무 꽃은 여전히 나무 위에 피어 있었고, 은 귀걸이처럼 불어오는 바람을 맞으며 흔들렸지.

하지만 병상 위는 비어 있었어.

호금이 내 시야에 나타났어. 끊어진 꼬리털을 떼어냈지만, 활은 여전히 탄력이 있었지. 내 시야에 종이 한 장이 더 나타났어. 종이에는 이렇게 적혀 있었지.

두쥐안, 나의 꼬마야.

네가 이 편지를 읽을 때면 나는 더는 사람이 찾아올 수 없는 곳으로 갔을 거야. 너는 내가 살면서 마지막으로 알게 된 사람이지. 그리고 내가 마지막으로 화를 냈던 사람이야. 나를 용서해주렴. 병은 나를 고통으로 몰아갔고, 이성을 잃게 만들었어.

꼬마야, 너는 정말 잘 웃지 않더구나. 음악도 싫어하고. 그건 삶의 여한이 될 거야. 나는 너를 정말로 돕고 싶었단다.

다만 내게는 시간이 없어. 내 경호를 네게 주마. 땅에는 달빛이 가득하고, 공기 중에는 푸른 풀의 향기가 가득한 밤이면, 네가 그것을 연주하기를 바란다. 이건 200년이나 된 오래된 호금이야. 그건 네게 아주 많은 걸 알려줄 거야. 이 호금의 몸통은 상비죽으로 만들어졌고, 현은 천연 실크로 만들어졌지. 이 호금의 활은 달리는 한혈마야. 또 통은 신비로운 뱀가죽으로 만들어졌어…….

경호는 대자연의 자식이야. 우리 모두도 대자연의 자식이지. 호금을 켤 때면 그 안에 있는 대자연의 영혼이 숨을 쉬지. 우리는 모두 대자연으로 돌아가야 해. 언젠가는 자네도 호금 안에서 내 목소리를 들을 거야. 자네에게 이야기해 주는 재미있는 이야기를 듣게 되겠지.

두쥐안. 이 오래된 호금은 아주 귀한 거라 이제껏 많은 이들이 사려고 했어. 하지만 나는 팔지 않았지. 자네에게 줄게. 자네는 기뻐하지 않으니까. 미묘한 대자연의 소리가 자네에게 기쁨을 주기를 바라네. 이건 어떤 값을 지불하더라도 살 수가 없는 행복이야!

두쥐안, 할아버지가 너에게 준 호금을 켜면서 웃어봐. 저 멀리 아름다운 곳에서 자네의 호금 연주 소리를 듣게 된다면, 자네의 웃음소리를 듣게 된다면, 나도 자네와 함께 웃을 거야…….

직사각형 모양의 종이가 내 손에서 점점 투명해졌어.

물에 젖은 종이는 투명해지지.

장치가 걸어들어오더니 내게 휴지를 건네주었어.

그는 편지를 보고 경호를 보더니 감탄을 했어.

“이건 정말 뛰어나게 좋은 호금이야.

“너도 경호를 연주할 줄 알아?”

“잘한다고 할 수는 없고, 기본적인 연주 기법은 할 줄 알아.”

“그러면 네가 경호를 연주해줘. 나는 경극 노래를 부를게.”

“누구에게 들려주는 건데?”

“이 병상에, 이 베개에게, 창문 밖에 있는 나무에게. 그리고 이 호금에게 들려줄 거야…….”

오래된 경호가 소리를 내며 울리고, 한혈마 꼬리털로 만든 활이 바람처럼 움직였다.

천의무봉

저우안은 저녁 식사를 위해 친정으로 돌아갔다. 문을 열자 낯선 향이 코를 찔렀다.

"엄마, 뭔데 이렇게 맛있는 냄새가 나요?"

저우안은 벌써 결혼까지 한, 세상 경험이 많은 직장인 여성이었다. 그러나 집에만 돌아오면 어린 시절로 돌아가 자연스레 아이가 되었다.

"맛 좀 봐."

엄마가 국그릇 뚜껑을 열었다. 집에서 같이 밥을 먹을 때면 숟가락을 제일 먼저 드는 건 부친이었지만, 엄마는 제일 아끼는 존재인 자식들에게 먹이기 위해 가장 맛있는 부분을 냄비에서 따로 건져내곤 했다.

그릇 가득 고기가 담겼다. 저우안은 한 입 베어 물었다. 맛이 매우 좋았다. 그녀는 어렸을 때부터 육식을 즐겼다. 엄마는 잡식 동물인 원숭이가 사람으로 변해서 그녀가 된 게 아니라 육식 동물인 호랑이가 사람으로 변해서 그녀가 되었다고 말하곤 했다.

저우안은 작은 뼈를 만지작거리면서 물었다.

"대체 무슨 고기에요? 닭고기 같으면서도 닭은 아닌데."

"눈토끼 고기야. 다른 사람이 보내줬어. 이런 토끼는 눈을 먹고 자라는 데 재난을 피하게 해주고 수명을 늘려준대. 다만 고기가 적지. 그래서 닭이랑 같이 끓였어."

엄마는 열심히 동물 신화를 전파했다.

저우안은 닭고기를 피해 눈토끼 고기만 골라 먹었다. 눈토끼 고기는 닭고기보다 간장을 더 잘 흡수해 호박을 닮은 붉은 빛을 띠었다.

눈토끼에는 약용적 가치가 있는 게 분명했다. 자기 집으로 돌아간 저우안은 시간이 매우 늦었음에도 남편을 깨워 사랑을 나눴다.

그 뒤의 일상은 아주 평화로웠다. 그들이 결혼한 지 오래되지는 않았지만, 아이를 원하지 않는 건 아니었다. 아직 젊은 나이였지만, 두 사람은 옛날 사람들이 그러했듯 순리에 맡기는 걸 중시했다. 그리고 요즘은 순리에 맡기는 것이 유행이었다. 과거에는 상황이 좋지 않은 이들이 자기 자신을 위로하고자 순리에 맡긴다는 말을 했지만, 지금은 성공한 이들이 이런 식으로 말을 했다.

저우안은 임신을 했다. 그녀는 조금도 놀라지 않았다. 그녀는 병원에서 준 임신진단서를 남편에게 건넸다. 그녀는 영화나 드라마에서 부인이 아기 옷을 바느질할 때가 되어서야 남편이 뒤늦게 깨닫는 장면을 이제껏 경멸해 왔다.

임신진단서를 건넬 때, 그녀는 영화 티켓을 건네기라도 하는 것처럼 침착한 낯빛이었다.

남편은 아주 자세히 진단서를 살펴본 뒤에 말했다.

"좋은 일이네. 근데 자기가 고생 좀 하겠다."

저우안은 평온한 목소리로 말했다.

"괜찮아. 여자에게 이건 아주 정상적이고도 자연스러운 일이니까."

속으로 자신이 아름다운 빈 상자라고, 그래서 귀중한 것들을 그 안에 담아야 한다고 생각했다.

밤에 남편은 이렇게 말했다.

"우리 아이는 우리의 장점들이 모여 있어야 해. 예를 들어서 내 눈과 당신의 입술……. 당신은 입술이 정말 예뻐. 붉은 사막에 부드럽게 솟아난 모래 언덕 같아……. 알겠어?"

저우안은 웃었다.

"입술에 대해서라면 자기가 천 번은 말한 것 같아. 장점에 관해서는, 모든 임산부가 이 주제로 이야기해본 적이 있을 걸. 장점이 모이는 건 확률을 따라야지. 우리 두 사람의 유전자는 뒤섞인 포커 패와 같아. 잡는 것마다 하트 카드일지 어떻게 보장할 수 있겠어?"

"하트 카드만 뽑을 수는 없을지라도 우리 두 사람은 능력이 좋잖아. 아이도 킹 카드나 스페이드 카드 몇 장 정도는 가지게 되지 않을까?"

저우안은 이 말을 회사 동료에게 들려주었다. 다들 별다른 말을 하지는 않았지만, 아름다운 저우안이 어떤 귀염둥이를 낳을지를 내심 궁금해했다.

시간이 지나면서 저우안은 몸이 무거워졌다. 물을 채운 찻주전자처럼 몸이 부풀어 올랐다. 마지막 정기 검진을 갔을 때, 그녀는 배가 불룩한 임산부가 배가 덜 나온 임산부에게 말하는 걸 들었다.

"토끼 고기 드셨어요?"

그러자 배가 덜 나온 임산부가 말했다.

"아뇨. 겁도 없이 그걸 어떻게 먹어요? 먹었다가 아이에게 구순열이 생기면 어째요."

"그건 미신이에요. 하지만 피해서 나쁠 건 없겠죠. 저는 중국에 있는 외국 미신도 모두 믿는 걸요."

그 말을 듣고 눈토끼를 떠올린 저우안은 가슴이 섬뜩했다. 그러나 그녀는 곧 자기 자신에게 이런 건 무지한 이들이나 말하는 황당한 이야기라고 몇 번이나 반복해 말했다.

눈토끼는 토끼가 아니야.

그녀는 출산을 앞둔 임부가 장애를 두려워한다는 걸 알고 있었다. 하지만 자신은 젊고 건강했고, 핵 방사능에 노출되거나 바이러스에 감염된 적이 없었다. 임신한 동안에 약도 거의 먹지 않았다. 그러니 아이에게 문제가 생길 리가 없지 않겠는가.

분만대에 누워있던 저우안은 아주 차분했다. 심지어는 차분함이 부끄럽게 느껴질 정도였다. 모든 환자가 처절하게 소리를 지르는 가운데, 분만실은 록 음악이 흘러나오는 홀과 같았다. 저우안은 이곳에 어울리지 않는 것처럼 보였다. 아이를 여럿이나 낳아본 여성만이 이렇게 동요하는 모습을 보이지 않았다. 순산이었다. 아기는 차가운 공기에 노출되자마자 조금의 주저함도 없이 곧장 울음을 터뜨렸다. 아주 맹렬한 울음이었다. 저우안은 그게 울음이 아니라는 걸 알고 있었다. 울음은 인간의 슬픔을 나타냈지만, 갓 태어난 아기는 즐거움을 느끼기에도 바빴다. 울음으로 기쁨을 드러내는 것이다.

조산사가 아기를 만지고 있었다. 저우안은 피로를 억누르며 몸을 비스듬히 기울였고 그 모습을 보았다. 아기의 머리는 조산사의 손바닥 위에 놓여있었고, 얼굴은 잘 보이지 않았다. 하지만 남자아이라는 걸 알 수 있었다.

조산사는 의사에게 물었다.

"어쩌죠?"

의사는 답했다.

"배우자가 밖에 있나요?"

"없습니다."

"그러면 다른 가족은요?"

"없습니다."

"그러면 산모에게 알려야겠네요. 산모 상태는 괜찮나요?"

"괜찮습니다. 다 정상적이에요."

"좋아요. 제가 이야기하죠."

저우안은 둘의 대화를 분명히 들었지만 그게 자신과 무슨 상관인지를 알 수 없었다. 그녀는 한가로운 흰고래처럼 분만대 위에 누워있었고, 그녀의 '생산품'을 그들이 가져와 보여주기를 기다리고 있었다.

조산사는 무거운 검을 가져오기라도 하는 것처럼 조심스레 아기를 데려왔다.

의사가 아기를 받았다. 갓 태어난 아기는 몸이 아주 부드러웠고, 뼈가 없는 듯했다. 의사는 자기 팔뚝으로 아기의 척추골을 지탱했고, 팔꿈치 안쪽에 아기의 엉덩이를 앉혔다. 그러자 아기가 설 수 있었다. 저우안의 눈앞에 우뚝 섰다.

원래 저우안의 남편은 그녀와 함께하려고 했지만, 저우안은 남편을 내보냈었다.

"자기는 자기 일을 해. 아이 낳는 건 내 일이잖아. 옆에서 다른 이가 구경하거나 이래라저래라 하는 건 싫어."

그녀는 이렇게 말했었다.

엄마에게도 걱정하지 말라고 했었다.

의사는 돋을새김으로 조각을 한 듯한 아기를 들며 말했다.

"남자아기고요. 대략적인 검사는 했습니다. 다른 건 다 괜찮아요. 다만 구순열이 있습니다. 보여드릴게요……."

의사가 말을 마치기도 전에 작은 아기는 하품을 했다. 아기의 작은 입술은 확실히 저우안의 입술을 닮아 있었다. 아주 부드러운 윤곽이었다. 그러나 입술 중앙이 골짜기처럼 갈라져 있었다. 그 사이로 분홍색 속살과 검은 목구멍이 드러났다.

저우안은 분홍색과 검은색의 소용돌이에 휘말렸다…….

그녀가 깨어났을 때, 그녀는 남편이 의사에게 화를 내는 걸 들을 수 있었다.

"어쩌면 이렇게 잔인할 수가 있죠? 막 아기를 낳아 몸이 약한 산모에게 이런 자극적인 소식을 전해주다뇨. 심지어 직접 보게 하다니……."

의사는 온화한 말투로 말했다.

"환자 보호 의료 정책에 의하면 저희는 산모에게 이런 자극을 주지 말아야 하지요. 하지만 병원은 이런 일 때문에 종종 소송에 휘말리곤 합니다. 저희도 어쩔 수 없이 그 자리에서 확인을 시켜주는 겁니다. 그렇지 않으면 분만실을 나갔다가, 자기는 인정할 수 없다고, 저희가 아기를 바꿔치기한 게 틀림없다며 주장하는 사람이 나타나거든요. 저희도 나름의 사정이 있었습니다. 환자의 반응이 이렇게 격렬할 줄은 저희도 미처 예상치 못했습니다. 사실 구순열은 비교적 경미한 기형일 뿐이에요. 치료를 통해 천의무봉 상태로 만들 수 있어요."

저우안은 처음부터 끝까지 눈을 뜨지 않았다. 눈을 뜨면 말을 해야 할 테니까. 뭐라고 말을 해야 할지 알 수가 없었다. 대신 그녀는 이 말만을 기억했다.

천의무봉.

천사의 옷은 꿰맨 흔적이 없다.

아기를 데리고 퇴원한 저우안은 동료들이 방문하기도 전에 곧장 남편의 고향인 작은 도시로 갔다. 그곳에서 산후조리를 하기 위해서였다. 동료 중 누구도 아기에게 입술갈림증이 있다는 걸 몰랐다. 다들 이렇게 말할 뿐이었다.

"저우안은 운이 참 좋아. 시어머니가 돌봐주다니. 6개월의 출산 휴가가 끝나면 하얗고 통통한 아들과 함께 돌아오겠어. 그때 우리가 축하하러 갈게. 빨간 달걀[1]도 먹을 거야."

사실 요즘에는 달걀을 먹는 이들이 많지 않았다. 콜레스테롤이 너무 높기 때문이었다. 하지만 축하하며 분위기를 돋우는 건 모두가 좋아했다.

1) 달걀 껍질을 붉은 색으로 염색한 것으로 주로 경사스러운 날에 손님에게 선물로 주거나 나눠 먹는다.

아기를 낳은 지 다섯 달이 되었을 때, 저우안은 몰래 친정으로 돌아왔다. 엄마는 그녀를 보고 깜짝 놀랐다.

"왜 이렇게 말랐어? 이게 어딜 봐서 산후 조리한 여성의 모습이야? 시어머니가 잘 못 해주는 거야? 엄마가 몸조리를 제대로 해줄게."

저우안은 쓴웃음을 지었다.

"시어머니는 잘해줘요. 제가 잘 못 먹는 거예요."

"네가 구순열 아기를 낳았다고 해서 구박하는 건 아니지? 혹시라도 그렇다면 우리 가문은 이제껏 이런 유전자가 없었다고 해. 틀림없이 그쪽 집 유전일 거야."

"시어머니는 아무 말도 안 했어요. 저보고 신경쓰지 말라고 계속 말했을 뿐이었죠. 시골에는 이런 애들이 많다고, 머리만 좋다면 다 똑같은 거라고 말이에요. 그리고 이런 아이일수록 다들 아이에게 더 잘해줄 거라고도 했어요."

"음, 사돈이 그래도 사리가 밝네."

엄마는 말을 이었다.

"그러면 괜찮은 건데 대체 무슨 걱정을 하는 거야?"

저우안은 울음을 터뜨렸다.

"아이 걱정이요. 시골에서야 잘 지내겠죠. 하지만 우리는 도시에서 살잖아요. 아이가 컸을 때, 얼마나 자존심에 상처가 되겠어요. 요즘에는 호텔 입구의 벨보이조차 로미오처럼 잘생긴 이들이잖아요. 내가 낳은 아기에게 하자가 있다니. 다른 이들이 뭐라고 하지 않더라도 나는 나 자신을 영원히 용서할 수가 없어요."

"그러면 어쩌자는 거니? 한 명 더 낳을 수는 없는 거잖아!"

저우안은 말을 하지 않았다. 우울했던 지난 밤마다 그녀는 아기가 죽었으면 좋겠다는 생각을 한 번만 했던 게 아니었다. 날카로운 생각이 스칠 때면 그녀는 즉시 자기 몸을 졸랐다. 꼬집기도 했다. 자기 자신에게 사나운 벌을 주었다. 사람들이 볼 수 없는 은밀한 곳만 골라서 자기 자신을 학대했고, 멍투성이로 만들었다. 이렇게 하면 그녀의 마음은 며칠은 평온함을 찾을 수 있었다. 그러나 잔인한 생각은 응당한 처벌을 받았다고 여겼는지 더욱더 당당해져서는 전보다 빈번하게 찾아왔다. 저우안은 자신의 살의가 너무나도 미웠지만, 방법이 없었다. 그녀는 이성적이면서도 강인한 여성으로 어렸을 때부터 무엇을 하든 1등을 차지했다. 그런데 가장 어리석은 여성도 잘 해낼 수 있는 일에 있어서 처참하게 실패한 것이다. 이건 문제를 잘못 풀었지만, 지우개가 없어서 수정할 수 없는 것과 같았다.

그녀는 다급하게 집으로 돌아갔다. 이 정신 나간 상상에서 벗어나고 싶었다. 도시에는 좋은 성형병원이 많았으니까. 그녀는 아이의 상태를 빨리 천의무봉으로 만들고 싶었다. 모든 걸 정상으로 되돌리고 싶었다.

저우안의 몸매는 옛날처럼 여전히 좋았다. 그녀가 모유 수유를 하지 않기 때문이었다. 아기를 낳기 전만 해도 저우안은 아기에게 모유를 수유해야 한다는 입장이었다.

그녀는 남편에게 이렇게 말했었다.

"살이 찌고 체형이 변한다고 할지라도 나는 내 젖으로 우리 아기를 키울 거야. 아기에게 우유를 먹이지는 않겠어. 우유는 송아지가 먹는 거잖아. 우리는 사람이라고!"

남편은 그녀에게 입을 맞추며 말했다.

"당신은 어머니 영웅이야."

남편은 지금 외국에 가 있었고, 이 모든 책임은 오롯이 저우안의 것이었다.

저우안이 아기에게 모유를 먹일 수 없었던 건 저우안 때문이 아니었다. 구순열이 있는 아기는 엄마의 젖을 빨 수가 없었다. 그들의 입은 구멍이 난 깔때기였다. 먹을 걸 마주하면서도 배고픔에 쉴 새 없이 울었다.

출산 후에 쌓인 젖은 두 개의 수류탄과도 같았고, 저우안의 가슴에 가득 차 있었다. 걸음을 옮길 때조차 앞으로 쓰러질 것만 같았다. 그녀는 아들을 위해 수입 분유를 준비했지만, 장애가 있는 아들은 여전히 먹을 수가 없었다. 우유가 입안에서 흘러넘쳤고, 거품은 뺨을 적셨다. 어쩌다 삼키게 되더라도 곧 격렬한 기침이 튀어 나왔다. 작은 아기는 곧 터지려는 알밤처럼 숨 막혀 했다.

저우안은 시절 가지고 놀던 낡은 인형을 던지듯 아기를 침대 위에 내려놓았다. 이런 아기가 대체 무슨 소용이 있지? 존재 자체가 부모에게는 치욕이었고, 자기 자신에게는 고통인 것을!

거친 흔들림은 입이 벌어진 아기를 구했다. 기도로 들어간 우유가 토해져서 숨쉬기가 원활해진 것이다. 그러나 배고픔을 알리는 울음소리는 더 크고 또렷해졌다.

시어머니는 참지 못하고 말했다.

"아기를 좀 안아주렴."

대도시에서 온 며느리에게는 자기만의 양육 방식이 있었기에 시골에서 자란 할머니는 감히 말을 얹을 수 없었다. 그러나 손자의 울음소리는 그녀를 용감하게 만들었다.

저우안도 어쩔 수 없이 아기를 안았다. 아기의 울음소리는 몸의 위치가 바뀌면서 잠시 멈췄다. 그러나 근본적인 문제가 해결되지 않았기에 아기는 자신이 가지고 있는 힘을 모두 쏟아내며 세상을 향해 자신의 불만을 알렸다.

"우는 아기를 엄마가 이렇게 매번 방치를 해서는 안 되는 거야!"

아기의 울음을 참을 수 없었던 시어머니는 도시에서 온 며느리의 체면을 더는 신경을 써줄 수가 없었다. 그녀는 시어머니로서의 위엄을 내세우기 시작했다.

그러자 저우안이 울기 시작했다.

"그게 제 탓인가요? 아기 입이 사람의 입이 아닌 걸 어쩌겠어요. 토끼 입이잖아요. 그렇다고 해서 풀을 먹일 수는 없잖아요!"

시어머니는 그제야 깨달았다. 세상은 사람을 달로 보낼 수 있을 정도로 발달했지만, 구순열이 있는 아기를 위한 전용 식품을 개발하지는 못한 것이다. 그렇기에 시골의 옛날 방법대로 밀가루로 만든 이유식을 한 숟가락씩 어린 아기의 목구멍에 넣어주어야 했다. 그래야 아기를 배불리 먹이면서도 목이 막히는 일을 방지할 수 있었다……

아기의 할머니인 저우안의 엄마는 저우안이 아기에게 서투르게 이유식을 먹이는 것을 보고 말했다.

"아기가 통통하네. 얼굴만 보지 않으면 문제가 있다는 것도 전혀 모르겠어. 잘 돌보는 것 같은데 왜 이렇게 서툰 거야?"

저우안은 허둥지둥 몸을 움직이며 답했다.

"천만에요. 다 아기 할머니가 먹여준 거예요. 저는 아기의 얼굴을 차마 볼 수가 없어요. 얼굴을 보다 보면 제 입술이 갈라진 것만 같거든요. 어쨌든 아기는 나를 많이 닮았으니까."

할머니는 한숨을 내쉬더니 숟가락을 가져가며 말했다.

"내가 먹이마."

이유식 안에 네슬레 분유를 섞어 향이 꽤 좋았다.

저우안은 아기를 안고는 성형외과 병원을 찾아갔다.

"의사 선생님, 부탁할게요. 아기에게 수술 좀 시켜주세요!"

그녀의 말에 외과 의사는 아기를 보았다. 흘깃 보는 것만으로도 상황을 다 알 수 있었다. 경험이 풍부한 의사는 도살업자와 같아 돼지 한 마리를 죽이면 고기가 얼마나 나오는지를 바로 말해줄 수 있었다.

아기는 고급 포대기에 쌓여 있었고, 아기의 얼굴에는 옅은 금색을 띤 솜털이 신선한 망고처럼 돋아 있었다. 누군가 자기를 보고 있다는 걸 느낀 아기가 웃음을 지었다. 그러자 아기의 결함이 확연히 드러나게 되었다.

"이 수술은 저희 병원이 자신이 있습니다. 다만, 아기 개월수가 어떻게 되죠?"

의사는 신속하게 기록을 했다.

"오개월 하고도 사흘이요."

저우안은 아주 정확하게 기억하고 있었다. 그건 그녀가 고통 속에서 견뎌왔던 시간이었기 때문이었다. 의사는 유감스럽다는 얼굴로 만년필을 내려놓았다.

"아, 정말 죄송합니다. 지금으로서는 입원시켜 수술을 시켜줄 수가 없네요."

"혹시…… "

쩌우원은 의사에게 뒷돈을 줬다는 소문들을 떠올렸다. 하지만 어떻게 말을 꺼내야 할지 알 수가 없었다. 출산 휴가로 다섯 달을 쉬었더니 세상과 단절이 되어버린 듯해 모든 게 깜깜했다.

"저희가 경제적으로 여유가 있는 편입니다. 아기를 위해서, 아기의 입만 제대로 고칠 수 있다면, 저희는 선생님에게 따로 감사를 전할 의향이 있습니다……."

그녀는 굼뜨게 말을 뱉었다. 얼굴은 석고 팩이라도 한 듯 딱딱하게 굳었고, 속에는 원망이 가득했다. 품에 안긴 못생긴 아기 때문에 높은 지위에 있던 그녀가 아래로 뚝 떨어져 다른 이들에게 부탁이나 하는 것이다!

"아뇨, 그런 뜻이 아닙니다. 제 말은 그러니까 아기가 너무 어리다는 겁니다. 저희 경험에 의하면 아기가 18개월은 되어야 수술이 성공할 가능성이 커집니다 …… "

의사의 설명에 저우안은 떠보듯 말했다.

"하지만, 제가 관련 책을 읽었는데요. 외국에서는 6개월로 줄었다고 하던데요."

그녀는 속임수를 썼다. 책에 적힌 건 12개월이었지만, 저우안이 절반으로 줄인 것이다. 책이 출판된 시기가 제법 예전이었기에 그녀는 과학이 날로 발전하고 있으니 이 정도의 간단한 수술은 유전자 이식마저 가능해진 의학계에 있어서 식은 죽 먹기와도 같은 일일 거라고 여겼다.

대머리 의사는 아무 말도 하지 않았다. 저우안의 거짓말을 알아챘을 수도 있지만, 그래도 그는 고개를 끄덕여주었다. 그런 뒤 그는 보충하듯 말했다.

"이론적으로 보았을 때 수술은 빠를수록 좋지요. 그러면 회복해 정상적인 아기가 되는 데에 도움이 되거든요. 하지만 너무 이릅니다. 아기가 너무 어려요. 수술의 마취 리스크가 너무 큽니다."

저우안은 의사의 말을 오해했다. 만약 그가 마취 리스크가 너무 커서 아기가 '위험'해진다고 했다면, 그녀는 신중하게 고려했을 것이다. 그러나 의사가 말한 '리스크'를 저우안은 의료적인 번거로움으로 이해했다. 그녀는 의사가 수술을 허락하도록 그를 설득하고자 애썼다.

그녀는 의사를 자기 가족처럼 여기면서 간절히 말했다.

"저는 선생님을 믿습니다. 저희는 아기에게 평생 선생님을 기억하라고 할 거예요. 평생 감사하라고요. 선생님이 이 아기를 정상적인 아기로 만들어주신 거니까요. 정말입니다. 저는 빠르면 빠를수록 좋겠습니다. 지금 이웃과 다른 사람들은 아기에게 구순열이 있다는 걸 모릅니다. 수술만 하면, 누구도 이 비밀을 영원히 알 수 없겠죠. 그렇지 않으면 수술이 성공해 흔적을 찾아볼 수 없게 될지라도 사람들이 뒤에서 수군거릴 거예요. 예전에는 이 아이의 입술이 갈라졌었다고 말이에요……."

의사는 몇 번이나 고개를 끄덕였고 이렇게 답했다.

"이렇게 강력하게 요구하신다면, 저희도 시도해 볼 수는 있겠지요. 이보다 더 작은 아기들에게 더 복잡한 수술을 하기도 하니까요. 심지어는 태아에게 심장 수술을 진행한 사례도 있습니다. 그러나 이는 일반적인 절차와 다릅니다. 그러니 이게 보호자 분이 요구한 수술이라는 문서를 작성해서 주셔야 합니다. 혹시라도 무슨 문제가 생겼을 때, 병원에게는 책임이 없다는 문서를요. 물론 원하지 않으신다면 여기서 그만두셔도 됩니다."

이건 사실 저우안이 아이의 생명을 구할 수 있는 마지막 기회였다. 그러나 사람들은 의사의 솔직함에 종종 속았다. 의사가 최악의 상황을 예상했기에 틀림없이 그에 상응하는 준비를 했을 거라고, 그러니 결과가 그렇게까지 비참하지는 않을 거라고 여겼다. 사람들은 의사가 겁을 준다고 생각하지만, 사실 의사들도 사람들이 이렇게 생각하기를 기꺼이 바랐다. 그래야 우리가 두려움 없이 많은 일을 할 수 있기 때문이었다.

저우안은 수술 위임서에 서명했다. 그녀의 서명은 아주 대범했다. 의사는 그녀에게 글씨가 참 예쁘다고 했다.

얼마나 쓸데없는 말인가! 어렸을 때부터 많은 이들이 저우안의 글씨를 칭찬했기에 저우안은 이런 칭찬에 무감각해졌다. 그러나 의사가 별생각 없이 한 말은 그녀를 기쁘게 만들었다. 그녀는 이게 좋은 징조라고 여겼다. 의사가 그녀의 글씨에 신경을 썼다는 건 의사를 향한 그녀의 신뢰를 의사가 알아차렸다는 걸 의미한다고 생각했기 때문이었다. 그러니 의사가 자기 아들에게도 유달리 신경을 써줄 거라고 믿었다.

의사는 만족스럽다는 듯 말했다.

"구순열이 있다는 것 외에는 아이는 모든 것이 정상입니다."

아이는 굳센 돌이었다. 위에 아름다운 무늬를 여럿 새길 수 있을 것이다.

저우안은 자부심을 느끼며 말했다.

"네. 그는 아주 건강한 남자아이에요."

그녀는 이제껏 자기 아이를 자랑스러워한 적이 없었다. 그러나 이번만큼은, 외과 의사 앞에서 완벽한 아이의 엄마가 되는 게 얼마나 만족스러운 일인지를 알게 되었다!

"마지막 결정을 내리신 거라면, 아이를 저희에게 맡기도록 하세요."

"왜죠?"

저우안은 아이를 안고 병원을 찾았으나 빈손으로 돌아가게 될 거라고는 생각지도 못했다. 수술도 텔레비전을 수리하는 것처럼 물건을 두고 간 뒤에 얌전히 집에서 기다려야 하는 걸까?

"수술을 결심한다면, 간호사들이 아기를 돌보게 될 겁니다. 그래야 애착 관계를 형성할 수 있죠. 생각해보세요. 수술 후 회복을 할 때 아이는 울 수 없어요. 일단 울면 봉합된 입술이 다시 터질 테니까요. 수술하기 직전에야 아기가 엄마를 떠난다면, 수술 후에 만나는 이들은 아이에게 모두 낯선 이들입니다. 아기가 당연히 울겠지요? 조금 더 큰 아기라면, 설득을 할 수 있습니다. 아니면 아예 겁을 줘버릴 수도 있겠지요. 하지만 이렇게 어린 아기는 엄마의 얼굴을 잠시 잊고 간호사들의 얼굴을 기억하게 만들 수밖에 없어요……."

의사의 말은 흥미진진했다. 의사의 논리 앞에 서면, 가끔은 최면에 걸린 듯한 기분이 든다. 반박의 말을 내뱉을 수가 없는 것이다.

저우안은 집에 빈손으로 돌아갔다.

저우안이 의사가 했던 말을 그대로 엄마에게 전하자, 엄마는 잠시 망설이다가 입을 열었다.

"아이 엄마는 너야. 아기가 아직 어리니 자기 일을 결정할 수가 없잖

아. 네가 대신 결정하는 거지. 신중하게 결정하렴."

그러자 저우안은 말했다.

"엄마, 저는 엄마 딸이잖아요. 엄마가 하자는 대로 할게요."

"나는 이런 일을 겪어본 적이 없잖니. 너희는 태어날 때부터 겉이 멀쩡했어."

"엄마! 엄마도 저를 놀리는 거예요. 아기를 빨리 수술시켜야겠어요. 완전한 사람으로 만들 거예요."

엄마는 저우안의 머리카락을 쓰다듬으며 말했다.

"엄마는 그런 뜻으로 말한 게 아니야. 엄마가 하고 싶은 말은, 이렇게 조급하게 수술을 하려는 게 아기를 위해서인지, 아니면 너를 위한 거냐는 거지."

저우안은 엄마의 말을 알아들었다.

"저를 위해서예요. 하지만 아기를 더 위한 거죠. 계속 그런 생각이 들어요. 만약에 어린 내게 구순열이 있었다면, 그러면 제가 뭘 잘 모를 때 빨리 고치기를 바랐을 거예요. 자라고 나서는 아픔도 잊고 못생김도 잊을 테니까요. 정상인과 똑같은 거잖아요. 만약 내 부모가 이 책임을 다하지 않고, 나를 그냥 자라도록 내버려 두었다면, 스스로 택하기를 바랐다면, 겉으로는 인자해 보일지 몰라도 실제로는 잔인한 거라고 생각해요."

엄마는 여전히 포기하지 않았다.

"아기 아빠랑은 상의를 해봐야 하지 않을까?"

"내가 낳은 아기니까 내가 결정해요."

엄마는 조금 화가 났다.

"그러면 너는 내가 만든 거니까 내 결정에도 따라야 하는 거 아니니?"

저우안은 너무 부끄러운 나머지 화가 났다.

"엄마가 내게 토끼 고기만 먹이지 않았어도, 이런 일은 없었을 거예요!"

그녀는 토끼와 이번 일이 전혀 상관이 없다는 걸 알면서도 잔인한 말을 내뱉었다.

엄마는 다시는 입을 열지 않았다.

수술을 기다리는 동안 저우안은 불안함과 초조함에 시달렸다. 몇 번이나 병원으로 달려가 아기를 데려오고 싶었다. 의사에게 이렇게 말하고 싶었다.

"수술 안 할래요. 이렇게 지내는 것도 괜찮아요. 아니면 아기가 좀 더 크면 그때 가서 정할래요."

이 말은 홍수에 휩쓸린 통나무처럼 쉴 새 없이 머릿속이라는 수면 위로 떠올랐다.

심지어는 꿈을 꿀 때도 유창하게 이 말을 내뱉곤 했다.

그러자 엄마는 다급하게 몸을 일으키며 말했다.

"우리 딸! 드디어 마음을 정했구나. 잘 생각했어. 해 뜨자마자 병원으로 가자. 가서 아기를 데려오자."

하지만 저우안은 눈을 비비더니 무표정하게 말했다.

"조금 전에 한 말은 무효예요."

엄마는 말문이 막혔다. 목에 종기가 돋아난 듯한 기분이었다.

드디어 수술하는 날이 다가왔다. 저우안은 아침 일찍 가장 좋은 옷을 입고 병원으로 갔다. 왜 예쁜 옷을 입었냐고? 아들이 엄마를 알아볼 수 있을까? 아기의 두 눈에 가장 멋진 모습으로 보일 수 있을까? 한참이나 고민한 그녀는 막연히 자신이 두려움을 느끼고 있다는 걸 깨달았다. 여성은 두려움을 느낄 때면 먹는 음식이나 입는 옷에 기대곤 했다.

엄마는 말했다.

"같이 가줄까?"

저우안은 완강히 말했다.

"아뇨. 이건 아주 작은 수술이에요."

사실 그녀는 엄마가 자신과 함께 가주기를 간절히 바라고 있었다. 엄마가 자기 의견을 조금만 더 견지했더라면, 그녀는 엄마와 함께 가겠다고 했을 것이다. 그러나 엄마는 더는 아무 말도 하지 않았다. 잠시 기다리던 저우안은 엄마가 더는 말을 내뱉지 않자 결연히 문을 열고 밖으로 나갔다. 집 밖으로 나서는 순간, 그녀는 갑자기 깨달았다.

사실 엄마도 병원에서의 오랜 기다림을 두려워한다는 것을.

병원에 도착하자 저우안의 마음은 오히려 평온해졌다. 많은 중병 환자들이 생기 넘치게 살아가고 있었다. 그녀의 어린 아들도 틀림없이 수술에 성공해 천의무봉 상태가 될 게 분명했다. 그렇게 되면 그녀는 틀림없이 온 마음을 다해 아이를 사랑할 터였다.

그녀는 대머리 의사를 보았을 때, 뭐라고 말이라도 전하고 싶었다. 뭐라고 말하지? 부탁드릴게요, 수고가 많으십니다, 같은 말? 하지만 너무 진부했다. 그러나 이런 말을 하지 않는다면, 무슨 말을 할 수 있을까? 그녀가 적당한 말을 떠올리기도 전에 대머리 의사가 먼저 입을 열었다.

“아드님 좀 보세요. 전보다 살이 좀 찐 것 같나요, 아니면 마른 것 같나요?”

저우안은 곧장 답했다.

“선생님에게 맡기면 안심이 됩니다.”

대머리 의사는 무표정한 얼굴로 간호사에게 아기를 데려오라고 했다. 며칠 보지 못한 사이에 아기가 좀 더 큰듯했다. 입만 제외한다면, 실로 잘생긴 남자아이였다. 갑자기 저우안의 가슴에 깊은 애정이 솟아났다. 그녀는 아기를 꼭 안았고, 아기의 작은 심장이 자그마한 북처럼 빠르고도 규칙적으로 뛰는 걸 느꼈다…….

그런데 아기가 울었다. 불안하다는 듯 몸부림을 치면서 주변을 둘러보았다……. 저우안은 곧 당황했다. 그녀가 아기를 자주 안아줬던 건 아니었지만, 아기는 그녀를 아주 친숙하게 여겼었다. 이게 어찌 된 걸까?

간호사가 아기를 데려가자 아기는 더는 울지 않았다.

의사는 보람을 드러내며 말했다.

“이러면 된 겁니다. 수술 전에 이렇게 시험을 해봐야 하거든요. 아기가 엄마를 그리워한다면, 수술을 미뤄야 하죠. 이제 괜찮겠네요. 시작해도 될 것 같습니다.”

저우안은 마지막으로 자신의 아기를 보았다. 아기는 겨울잠에 든 듯 조용히 수술대 위에 누운 채로 수술실로 들어갔다. 아기는 너무나 작았다. 새하얀 수술포 아래에 놓인 아기는 구겨진 책처럼 보였다. 수술대는 간호사가 살짝 미는 것만으로도 바로 움직였다. 마치 위에 아무도 누워있지 않는 것 같았다. 저우안은 수술대가 수술실 안으로 들어가는 걸 지켜보았다. 그녀는 작은 아기가 맛있는 걸 씹듯 입을 오물거리는 걸 볼 수 있었다.

그리고 잠시 피어난 웃음은 아기 얼굴에서 봄날의 아기 오리처럼 장난스럽게 헤엄을 쳤다.

저우안은 의자에 잠시 앉기도 하고 잠시 서기도 했다. 수술실 밖에는 벤치가 있었는데, 많은 보호자가 앉았던 탓에 표면이 다 반들반들했다. 저우안은 속으로 나중에 이 의자들이 망가졌을 때 누군가가 주워서 땔감으로 쓴다면 화염조차 검은색일 거라는 생각을 했다.

그녀는 관련 수술 책을 많이 읽었기에 벽 너머의 풍경을 한눈에 그려볼 수 있었다.

그들은 아기에게 전신 마취를 한다…… 그들은 피부를 절개한다…… 그들은 머리카락으로 만든 실로 한 바늘씩 정밀하게 봉합한다…… 그들은…… 이건 정말 그 무엇보다 고통스러운 고문이었다.

저우안은 자신의 어깨가 롤러코스터라도 탄 듯 단단한 안전바에 의해 단단히 조여지고 있는 걸 느꼈다. 심장이 피부를 뚫고 밖으로 나와서는 밝은 햇빛 아래에서 박동하고 싶어 했다. 흐르던 피는 찌꺼기가 되어서 박힌 가시처럼 목구멍에 달라붙었다. 눈동자는 커졌고, 체온은 계속 상승했다…… 시간이 지날수록 저우안은 조금씩 무뎌졌다. 그녀는 수술이 곧 끝날 거라는 것을, 이 무서운 과정이 끝을 향해 가고 있다는 걸 알았다.

저우안은 나중에 미소년으로 자라난 아들에게 오늘 겪었던 마음의 고통을 반드시 알려주겠다고 자기 자신에게 말했다.

그런데 간호사 한 명이 다급하게 달려나왔다.

"저우안의 어머니가 누구죠?"

저우안은 순간 알아듣지 못했다. 그녀는 시간이 조금 지나고 나서야 반응을 했다.

처음 아기를 입원시켰을 때, 접수처는 아기의 이름이 무엇인지를 물었었다.

그때 저우안은 이렇게 답했다.

"아직 이름을 지어주지 않았어요. 수술이 성공적으로 끝나면, 그때 좋은 이름을 지어주려고요."

그러자 접수처는 이름이 있어야 한다고 했다. 그렇지 않으면 진료 차트도 작성할 수가 없다고.

저우안이 다급하게 일어나 말했다.

"접니다."

간호사는 말했다.

"어서 들어가서 아기를 보세요."

"수술은 성공적이었나요?"

"수술은 아주 성공적이었습니다. 하지만 아기가 버티지 못했어요. 마취가 너무 깊게 되어서 깨어나지 못하고 있어요."

이번에는 저우안도 기절하지 않았다. 그녀는 꿈에 빠져든 듯 간호사와 함께 깨끗한 수술실 안으로 들어갔다. 몸놀림이 무중력인 우주 안을 거닐 듯 가벼웠다.

그녀의 어린 아들은 조용히 수술대 위에 누워있었다. 반쯤 녹아 물이 되어버린 눈송이처럼 기척을 찾아볼 수 없었다.

아기의 얼굴은 기이할 정도로 완벽했고, 부모의 장점이 모두 보였다. 특히 아기의 입술은 완벽하게 복구되어 있었다. 사막에 있는 가장 아름다운 모래 언덕처럼 부드러운 곡선이었다.

새하얀 모래 언덕.

맹장 리우

"내가 자른 맹장만 모아도 마차 하나는 가득 채울 수 있을 거야."

리우는 쿤룬산에 있는 한 강철처럼 푸른색을 띤 돌 위에 앉아 내게 말했다.

나는 중국에 있는 군의대학을 졸업했고, 농장에서 이 년 간 훈련을 받았다. 그런 뒤에 막 이곳 쿤룬산에 배치되었다. 의대 교수들의 강의도 많이 들었고, 개복 수술도 적지 않게 보았지만, 불필요한 인체 장기에 관해서 이렇게나 뻔뻔히 큰소리를 치는 사람은 처음 보았다.

쿤룬산은 산소가 부족하다. 산소가 부족하면 술에 취한 듯하고 모든 게 모호해지며 신선이 된듯한 느낌을 받게 된다. 이럴 때 내뱉는 말은 믿기가 어려웠다.

나는 리우를 보았다. 그의 얼굴은 불을 쬐어서 바짝 말린 대추 같았다. 말린 대추보다도 더했다. 더 초췌했고, 더 거뭇했다. 얼굴에는 주름이 밭고랑처럼 가로세로로 있었다. 쿤룬산은 솜씨가 대단해 단시간에 사람을 이런 모습으로 만들어 낼 수 있었다.

쿤룬산에서 지낸 덕분에 나는 그를 존중하게 되었다. 쿤룬산에는 특수한 풍속이 하나 있는데 그건 누군가의 나이나 경력보다는 산에서 머문 기간이 더 중요하다는 점이었다. 쿤룬산에서 살아가려면 반드시 산과 교감할 수 있어야 했다.

나중에 나는 사람들이 그를 맹장 리우라고 부른다는 걸 알게 되었다. 톈진의 진흙 인형 장, 베이징의 하얀 양 머리 리처럼 말이다. 이렇게 불리려면 한 분야의 대가 정도는 되어야 했다. 쿤룬산 사람들은 견문이 정말 좁은 듯했지만, 그래도 그를 이렇게 불렀다.

맹장 리우가 처음으로 수술을 했을 때는 겨울이었다. 쿤룬산은 사계절이 뚜렷하지 않다. 오직 절기 하나만이 영원히 존재할 뿐이었다. 그건 바로 대한(大寒)이었다. 내가 그날을 특별히 기억하는 건 수술실이 낯설 정도로 따뜻했기 때문이었다.

그렇게 초라한 수술실은 처음이었다. 단층집과 땅이 있는 수술실 그리고 무영등이 없는 수술실. 손가락은 일반 조명 아래에서 벨벳 같은 그림자를 드리웠고, 수술하는 내내 코끼리를 만지는 맹인이 된 듯한 느낌이었다.

"이런 곳에서 수술을 어떻게 하죠? 지하 전투를 치르고 있는 것도 아닌데!"

나는 경악했다. 이제껏 받아온 엄격한 의료 교육 때문에 나는 본능적으로 수술 집도를 거절했다.

그러자 맹장 리우가 가소롭다는 듯 말했다.

"여기서 수술을 왜 못해요? 전투할 때는 여기보다 더 심한 곳에서도 하는데!"

매일 전투를 준비하라고는 하지만, 쿤룬산은 두 국가와 거리가 멀었다. 그래도 원자 폭탄이 떨어진다면 피할 수가 없는 곳이었다. 위성류 나무의 뿌리가 기름통을 개조한 큰 철제 화로에서 격렬하게 타올랐다. 놀랍게도 피부를 노출한 환자는 땀을 흘렸다.

나는 수술을 거부했다. 만약에 환자가 수술대 위에서 죽게 된다면 나는 어떻게 될까? 나는 실패를 책임질 수가 없어 여전히 어려운 상황에 놓인다는 뜻의 "무대에서 내려가지 못한다"는 말이 배우나 정치 관료를 위해서 준비된 표현이라고 생각하지 않았다. 그건 실패한 의사에게 처참한 교훈을 주기 위해 준비된 표현이었다.

맹장 리우는 말했다.

"제가 하죠."

그는 의사가 아니었다. 그저 수술실의 보조원일 뿐이었다. 그가 담당하는 일은 수술이 진행될 때 보조를 하고, 수술실 안의 청결과 보온을 책임지는 거였다.

쿤룬산에서는 따뜻함조차 아름다운 사치였다. 평소에는 골탄을 사용해 난방을 했는데 골탄은 몇천 킬로미터나 떨어진 먼 평원에서 자동차로 운반되어 오는 연료였다. 가격이 대리석과 비슷했다. 불을 붙일 때는 휘발유를 사용해 먼저 장작에 불을 붙였고, 화로가 매우 뜨거워지면 교자 만두를 닮은 골탄을 하나씩 넣었다. 잠시 한눈을 판 사이에 약한 불씨가 꺼질 수도 있기에 아주 조심해야 했다. 화로 뚜껑을 덮은 뒤 인내심을 가지고 기다려야 했으며 절대 중간에 뚜껑을 열어 안을 들여다

보지 말아야 했다.

참지 못하고 화로 뚜껑을 열어보았다가는 선녀 아내를 훔쳐보아서는 안 된다는 금기를 어겼던 신화 속 청년처럼 후회막급할 터였다. 쿤룬산의 음산한 바람이 그 안을 파고들어 연약한 숯불을 질식시키기 때문이었다. 병아리를 품는 어미 닭의 자애와 세심한 기다림을 필요로 했다. 마침내 불꽃이 소녀의 머리카락처럼 흔들리고 미약한 온기를 내뿜기 시작하면, 쿤룬산의 점화 과정은 승리를 선언하면서 끝을 알렸다. 그러나 온기는 더 많은 경우에 루머처럼 허무하면서도 가물가물했다. 몇 번이나 반복하며 자기 자신을 설득하다가 도저히 참을 수가 없어 "끼익" 하는 소리와 함께 뚜껑을 열었다가는 검고도 무구한 눈빛으로 당신을 보고 있는 골탄이 자신을 연소시키지 못한 책임을 지라고 요구하는 상황을 마주하게 될 터였다.

수술실에서는 이런 식의 진인사대천명 같은 난방법을 쓸 수 없었다. 수술에 성공할지라도 환자가 폐렴에 걸릴 수 있기 때문이었다. 맹장 리우는 폐휘발유통으로 커다란 철제 난로를 만들었다. 유럽 귀족의 거실에 있는 장식품처럼 말이다. 물론 맹장 리우가 이를 알고 만든 건 아니었다. 그는 간쑤성 농촌 출신에 불과했다. 아름다움을 사랑하는 천성 덕분에 그는 난로 입구에 철제 장미꽃을 달기도 했다. 맹장 리우는 잔인하게도 쿤룬산에 남은 붉은 버드나무 뿌리를 찾아내 연료로 삼았고, 철제 난로 안에 던져서 태웠다. 빨간 버드나무는 수백 년, 혹은 그보다 더 오랜 시간 동안 쌓아온 에너지를 내놓았고, 철제 장미꽃을 부드럽고도 투명하게 만들었으며 곤충이 날갯짓하는 소리를 내게 했다.

나를 포함한 정식 의사들은 수술 집도를 두려워했다. 그로 인해 주객이 전도되면서 맹장 리우가 의사 노릇을 하게 되었다. 수술복을 입은 그가 밖으로 나왔을 때, 나는 그를 거의 알아보지 못했다. 쿤룬산에 사는 이들은 항상 부풀어 오른 듯한 겨울옷을 입었기에 이곳에서 비대함은 몸매의 정상적인 부분이었다. 일단 따뜻해지면, 맹장 리우는 솜옷을 벗고 몸에 딱 붙는 하얀 수술복을 입었는데 그 모습이 마치 애벌레가 나비로 변한 듯했다. 그 멋진 모습이 모두를 놀라게 만들 정도였다. 하얀 마스크는 말린 대추를 닮은 얼굴을 가렸고, 기다란 속눈썹과 동그란 눈을 드러냈다. 물론 외모를 뽐내는 건 아니었다. 사실 이러한 외모는 모래바람이 크게 부는 야외에서 오래 생활하고 노동한 조상을 둔 이들만이 갖출 수 있는 특징이었다.

맹장 리우의 가문은 아주 가난했고, 그는 가방끈이 짧았다. 고등 교육을 받은 나 같은 의사들과 비교하자면, 그가 했다는 공부는 거의 하지 않은 것과 다름이 없었다.

교육을 받지 않은 이가 쿤룬산의 수술칼이 된 것이 우리는 불만스러웠지만, 그의 맹장 수술은 매우 아름다웠다. 의사들은 모두 '아름답다'라는 형용사로 수술을 평가하곤 했다.

"어떤 사람의 피부가 가장 좋은 줄 알아요?"

맹장 리우의 질문에 나는 답했다.

"당연히 백설 공주겠죠."

"백설- 공주요?"

맹장 리우는 무미건조한 말투로 몇 번이나 반문했다. 그는 이런 사람을 처음 들어보았다. 그의 고향에 내리는 눈과 쿤룬산에 내리는 눈은 모두 포악했기에 공주가 아니라 강도로만 비유될 수 있었다. 그는 다시금 물었다.

"수술할 때 어떤 사람의 살이 쉽게 잘리는지를 물어본 건데요?"

그는 펜을 들고 글을 쓰는 듯한 동작을 했다. 나는 형체가 없는 펜이 섬뜩한 빛을 번뜩이는 작은 메스라는 걸 알았다. 나는 많은 수술을 경험했지만, 손으로 느끼는 데에는 한계가 있었기에 사람의 피부를 자르는 느낌에 대한 질문을 받자 순간 말문이 막혔다.

맹장 리우는 그 감각에 도취된 듯 말했다.

"막 군대에 온 시골 청년의 피부가 가장 잘 잘리죠. 아삭한 배처럼 얇게 긁는 것만으로도 곧장 갈라지거든요."

나는 놀리듯 말했다.

"그러면 경력 있는 군인들은요? 설마 시간이 길어질수록 쿤룬산의 바람을 많이 맞아 배에 굳은살이라도 생기는 건가요?"

맹장 리우는 아주 진지하게 답했다.

"아뇨. 군대 생활이 힘들기는 하지만, 먹는 게 집에 있을 때보다는 나으니까요. 어쨌든 배불리 먹을 수 있죠. 몇 년 정도 지내게 되면 배에 얇은 비계가 생깁니다. 칼질할 때면, 비계가 모래처럼 칼날에 달라붙죠. 그래서 시원하게 잘리지를 않아요."

짐승의 내장에 붙은 기름이나 비계라고 부르지 사람의 몸에 있는 건 지방이라고 불러야 했다. 맹장 리우는 원래 집에서 돼지 잡는 일을 했었고, 군대에 있는 위생 부서로 배치되어서야 기초적인 위생 지식을 배웠다. 그는 사람과 돼지 사이에 딱히 큰 차이가 없다고 여겼다. 돼지의 앞다리는 사람의 팔이라고 보았고, 돼지의 엉덩이 부분을 사람으로 따지면 약물을 주사할 수 있는 곳이라고 여길 뿐이었다. 그래서 그는 수술실로 배치되었다.

쿤룬산 위에서 수술을 받고 싶어 하는 환자는 없었다. 숨도 제대로 쉴 수 없는 곳에서 칼까지 댄다면, 저승 문턱까지 갈 수도 있기 때문이었다. 그러나 사람들의 맹장에는 걸핏하면 염증이 생겼다. 인류의 퇴화한 기관이 혁명을 향한 의지에 마지막 제동을 거는 것이다.

맹장 수술은 아주 빈번했다. 한 번은 수술 집도의가 환자의 피부를 가르다가 혈관도 함께 자른 적이 있었다. 순간 모든 게 고요해졌고, 눈밭에 날카로운 도랑을 파놓은 듯했다. 피가 깜짝 놀라서 깨어난 듯 맹렬히 뿜어져 나왔다. 무수히 많은 붉은 구슬들이 하나로 모였고, 도랑을 피로 가득 채웠으며 붉은 호수를 만들어냈다.

맹장 리우는 수술 도구를 아주 정확하게 의사에게 전달했다. 그런데 그가 건넨 집게를 아무도 받지 않았다. 집도의는 햇볕 아래에 놓인 눈사람처럼 천천히, 그러나 돌이킬 수 없다는 듯 바닥에 쓰러졌다.

쿤룬산에는 기이한 병이 아주 많았다. 현대 의학 교과서에 눈부신 챕터를 하나 더 추가시킬 수 있을 정도였다. 갑작스러운 기절도 그중 하나였다. 사람들은 의사를 구하느라 바빴고, 수술대 위에는 함께 마음을 나누던 환자가 누워있었다. 피는 끝없이 이어지는 물음표처럼 젊은이의 피부에서 떨어졌다.

공연할 때는 화재를 진압하는 것이 가장 큰 문제이듯, 의사는 생명을 구하는 것이 가장 큰 문제였다. 사람들은 서로 얼굴을 바라볼 뿐 어찌 할 줄을 몰랐다. 쿤룬산은 극한 환경이었고, 수술을 집도할 수 있는 의사들은 모두 전초기지로 보내졌다.

맹장 리우는 말했다.

"제가 해볼게요."

사람들은 모두 말이 없었다. 사람의 목숨은 한 번 시도해 볼 수 있는 게 아니었다. 맹장 리우는 그가 서 있던 자리에서 한 걸음 앞으로 내디뎠고, 그 한 걸음이 그를 집도의로 만들었다.

선홍색 피는 사람들에게 더는 시간을 끌어서는 안 된다는 걸 알려주었다. 지금의 상황은 전투 중 모든 지휘관이 전사하는 바람에 무명의 청년이 나서며 이렇게 크게 외치는 것과 같았다.

"제 지휘를 따라요."

사람들에게는 선택의 여지가 없었다.

맹장 리우가 대체 어디에서 이런 수술 기술을 익힌 건지 모르겠다. 어쩌면 의학이라고 하는 것은 장인의 기술과 다를 바가 없는 걸지도. 자주 듣고 자주 볼수록 능숙해지는 것이다. 어쨌든 수술은 성공적이었고, 환자는 나중에 이렇게 말했다. 맹장이 하나 더 있다면 리우 의사에게 수술을 청하겠다고. 맹장 리우는 그 뒤로 맹장 수술만 했다. 이 분야의 기술을 갈고 닦아 최고의 경지에 올랐다. 그는 수술 부위를 극도로 작게 만들었고, 아주 균일하게 봉합했다. 손재주가 뛰어난 규수가 자신의 정인에게 만들어준 자수 장식 같았다.

사람들은 그의 명성을 듣고 찾아왔다. 그에게 맹장 수술을 받은 이들이 그를 추켜세우면서 칭찬을 하는 바람에 맹장에 염증이 없는 이들까지 찾아와 수술을 요구했다.

"여러분들의 맹장은 부지런한 지렁이처럼 멀쩡해요. 맹장이 자본계급의 꼬리도 아닌데 왜 앞다투며 자르려고 하는 거죠?"

맹장 리우는 많은 이들이 자신을 따르는 걸 좋아했지만, 그래도 의학적 관점을 기반으로 사람들을 만류했다.

"맹장은 어차피 쓸모없는 거 아니었어요? 필요 없는 걸 뭐하러 남겨요? 염증 생기라고? 염증이 생겼을 때는 이미 늦은 거 아닙니까?"

각기 다른 방언을 사용하는 전사들은 맹장 리우에게 사상 작업을 했다.

더는 할 말이 없어진 맹장 리우는 밤낮을 가리지 않고 사람들에게 맹장 수술을 해줬다. 그렇게 맹장 리우가 맨 처음 내게 해줬던 말이 탄생하게 되었다.

사실 내막은 아주 씁쓸했다. 전사들이 맹장 수술을 하면 몸에 장애가 생긴 걸로 간주되기에 제대 후 집으로 돌아갈 때 건강 보조금을 70위안이나 받을 수 있었다. 게다가 돌아가서 농사를 짓다가 맹장에 염증이라도 생긴다면 현에 있는 상급 병원에 가야만 수술을 할 수 있었다. 그곳까지 가는 여비와 입원비, 수술비, 약값……. 비용이 많이 들었기에 차라리 쿤룬산에서 맹장을 제거하는 것이 돈을 버는 셈이었다.

날이 갈수록 기술이 완벽해진 맹장 리우는 인체의 다른 부위로까지 수술 구역을 확장했고, 날 대신 해 수술까지 집도하려고 했다. 그러나 이번에는 수술을 아름답게 하지 못했다.

맹장 리우는 수술의 천재였으나 공부가 필요했다. 맹장 리우는 수술

진행과 붉은 버드나무 뿌리 캐기의 틈에서 겸허히 우리에게 가르침을 청했다. 정규 의과 대학에 다녀야 하는 것이 마땅했지만, 그 시절[1] 학교들은 모두 파괴가 되었기에 그는 어둠 속에서 홀로 독학을 했다. 우리는 그를 질투하고 있었기에 그를 가르치는 걸 꺼렸다. 그가 보낸 학비는 철제 난로와 붉은 버드나무 뿌리였다. 난로 문에는 철제 장미꽃이 한 송이 달려있었고, 수술실에 있는 것보다는 크기가 작았다. 빨간 버드나무 뿌리의 단면에는 셀 수 없을 정도로 많은 나이테가 있었고, 시간이 지날수록 연륜은 더 쌓여만 갔다.

후방을 담당하던 션 부장의 맹장에 염증이 났다.

맹장은 누구에게나 있었지만, 부장의 맹장은 그가 내뱉는 말처럼 일반 사람의 것보다 귀중했다. 우리는 아주 진지하게 토론했고, 부장의 맹장을 중심으로 시계를 닮은 그림까지 그려가며 12종에 달하는 응급 구조 방법을 구상했다. 만일의 사태를 대비하며 철저하게 준비했다. 맹장 리우는 당연히 이 회의에 참여할 수 없었다. 의사는 대장장이가 아니었기 때문이었다.

하얀 수술포는 부장을 가렸고, 다른 환자와 같아 보이게 했다. 좁고 긴 수술포 아래에는 조상 대대로 전해진 양피지 책을 닮은 주름이 가득한 피부가 있었다.

"누가 내 수술을 해주는 거지?"

하얀 천은 고저가 있는 천막처럼 기복을 이루고 있었고, 환자의 목소

1) 문화대혁명 시기를 말한다. 이 시기에는 중국의 교육 시스템이 무너져 대학들이 문을 닫았다.

리는 고통에 차 있었지만, 그와 동시에 위엄이 있었다.

"접니다."

경력이 가장 긴 의사가 공손하게 답했다. 머리에 수술 모자를 쓰고 있지 않았더라면, 경례를 표했을지도 몰랐다.

"왜 맹장 리우가 하지 않고?"

부장이 깜짝 놀라며 말하자 하얀 수술포도 함께 격렬히 움직였다.

"그건……."

의사는 순간 뭐라고 말을 해야 할지 알 수 없었다. 자기 의술이 더 뛰어나다고 해야 할까? 맹장 리우는 의대도 나오지 않았고, 진짜 의사가 아니라고? 아니면……. 그는 결국 이렇게 말했다.

"너무 젊어서요."

"젊다는 건 단점이 아니지. 맹장 리우의 수술 실력이 뛰어나다고 모두가 말하니 그자에게 수술을 하라고 하게."

하얀 수술포 아래에서 전해지는 목소리는 음식을 시키기라도 하는 것처럼 평온했다.

몸져누운 수장이라고 할지라도 수장은 수장이었다. 이 소식을 들은 맹장 리우는 감격한 나머지 철제 장미꽃이 달린 난로에 빨간 버드나무 뿌리를 몇 개 더 넣었고, 기쁘게 수술복으로 갈아입으러 달려왔다. 그는 부장의 연로한 피부가 자기 부친을 닮았다고 생각했다. 그런데 부친의 피부는 어떠했더라. 기억이 잘 나지 않았다. 그는 메스를 들었을 때 결단력과 민첩함을 잃었다. 칼끝에는 약간의 머뭇거림마저 담겼다.

이건 아름다운 시작이 아니었다. 그의 손가락은 살짝 떨리고 있었다.

부장의 콸콸 흘러나오던 피가 그에게 약간의 위안을 주었다. 부장의 피와 신병의 피가 같기 때문이었다. 그의 손가락 끝은 다시 침착함을 되찾았다.

전체 수술 과정에는 흠잡을 데가 없었다. 우리는 그를 축하하면서도 그를 원망했다. 그러나 부장은 역시 부장이었다. 열이 나기 시작하고, 복통에 시달렸다. 개복한 곳은 고통스럽게 우는 아기의 입처럼 시간이 지나도 아물지 않았다.

의사들은 회진을 시작했고, 여러 가설과 방안을 제시했다. 의학은 세상에서 가장 모호한 학문이었다. 책임을 지지 않는 게임과도 같았다. 처음에는 맹장 리우도 함께하게 했지만, 나중에는 그를 제외했다. 그에게 수술을 맡긴 것 자체가 잘못이었다. 그러니 더는 이 잘못을 되풀이할 수 없었다.

우리는 맹장 리우에게 기억해 보라고 했다. 혹시 메스나 가위, 붕대, 곡선 바늘 같은 도구를 뱃속 안에 남겨둔 건 아니냐고. 맹장 리우는 이를 끝까지 부정했고, 이런 의심 자체가 자신을 향한 가장 큰 모욕이라고 느꼈다. 수술 도구를 모두 다 점검해보았지만, 사라진 건 없었다. 그러나 우리는 원인을 찾을 수가 없었다. 오직 맹장 리우만이 유일한 이유인 것 같았다.

부장은 상급자들이 보낸 전용차를 탄 뒤 쿤룬산 아래로 치료를 받으러 갔다. 떠날 때 그는 의식이 혼미했지만, 아주 명확한 말을 남겼다.

"이런 일이 다시는 일어나서는 안 되네."

* * *

맹장 리우는 많은 전사들에게 수술을 해줬고, 그들은 모두 정상적으로 회복했다. 딱 한 번 수장에게 수술을 해줬을 뿐인데, 수장이 엄청난 고통을 겪은 것이다.

우리는 수장의 관대함에 매우 감동했다. 그는 맹장 리우를 전혀 질책하지 않았다. 그러나 맹장 리우를 향한 사람들의 규탄은 날이 갈수록 더해졌다.

군의대가 학생을 모집하기 시작했다. 맹장 리우를 가장 뛰어난 후보라고 여겼던 이들이 모두 자신의 판단을 부정했다. 더는 맹장 리우에게 수술을 해달라며 찾는 이가 없었다. 무서운 소문은 쿤룬산의 울부짖는 찬바람을 타고 사방으로 퍼졌다. 소문은 이렇게 말했다. 맹장 리우가 잘랐다는 맹장들 말이야. 진짜로 자른 건지 어떻게 알지? 어쩌면 사기를 친 걸 수도 있잖아. 배를 열어서 들여다보고는 곧장 봉합한 거지. 누가 알겠어.

맹장염 때문에 수술을 한 거라면, 이런 말이 나올 리가 없었다. 배가 아팠고, 수술했는데 더는 아프지 않게 되었다. 이것 자체가 확실한 증거였다. 그러나 맹장 리우가 잘랐던 건 염증이 생기지 않은 맹장이었다. 원래부터 아프지 않았고, 잘라도 아프지 않은 맹장. 그러니 누구도 실제로 어떤 일이 있었는지를 알 수 없었다.

잘라낸 맹장은 마땅히 환자에게 보여줘야 했다. 유산한 여성에게 의사가 핏빛 덩어리를 보여주는 것도 이를 확인시켜주기 위해서였다. 정규 교육 과정을 받은 의사들은 모두 이 절차를 알고 있었지만, 맹장 리우는 이를 신경 쓰지 않았다. 게다가 어떤 환자들은 보고 싶지 않다면서 이렇게 말했다.

"보물도 아니고 그런 괴상한 걸 뭐하러 봐요. 어서 버려요!"

맹장 리우는 일을 빠르게 처리하기 위해서 이러한 절차를 아예 생략해버렸다. 그래서 증명할 방법이 없어진 것이다. 맹장 리우는 빠르게 힘을 잃었다. 메마른 붉은 버드나무 가지처럼 되었다. 그는 여전히 수술실의 난로에 맹렬한 불을 피웠지만, 더는 전처럼 우리 수술을 지켜보지 못했다. 우리도 측은지심이 들었다. 그날 누가 부장에게 수술을 해줬든, 결과는 모두 같았을 것이다. 의학은 신조차 예측할 수 없는 분야였다.

우리는 맹장 리우를 용서했지만, 맹장 리우에게 맹장 수술을 받은 환자들은 그를 용서하지 않았다. 그들은 맹장 리우를 사기꾼이라고 의심했고, 그 때문에 쓸데없이 불필요한 수술을 받았고, 배에 흉터까지 생겼다고 여겼다. 우리가 맹장 리우를 위해 해명했지만, 누구도 믿지 않았다. 그들은 맹장 리우가 수술 같은 건 전혀 할 줄 모르며 환자를 데리고 실험했을 뿐이라고 했다. 맹장 리우는 더는 쿤룬산에서 머물 수가 없었다. 간부는 그를 제대시키기로 했다.

그날 아침은 유달리 추웠다. 맹장 리우는 새하얀 수술복을 다시 입었다. 거침이 없으면서도 능숙해 보였다.

"누가 또 수술하는 건가요?"

나는 그에게 물었다. 내심 그를 위해 기뻐했다.

"네. 쿤룬산에서 하는 마지막 수술이에요."

속눈썹이 매우 긴 그의 둥근 눈이 나를 보았다. 조금 이상하면서도 슬픈 눈빛이었다.

나는 그에게 고개를 끄덕였다. 나는 그의 수술을 본 적이 있었다. 확실히 그는 전도가 유망한 인재라고 할 수 있었다. 그러나 이제 그는 황사가 휘날리는 작은 마을로 돌아가야 했다. 수술실의 창문은 굳게 닫혀있었고. 지붕 위 굴뚝에서는 연기가 피어올랐다. 나는 철제 장미꽃이 붉고도 부드러워졌다는 걸 알았다. 정오가 다 되었는데도 맹장 리우는 수술실 밖으로 나오지 않았다. 그는 매번 신속했고, 이제껏 지연된 적이 없었다. 나는 마음이 놓이지 않아 문을 열고 안으로 들어갔다. 안에는 종이처럼 창백한 얼굴의 그가 있었다. 그는 배를 감싸 쥔 채 창문 너머를 보고 있었다. 휘날리는 눈을 멍하게 보고 있었다. 수술실 안에 있는 난로도 이미 불이 꺼져있었다.

"다 된 건가요?"

내 물음에 그는 답했다.

"끝났습니다."

"수술은 잘 되었나요?"

"아직은 괜찮네요."

그의 신중한 대답에 우리는 동시에 부장의 맹장을 떠올렸다.

"환자는요?"

나는 누가 출입하는 걸 보지 못했다. 내 물음에 그는 간단히 답했다.

"여기요."

"어디요?"

"여기요."

그는 자기 자신을 가리켰다.

나는 그의 배가 붕대로 감겨 있는 걸 보았다. 갑자기 좋지 않은 예감이 들었다.

"수술받은 환자는 어디에 있죠?"

내가 캐묻듯 묻자 그는 다시 자기 자신을 가리켰다.

"여기요."

나는 지면에 거울이 하나 놓인 것을 보았다. 거울 위에는 핏자국이 남아 있었다.

"거울을 보면서 자기 자신에게 수술을 한 겁니까?"

나는 한 음절씩 또박또박 말했다. 그에게 반박할 수 있는 충분한 시간을 주기 위해서였다. 말도 안 되는 일이었으니까. 그러나 눈앞에 있는 모든 징후가 내게 이런 결론을 내리라고 강요하고 있었다.

"네."

체력과 지력의 소모가 엄청났기에 그는 이미 몸과 마음이 지쳐있었다. 하지만 내뱉는 말에는 여전히 힘이 담겨있었다. 예전에 강의를 들을 때 교수님이 그랬었다. 극도로 위험한 상황에 놓이게 되면 의사가 자기 자신에게 수술을 해줄 수 있다고. 그러나 거울에는 정반대의 모습이 비치기에 고도의 기술을 요구한다고 했다.

"이게 진짜라고?"

나는 혼잣말을 했다. 믿고 싶지 않아서가 아니라 감히 믿을 수가 없었기 때문이었다.

맹장 리우는 비틀거리면서 한쪽으로 가더니 신장처럼 생긴 접시를 하나 가져왔다. 그 안에는 땅에서 갓 캐낸 작은 무를 닮은, 깨끗하면서도 완벽한 맹장이 하나 담겨있었다.

"왜 그랬어요? 왜 그런 거예요?"

나는 그의 어깨를 힘껏 붙잡고 흔들다가 갑자기 놓아주었다.

"이건 아주 위험하다고요. 알고 있어요?"

"나도 알아요. 나는 그저 사람들에게 증명하고 싶었을 뿐이에요. 그들을 속이지 않았다는 걸요. 난 속이지 않았어! 내가 자른 맹장들을 모으면 마차 하나를 채울 수 있어! 마차 하나를 가득 채울 수 있다고!"

그의 두 눈은 수술하는 이의 기쁨과 수술 받는 이의 피로로 인해 가늠할 수 없는 눈빛으로 번뜩였다.

"맹장 리우. 당신은 여기를 떠나지 말아야 해! 당신은 정말 우수한 외과 의사가 될 거야!"

나는 그의 손을 붙잡았다. 차가웠다. 쿤룬산의 만년설처럼 차가웠다.

"여기는 너무 추워요."

그는 손을 빼내며 말했다.

"너무 바빠서 난로에 장작을 넣을 겨를이 없었어요."

나는 나이테가 천 개가 넘는 붉은 버드나무 뿌리를 골라서 철제 장미꽃을 박은 난로 안으로 넣었다. 난로 안의 불이 이글이글 타올랐다. 보이지 않는 열의 파도는 휘황찬란했고, 일렁이는 물결이 되어 나와 그를 갈라놓으면서도 감싸주었다.

맹장 리우는 결국 떠났다. 그는 내게 자신의 맹장이 제거되었다는 걸 증명해달라고 했다. 그래야 70위안을 받을 수 있으니까. 그는 이렇게 얻은 70위안으로 가재도구를 샀고, 훗날 고향에서 아주 유명한 돼지 도살자가 되었다고 한다.

보랏빛 흔적

그때 나는 시골에 있는 병원에서 임상병리사로 일하고 있었다. 하루는 기름을 칠한 방수포를 새로 얻으려고 창고로 갔는데 창고를 관리하는 할머니가 구석구석을 뒤지더니 내게 말했다.

자네가 찾는 방수천은 오랫동안 찾는 이가 없었어. 재고가 없네.

나는 실망해 밖으로 나갔고, 낡은 물건들 사이에서 방수포 하나를 발견했다. 네모나게 접힌 방수포의 살짝 뜬 가장자리에서 연두색 천의 모서리가 보였다.

나는 기뻐하며 말했다.

이 방수포면 되겠네요. 이걸 주세요.

그런데 할머니는 바로 안 된다고 했다.

나는 말했다. 혹시 저보다 먼저 예약한 사람이 있는 건가요?

그녀는 기억 속에 침몰한 듯했다. 어렴풋한 기억을 떠올리는 듯,

그건 아닌데…… 그걸 찾아낼 줄은 몰랐네…… 그때 내가 빨기는 했는데, 잘 닦이지 않았어…….

나는 그녀의 말을 잘랐다.

누가 쓴 거여도 괜찮아요. 작업대 위에 깔려고 하는 거라서요. 구멍 난 방수천만 아니면 됩니다.

그러자 할머니가 말했다.

이봐, 그렇게 조급해할 것 없어. 이 방수포에 관한 이야기를 들려줄게. 이야기를 다 듣고도 이걸 작업대 위에 깔겠다는 마음이 변치 않으면, 이걸 자네에게 주도록 하지.

그때 나는 지금 자네와 나이가 비슷했네. 병실에서 간호사로 일하고 있었지. 다들 나보고 태도도 좋고 실력도 뛰어나다고 했어. 하루는 큰 화상을 입은 환자가 둘이나 왔어. 남자 한 명에 여자 한 명이었지. 나중에 알고 보니 둘은 연인이었더라고. 정확히는 신혼부부였지. 오랫동안 서로를 좋아했던 그들은 갖은 고생을 했고, 마침내 결혼식 날을 앞두고 있었어. 그런데 결혼식 날 밤, 나쁜 사람이 그들의 집 처마에다가 불을 지른 거야. 화염의 기세는 엄청났지. 두 사람을 숯처럼 까맣게 태웠어. 나는 그들을 돌보는 일을 맡게 되었지. 병실 하나에 병상은 두 개. 한쪽에는 남자가 누워있었고, 다른 한쪽에는 여자가 누워있었어. 그들의 몸은 새까맸고, 대량의 진물을 흘렸어. 몸에 흐르던 혈액이 불에 타면서 물이라도 된 듯했지. 의사는 어쩔 수 없이 두 사람을 전신 나체로 있게 했고, 몸 위에는 자초 기름을 잔뜩 발랐어. 이 시절에는 화상을 치료할 때 이 방법이 으뜸이었거든. 하지만 진액은 끊임없이 흘러나왔고, 막 갈아준 병상 시트도 몇 분 만에 흠뻑 적셨어. 그들의 타버린 몸을 움직이면서 시트를 가는 건 환자를 매우 고통스럽게 만들었지. 의사는 어쩔 수 없이 바닥에 방수천을 깔기로 했어. 나는 솜으로 방수천 위에 고인 보라색 진물을 쉴 새 없이 닦아냈지. 그렇게 해야 그들의 몸이 마른 상태로 있을 수 있으니까. 다른 간호사들이 내게 그랬어. 참 운이 없다고 말이야. 이런 환자를 돌보게 되면, 고생은 작은 일이래. 그들이 깊은 밤에 신음하기 시작하면 굴뚝에서 울음소리가 나는 것만 같다고도 했지. 아주 무섭다고 말이야! 하지만 나는 이렇게 말했지. 그들의 보랏빛이 된 검은 몸도 이제 익숙해졌는 걸. 그리고 그들은 이제껏 신음한 적이 없어.

그러자 다른 이들이 깜짝 놀라 말했지. 그렇게 심각한 상태인데 신음하지 않는다고. 틀림없이 그들의 성대도 불에 타버린 거야.

나는 화가 나서 반박을 했어. 그들의 성대는 신의 보호라도 받은 듯 조금도 다치지 않았다고.

그러자 다른 이들이 납득할 수 없다며 말했어.

신음도 안 했는데 그들의 성대가 다치지 않았다는 걸 네가 어떻게 알아?

나는 말했지.

그들이 노래를 부르거든! 깊은 밤에 고요할 때면, 그들이 서로에게 우리가 알아들을 수 없는 노래를 불러줘.

어느 날 밤에 있었던 일이야. 남자의 몸에서 진물이 너무나 많이 흘러나왔어. 흘러나온 진물에 몸이 뜰 것만 같았지. 나는 방수포를 새로 갈아줬어. 어, 자네가 조금 전에 보았던 그 방수포 말이야. 내가 아무리 조심스럽게 갈아도, 그는 낮게 신음했어. 방수포 교체를 끝내자 그는 더는 소리를 내지 않았지. 여자가 탄식하며 물었어. 혹시 그가 기절했나요? 나는 답했지. 네. 여자는 잠시 신음하다 말했어. 우리 두 사람의 목은 굳어버린 시멘트 같아요. 고개를 돌릴 수가 없어요. 비록 병상이 가깝게 붙어있지만, 저는 그를 볼 수 없기에 그가 언제 자고, 언제 깨어나는지를 알 수 없어요. 서로의 마음을 아프게 할까 봐 우리는 이제껏 신음하지 않았죠. 그런데 그가 신음하며 소리를 냈어요. 그건 우리의 죽음이 멀지 않았다는 뜻이에요. 당신께 정말 감사해요. 제가 부탁하고 싶은 게 하나 있어요. 저를 안아서 그의 병상 위에 눕혀주세요. 저는 그와 함께 있고 싶어요.

여자의 목소리는 아주 듣기 좋았어. 하늘에서 불어주는 피리 소리 같았지.

나는 말했어. 그건 안 됩니다. 병상이 너무 작아요. 두 사람이 어떻게 눕겠어요?

그러자 그녀가 미소지으며 말했어.

우리 두 사람은 새카맣게 탔어요. 많은 면적을 차지하지 않을 거예요.

나는 보랏빛이 되어버린 여자를 부드럽게 안았어. 그녀는 너무나 가벼웠어. 잿더미처럼 가벼웠어…….

할머니는 말했다.

내 이야기는 이게 끝일세. 이 방수포를 좀 보겠는가?

나는 거대한 기념 우표를 감상하기라도 하는 것처럼 조심스럽게 방수포를 걷어냈다. 너무 오래되어서 서로 조금 달라붙어 있었지만, 나는 그것을 남김없이 펼쳐낼 수 있었다.

깨끗한 연두색 방수포 중앙에는 두 사람이 서로 꼭 붙어있는 듯한 모양의 옅은 보랏빛 흔적이 남아 있었다.

진창

그해에 나는 가족들을 만나고자 티베트에서 내지로 갔다. 차도 보름이나 타야 했다. 나는 낡은 타이어를 운반하는 트럭을 탔고, 트럭은 해발 5,000미터 고원에서 열흘이나 덜컹거리면서 아래로 내려가 사막에 다다랐다.

마침 봄이라 도로는 진창이 되어 있었다.

진창이란 대지가 따뜻해지고, 지하수가 위로 올라오면서 도로가 발효된 반죽처럼 부풀어 오른 상태를 말했다. 그 위를 지나는 차량은 취객처럼 몸이 비틀거렸다. 여덟 시간이면 갈 수 있는 길이었지만, 열 몇 시간을 들썩이며 갔는데도 목적지에 도달하지 못했다. 온몸의 관절이 쑤신 것이 그 고통을 말로 표현할 수가 없을 정도였다.

운전사는 얼굴이 누렇고, 키가 작았는데 검은 양털 외투 속에 몸을 웅크려 바람에 말린 번데기처럼 보였다. 잔뜩 긴장한 채로 운전대를 껴안아 보물 상자를 안고 있는 듯했던 그는 명상이라도 하는 것처럼 조용히 운전에 집중했다.

차체가 격렬하게 기울어질 때마다 나는 숨도 내쉬지 못했다. 숨을 내뱉는 순간 폐 속에 있는 공기가 균일하게 퍼지지 않아 차의 균형에 영향을 미칠 것 같았다. 그래서 화물차 뒤의 짐칸이 뒤집힐까 염려되었다.(기울어지면서 엎어진다는 뜻의 "전복"이라는 단어는 얼마나 정확한가. 기울어져야만, 엎어질 수 있는 것이다)

하늘에는 달의 조각이 구름 사이에서 반짝였다. 버림을 받은 여인이 얼굴을 가린 채 울고 있는 듯했다. 오늘 밤에 야영할 곳은 끝없는 어둠 속에 몸을 숨기고 있었는데 언제쯤 밤의 먹물에서 모습을 드러낼지 알 수 없었다.

나는 잠을 잘 수 없었다. 내가 잠에 빠져 몽롱해질 때마다 트럭 기사는 차가 뒤집힐 위험을 감수하면서도 운전대를 맹렬히 돌렸다. 나는 얼음처럼 맑은 정신이 될 때까지 그의 여윈 어깨와 화물차의 서늘한 문손잡이 사이에서 이리저리 흔들려야 했다.

"잠든 사람은 연기를 내뿜어요. 요정이 뿜는 독가스 같은 거죠. 기사가 그걸 맡으면 졸게 되고요. 베이징에 있는 부모님을 살아서 보고 싶다면, 절대 잠시도 졸아서는 안 됩니다."

그의 차를 얻어 탈 때 그가 제시한 조건이었다. 그리고 나는 이 조건에 동의했다. 차를 타고 가는 길에 나는 하늘을 노려보는 백악기 공룡 같은 자동차 잔해를 많이 보았다. 그는 자동차 잔해를 볼 때마다 말했다.

"봐요, 졸면 저렇게 되는 겁니다!"

우리는 옛날의 돛단배처럼 사막의 검은 바다 안에서 흔들렸다. 수천 킬로미터에 달하는 장거리 여행을 거치면서도 나는 놀라울 정도로 뛰어난 인내심을 보였다. 나는 넓고도 아득한 앞쪽을 무감각한 눈빛으로 소리 없이 바라보았고, 그 공허한 곳에서 도깨비불이나 늑대의 안광을 발견하기를 바랐다.

트럭의 불빛이 밤바람을 갈랐고, 차가 움직이면서 자잘한 빛가루가 도로 옆에 있는 누런 모래 자갈 위에 뿌려졌다. 마치 그곳에 무수한 금가루가 숨겨져 있는 듯했다.

나는 물었다.

"얼마나 더 가야지 도착하는 건가요?"

"도착할 때가 되면 도착할 겁니다. 도착할 때가 되지 않았으면, 당신이 아무리 조급해하더라도 도착할 수 없어요."

우리는 언어 장애라도 생긴 것처럼 말없이 함께 앉아 있었다. 기사는 자기 화물에 다른 이를 태우는 것을 좋아하지 않는다고 했다. 너무 귀찮다나.

그런데 끝없는 침묵 가운데에서 갑자기 흙으로 된 기둥 하나가 솟아올랐고, 자동차의 은색 불빛을 가렸다. 흙 기둥의 꼭대기에는 움푹 들어간 곳이 두 개나 있었는데 우리가 탄 트럭의 낡은 모습을 반짝이며 비추고 있었다.

트럭 기사가 욕을 퍼부었다.

"죽고 싶어? 너! 이런 개자식!"

나는 그제야 그 기둥이 사람이라는 걸 알았다. 온몸이 흙으로 뒤덮인 사람이었다. 그는 낡은 노란색 외투를 입고 있었고, 생강처럼 짙은 노란색 자루를 들고 있었으며 자루는 낙타를 닮은 노란색 끈으로 묶여 있었다.

"죽고 싶은 게 아니에요. 차를 얻어타려는 거예요. 집으로 돌아가야 해요."

그는 말과 말 사이에 한참을 쉬었다. 듣던 이가 말이 다 끝난 줄 알면, 계속해서 다음 말을 내뱉는 이었다.

기사는 화를 내며 말했다.

"안 태워! 보면 모르겠어? 운전실에는 사람이 다 탔어. 자네가 탈 자리가 없다고!"

"저도 앞자리에 탈 생각은 없어요. 짐칸에 태워주면 됩니다. 타이어를 운반하는 거잖아요. 사이에 틈이 있어요."

열은 남방식 발음이 느껴지는 말투였다.

트럭 기사는 그가 트럭에 실은 물건을 알아보자 크게 화를 냈다. 마치 엄청난 비밀을 들키기라도 한 것 같은 모습이었다.

"안 태워! 이렇게 추운 날에 화물칸에 타겠다고. 그러면 얼어 죽을 거야!"

트럭 기사는 말을 뱉으면서 가속 페달을 밟았다. 곧장 앞질러서 나아가려고 했다.

그러자 흙으로 뒤덮인 이가 자동차 전조등을 감싸안으며 말했다.

"나는 얼어죽는 게 무섭지 않아. 집으로 돌아갈 거예요!"

트럭 기사는 내게 말했다.

"사막에서는 이렇게 차를 얻어타려는 이들을 자주 마주쳐요. 다들 남쪽에서 온 지식인 청년들이죠. 걸리면 된통 고생이라고요."

나는 말했다.

"하지만 너무 불쌍해 보이는데요."

나는 차에서 내렸다. 다리가 저렸기에 이 기회를 틈타 몸을 잠시 움직이고 싶었다. 그런데 흙으로 뒤덮인 이가 내 소매를 붙잡더니 반쯤 무릎을 꿇으면서 말했다.

"저희 가족 좀 구해주세요!"

나는 말했다.

"집이 어딘데요?"

나는 그가 상하이나 난징 같은 곳을 말할 줄 알았다. 그의 발음이 그의 본적이 어디인지를 이미 드러냈기 때문이었다. 그런데 놀랍게도 그의 손가락 끝은 사막 깊은 곳을 가리켰다.

"저기요…… 부인이 애를 낳았어요…… 젖이 나오지 않아서…… 관리부로 가서 힘겹게 쌀을 좀 빌렸습니다…… 서둘러 돌아가지 않으면, 미음을 끓일 수가 없어요. 그러면 아기가 굶어 죽을 거예요…… 집에 식량이 떨어졌어요…… 반나절이나 차를 얻어타려고 했는데, 아무도 날 태워주지 않았어요…… 시간이 이렇게 늦었으니 더는 지나가는 차가 없을 거예요…… 아기가 죽으면, 부인도 죽을 거예요. 나도 죽을 거고요……."

그는 더는 나를 보고 말하지 않았다. 하늘을 보며 말하고 있었다.

나는 유리창 너머에 있는 트럭 기사를 보았다. 운전대 위에 엎드리고 있는 트럭 기사의 얼굴에서는 표정을 읽어낼 수 없었다. 트럭 기사에게 짐이 될 거라는 걸 알았기에 나는 감히 그의 부탁을 들어줄 수가 없었다. 그런데 어찌된 영문인지 나는 그에게 아주 멍청한 질문을 하고 말았다.

"아들이에요, 딸이에요?"

"딸이요. 아주 예뻐요!"

그는 곧 흥분했다. 그의 얼굴에서 웃음이 가뭄 만난 논바닥의 균열처럼 피어올랐다.

젖을 먹지 못하는 여자 아기를 위해서 나는 이를 악물며 말했다.

"타세요."

그는 즉시 마대를 품에 안으며 짐칸으로 오르려고 했다.

나는 말했다.

"운전실에 타세요. 좁더라도 같이 타요."

그러자 트럭 기사가 냉랭하게 말했다.

"운전실에서는 붙여 앉을 수 없어요. 내가 팔을 뻗을 수 없으면, 방향을 틀어야 할 때 운전대를 돌릴 수가 없다고. 차가 뒤집히라기도 하면 어쩌려고요. 여기 사막에서 이틀만 지내도 우리는 미라가 되어버릴 걸요."

다른 트럭 기사들에게는 차가 뒤집히는 걸 이야기하는 것조차 금기였지만, 이 트럭 기사는 오히려 이런 이야기를 조금 즐기는 듯했다. 나는 미안하다는 듯한 눈빛으로 차를 얻어타려는 이를 보았지만, 놀랍게도 그는 아주 만족스럽게 말했다.

"짐칸도 좋아요. 기사님이 답을 하셨으니까 제가 얻어 타는 걸 허락하신 거겠죠. 감사해요…… 감사합니다."

마지막에 전한 "감사합니다"라는 말은 타이어 사이에서 새어 나왔다.

나는 차에 탔다. 착한 일을 하고 난 뒤에 느끼는 흥분이 내 마음에서도 전해졌다. 나는 트럭 기사를 흘깃 보았다. 트럭 기사는 진창 위를 달리고자 전력을 다하고 있었다. 차에 한 명이 더 탄 일에 대해서는 아무런 반응을 보이지 않았다.

밤바람은 창밖에서 처절하게 울부짖었다. 나는 물었다.

"밖은 춥겠죠?"

트럭 기사는 내 말에 답하지 않고 딴소리를 했다.

"이야기를 하나 해주죠. 이야기라고 할 수도 없겠네. 이건 진짜로 있었던 일이에요."

처음에는 나도 딱히 신경을 쓰지 않았다. 그가 말해주는 게 딱히 좋은 이야기는 아닐 거라고 생각했기 때문이었다. 트럭 기사의 목소리는 아주 작았다. 털이 많은 외투 칼라에 떨림이 흡수된 목소리는 건조하면서도 기복이 없었다.

그러나 이야기를 듣던 나는 모골이 점점 송연해졌다.

"동료가 한 명 있었어요. 아주 훌륭한 기사였죠. 그는 차를 혼자서 모는 걸 좋아해서 다른 이를 태우는 걸 싫어했어요. 그런데 어느 날 그와 트럭이 갑자기 실종되었어요. 아주 오랜 시간이 지난 뒤에야 사막에서 그의 시신을 발견할 수 있었죠. 하지만 그가 어쩌다가 죽게 된 건지, 차는 어디로 간 건지, 아무도 알 수 없었어요. 나중에 상하이의 가장 번화한 대로에서 어떤 차가 사람을 치어서 죽였어요. 경찰이 운전자를 잡았는데 면허증이랑 이런 게 하나도 안 맞았던 거죠. 차를 몰았던 사람이 소유주가 아니라 가짜였던 거예요. 그 뒤로 심문을 했는데, 듣자 하니 죽기 직전까지 때렸대요. 그제야 그 사람이 사실을 털어놓은 거죠. 알고 보니 그 사람은 지식 청년이었어요. 불쌍한 사람처럼 꾸며서 기사의 차를 얻어탄 거죠. 차에 오른 뒤에는 기사를 죽였고, 시신을 사막에 버렸어요. 자기는 차를 몰고 상하이로 갔고요. 그 뒤로 우리 운수 조직 사람들은 절대 모르는 이를 차에 태우지 않아요. 당신은 나랑 고향이 같고, 좋은 말을 많이 해줘서 예외적으로 받아준 거예요."

나는 아주 부끄럽다는 듯 그를 보았다. 마치 내가 용의자가 된 기분이었다.

기사는 내게 물었다.

"그 범행이 이루어졌던 곳이 정확히 어디였는지 알아요?"

나는 덜덜 떨며 답했다.

"그걸 제가 어찌 알겠어요?"

"우리가 지나가고 있는 바로 이 길이에요. 길에 있는 저 모래들은 그 사건을 모두 목격했죠."

나는 순간 마음이 무거워졌다.

"그러면…… 노란 마대를 든 사람을 왜 태운 거예요?"

"내가 태웠어요? 그 사람 태워달라고 한 게 누군데? 심지어 운전실에 앉히라면서요!"

"하지만 저는 여기서 그렇게 무서운 일이 일어났다는 걸 몰랐잖아요! 왜 저한테 말을 안 해줬어요?"

"제가 계속 권했잖아요. 못 알아챈 거예요? 그러면 그 사람 앞에서 대놓고 살인범이냐고 물어보겠어요? 진짜로 그런 사람이면 당장 그 자리에서 우리를 죽였겠죠. 만약에 그런 사람이 아니었어도, 무고한 이를 살인범으로 몰아가는 게 되잖아요. 그것도 큰 죄 아니에요?"

"그러면 이제 어쩌죠?"

내 질문에 그는 한숨을 내쉬며 답했다.

"어쩔 수 없죠. 원래 귀신을 부르는 건 쉬워도, 귀신을 보내는 건 어려운 법이에요."

"그 사람이 나쁜 사람이 아닐 수도 있잖아요?"

"그러기를 바라야죠. 어찌 되었든 운전실 안에 앉을 수는 없으니까, 우리를 어쩌지는 못할 거예요. 이따가 안전한 곳에 도착하면, 그 사람을 내려줄 수밖에요."

"차를 태워달라는 이를 다시 또 만나게 되면, 절대 참견하지 않을게요."

"나중 일은 신경 쓸 거 없어요. 지금 그 사람은 뭘 하고 있어요?"

내가 고개를 내밀어 밖을 보기 위해 창문을 열려는 순간, 기사가 말했다.

"뭐하는 거예요! 그런 식으로 행동하면, 나쁜 사람이 당연히 대비할 거 아니에요? 몰래 훔쳐보는 건 못 해요?"

"몰래 어떻게 훔쳐봐요?"

"뒤쪽에 보면 철로 된 작은 구멍이 있어요. 거기로 짐칸을 볼 수 있어요. 내가 운전실 불을 끌게요. 그러면 밖에서도 우리가 뭘 하는지 볼 수 없어요. 그가 뭘 하고 있는지 보도록 해요."

"불을 끈다면서요. 직접 훔쳐보지 그래요."

트럭 기사는 냉소했다.

"누가 그 사람을 계속 차에 태우라고 했죠?"

나는 내 잘못을 인정하며 어쩔 수 없이 이렇게 말했다.

"알겠어요."

기사가 운전실 안의 불을 껐다. 남은 건 수상쩍게 반짝이는 계기판 불빛뿐이었다. 검은 고래처럼 보이는 거대한 트럭은 두 눈으로 노란 불을 가물가물 토해내면서 비틀비틀 움직였다. 나는 그 작은 구멍을 찾아냈고, 숨을 참으며 바깥을 살폈다.

몽롱한 달빛 아래, 흙색으로 뒤덮인 남자는 지저분한 안개처럼 보였다. 머리를 감싼 그는 타이어 안으로 몸을 숨기고 있었고, 차가 덜컹거릴 때마다 버려진 농구공처럼 고무에 부딪히면서 소리를 냈다.

"좀 추워 보이네요. 다른 건 잘 안 보여요."

트럭 기사는 야간에도 잘 보이는 눈을 앞과 뒤통수에 모두 달기라도 한 것처럼 운전대 방향을 움직이면서 나를 조종했다.

"더 자세히 봐요. 그가 뭘 하려는 것 같으니까."

나는 어쩔 수 없이 다시 대충 보았다. 나는 세상에 좋은 사람이 많다고 믿었다. 비록 이곳이 살인 사건이 난 도로 위라고 할지라도 말이다.

그런데 이번에는 보고야 말았다. 차를 얻어 탄 이가 민첩하게 타이어 두 개 사이로 뛰어가서는 재빠르게 내 배낭을 움켜쥐었다. 배낭 안에는 부모님에게 드리려고 준비했던 선물들이 들어있었다.

"이런, 제 물건을 훔치려고 해요!"

내 목이 꼬르륵 소리를 냈다. 소리를 크게 지를 수 없었기 때문이었다. 나는 어쩔 수 없이 소리를 잘게 쪼갰고, 근육에 힘을 주며 소리를 냈다. 목이 다 두꺼워졌다.

기사는 침착하게 말했다.

"거봐요. 내 말이 맞죠. 지금 우리가 가장 바라야 하는 건 그가 물건만 훔치는 거예요. 우리 목숨은 그냥 두고요."

"안 돼요! 오 년간 군대에서 일하면서 모은 게 다 저 안에 있다고요. 저걸 어떻게 다른 이가 훔쳐 가도록 그냥 둬요!"

"그만둬요! 물건은 물건일 뿐이에요. 사람이야말로 세상에서 가장 귀한 거라고요. 엄마는 자식이 멀쩡하게 돌아오는 걸 원하지, 물건 같은 건 신경도 안 쓴다고요. 물건을 훔치는 도둑 인형은 누가 건들지만 않으면 자기 볼일만 보고 가버린다고요. 괜히 건드렸다가 무슨 일이라도 생기면 어쩌려고요!"

도둑 인형은 신장과 티베트 경계 지역에서 좀도둑을 가리키는 애칭이었다.

나는 답을 할 겨를도 없어 긴장한 채로 뒤만 보았다. 그 사람이 벌써 내 배낭을 열고 있었다. 내 낯빛이 너무 슬퍼 보여서 그런지 트럭 기사가 한 손으로만 운전대를 잡더니 몸을 기울여 구멍 너머를 흘깃 보았다.

"너무하구만!"

그는 갑자기 나지막이 포효하기 시작했다.

"생판 남인 젊은 처자가 자기를 생각해서 좋은 말도 해주고, 차에도 태워준 건데. 그게 쉬운 일인가? 나였으면 절대 안 태웠다고! 그런데 지금 은혜를 원수로 갚네! 이런 죽일 놈의 도둑 인형 같으니라고!"

나는 트럭 기사가 고마웠다. 하지만 욕만 하는 게 무슨 소용이 있단 말인가? 저자와 싸우지 않는 이상, 내 물건을 구할 방법은 없을 듯했다. 그리고 트럭 기사는 그럴 용기가 전혀 없어 보였다. 트럭 기사는 다시 흘깃 보며 말했다.

"물건은 아직 차 안에 있잖아요. 지금 자기 마대 자루를 풀고 있는 것 같은데. 물건을 고르려나 봐요. 가치가 있는 건 가져가고, 아닌 건 그냥 두겠죠."

트럭 기사의 얼굴은 침착함을 되찾았지만, 나는 울음기가 섞인 목소리로 말했다.

"이제 어쩌죠?"

죽을병에 걸린 가족을 위해 의사에게 자문을 구하는 보호자와도 같은 모습이었다.

그는 가만히 생각을 해보다가 말했다.

"너무 힘들어하지 말아요. 방법이 하나 있으니까. 일단 시도를 해봅시다. 효과가 있을지는 모르겠지만. 일단은 이거라도 해봐야죠. 다 잃어버렸다고 생각해요. 혹시라도 물건이 남게 되면, 그때 주워옵시다."

나는 멍해졌다. 그의 계획이라는 게 무엇인지 알아듣지 못했다. 다만 그가 가속 페달을 힘껏 밟는 걸 보았을 뿐이었다. 차는 칼에 베인 말처럼 미친 듯 질주했다.

차창 밖 바람이 맹렬히 휘몰아쳤다. 바람은 죽은 이들의 뼈로 만든 수천, 수만 개의 호루라기처럼 울리면서 깊은 밤에 빠르게 달리는 자동차를 향해 소리를 냈다. 자동차 속도가 극한에 다다랐다. 나는 구멍으로 다시 밖을 보았다. 그 사람이 얼어붙기라도 한 것처럼 허리를 굽히더니 머리를 감싼 채 돌처럼 있는 게 보였다. 서늘한 고무로 추위를 막아보려는 듯했다. 내 배낭은 비록 다른 곳으로 옮겨지기는 했지만, 여전히 온전했다.

내가 본 걸 트럭 기사에게 알려주자 그는 웃으며 말했다.

"이제 된 거예요. 원래는 물건을 훔친 뒤에 트럭에서 뛰어내리려고 했을 거예요. 하지만 차 속도가 이렇게 빠르니 그도 뛰어내리지는 못하겠죠. 감히 그러지는 못할 겁니다."

나는 어둠 속 어딘가에서 희망의 편린이 반짝이는 걸 보았다. 나는 엉덩이를 의자에서 조금 들었다. 이렇게라도 자기 무게를 줄여서 차가 더 빠르게 갔으면 하는 마음이 있었기 때문이었다.

도로 상황은 더 나빠졌다. 물결이 세차게 출렁이는 듯한 진창이었다. 부드러운 돌기가 문어 빨판처럼 트럭의 바퀴를 붙잡았다. 이런 상황에서 차를 빠르게 몬다는 것은 자살 행위와 다름이 없었다.

어떻게 해야 할지 알 수가 없었던 나는 고개를 돌려 다시 구멍을 보았다. 짐칸에 있는 이도 속도의 변화를 빠르게 알아차렸다. 그는 기회를 놓치지 않고 몸을 일으켰으며 다시 내 배낭을 옮겼다.

나는 고통스럽게 비명을 지를 뻔했다. 이때 트럭 기사는 차의 불안정한 상황을 이용해 아예 흔들림의 빈도를 높였고 거칠게 차를 기울였다. 트럭은 초대형 태풍 안에서 달리기라도 하는 것처럼 심히 기울어졌고, 창문은 도로변에 있는 자갈에 닿을 정도였다. 완전히 전복되려는 순간에 트럭 기사는 맹렬히 운전대를 움직이면서 방향을 틀었다. 트럭은 미친 코브라처럼 몸을 회전할 뻔했다.

다시 그 사람을 보았다. 바닥에 쓰러져있던 그는 짓밟힌 밀짚처럼 약해 보였지만 여전히 흉악한 자세였다. 그는 탐욕스럽게 내 배낭을, 그의 사냥감을 지키려고 했다. 나는 그의 뇌가 펄펄 끓듯 흔들리는 상태라고 할지라도 도둑질을 향한 신념만은 강철처럼 견고할 거라고 확신했다.

트럭 운전사는 고난도 동작을 연이어서 했고, 나는 격렬한 흔들림 때문에 목이 꺾이는 것을 방지하기 위해 운전실에 있는 안전장치를 힘껏 붙잡았다.

트럭 기사는 득의양양하게 말했다.

"이 차에서 뛰어내릴 수 있는 사람은 없어요. 즉사하고 싶은 게 아니라면 말이죠."

"그러면 나중에는요?"

나는 트럭을 이렇게 영원히 미친 듯이 몰 수는 없을 거라는 걸 알았다. 언젠가는 길도 평평해질 터였다.

트럭 기사는 바쁜 와중에도 불쾌한 기색을 드러내며 말했다.

"나중에? 나중 일을 어찌 알겠어요? 나중에 생길 일을 생각했었다면, 당신이 그를 차에 태우지도 않았겠죠. 일단은 눈앞의 일을 해결합시다."

나는 어쩔 수 없이 그 사람을 보았다. 진창 위에서의 고생이 그에게 가한 위해는 엄청났다. 그는 지친 여름날의 개처럼 무력하게 타이어 중앙에 누워있었다. 그는 짐칸 바닥과 최대한 몸을 맞대게 해서 몸에 전해지는 충격의 강도를 줄이고자 했다.

트럭 기사는 차로 발레를 추었다. 그는 트럭 바퀴를 하나씩 들어 올리면서 좌우로 들썩였다. 그의 손 아래에 놓인 트럭은 영혼이 있는 생명체처럼 움직였고, 그의 팔이 움직이는 대로 따르면서 각종 위험한 동작을 했다. 운전에 몰입한 그는 차가 한쪽으로 기우뚱할 때마다 입도 같은 방향으로 힘껏 틀었다. 벌린 입 사이로 이가 모두 드러날 때까지. 심지어 나는 그가 나를 도와주겠다던 초심을 잊고 평생 쌓아온 자기 기술을 끝이 보이지 않는 어둠의 사막에서 남김없이 발휘하고 있는 것 같다고 의심할 지경이었다.

차를 얻어 탄 이는 이런 상황에서는 절대 나쁜 짓을 할 수 없었다. 나는 몰래 안도의 한숨을 내쉬었고, 비록 제 자리를 벗어나기는 했지만, 여전히 안전한 내 배낭을 보았다.

그러나 도로는 음험하게도 아무런 전조도 없이 평탄해졌다. 진창이 저주에 걸리기라도 한 듯 흔적도 없이 사라졌다.

트럭 기사는 내게 말했다.

"잘 붙잡으세요."

나는 이해하지 못하고 되물었다.

"뭘 붙잡아요?"

"머리를 잘 붙잡아요."

나는 순간 어찌 된 일인지 이해하지 못했다. 그러나 트럭 기사의 사나운 눈빛이 나를 일깨웠다. 그의 오른발이 잔인하게 페달을 밟으려고 했을 때, 나는 모든 걸 깨달았다. 그의 계획을 파악한 나는 얼마 남지 않은 짧은 시간 동안 가장 긴급한 사안인 자구책을 강구했다. 두 다리로 바닥을 단단히 짚은 뒤 두 팔로 앞에 있는 금속판을 힘껏 지탱했다. 몸 전체를 원시림에 있는 가장 오래되고도 강인한 나무처럼 긴장시켰다…….

쾅— 회전하는 바퀴는 거대한 닻이 되었고, 땅속에 곧장 박혔다. 차량은 움직임을 멈췄지만, 고정되지 않은 모든 물체는 관성을 따르면서

씽 하는 소리와 함께 앞으로 날아갔다. 내 뺨은 따뜻한 도장처럼 차가운 앞 유리에 부딪혔고, 입안에는 살짝 단내가 나는 노란 흙먼지가 순식간에 가득 찼다. 바짝 눌린 코는 평평해졌고, 식초보다 자극적인 통증이 눈물 콧물을 흘리게 만들었다……. 나는 정신이 없는 와중에도 트럭 기사를 보았다. 그는 진즉에 준비를 해두었는지 아주 침착한 얼굴이었다. 다만 플라스틱 테이프로 감싸진 운전대는 총알구멍이 가득한 표적처럼 그의 심장에 직접 닿아 있었다. 만약 트럭이 좀 더 세게 부딪쳤더라면, 그는 아예 차량 밖으로 튕겨 나가 바람을 맞았을지도 몰랐다.

급제동 직후 주변이 완전히 고요해졌다. 사막의 낮은 바람은 모래 언덕을 쌓았지만, 부드러운 밤은 외로움을 이길 수 없다는 듯 모래를 도로 떨어지게 만들었다. 엉겨 붙었던 모래알이 흩어지며 떨어지는 소리는 비단 소리처럼 부드러웠다. 두려운 소리들이 뒤늦게 찾아왔다. 짐칸에 적재한 타이어들이 서로 부딪쳤고, 우유를 태우는 듯한 냄새가 났다. 날카로운 충격음도 사이에 껴 있었다. 나는 그 소리가 내 배낭 안에 있던 잭나이프 소리라고 생각했다. 소리는 둔탁하게 울렸다. 깃털을 털 때 나는 소리 같기도 했다. 나는 그 소리가 마대 자루 안에 있는 쌀이 움직이면서 나는 소리라고 단정했다. 나는 정말 구제불능이었다. 지금도 나는 앙앙 우는 어여쁜 여자 아기가 도둑 인형의 집에서 기다리고 있을 거라고 여전히 믿고 있었다…… 머리카락과 나무판이 서로 엉겨 붙은, 사람을 초조하게 만드는 마찰 소리, 부드러운 근육이 거친 표면을 스치면서 나는 소리, 사포 소리와도 같은 소리. 건조한 뼈가 얇은 피부를 사이에 두고 서로 부딪치는 소리……. 보지 않아도 알 수 있었다.

짐칸에 타고 있던 남자는 갑작스러운 급제동으로 인해 거의 조각이 나 있었다.

"어때요? 최소한 뇌진탕은 되었겠죠? 이제 무슨 힘으로 남의 물건을 훔치겠어요?"

트럭 기사가 만족스럽게 내뱉는 말에 나는 고개를 돌려 뒤를 보았다. 도둑 인형은 머리를 움켜쥔 채 고통스레 몸을 떨었다. 중상을 입은 듯했다.

나는 두려워졌다.

"세상에! 이러다가 죽는 거 아니에요?"

"다시는 여자를 태우지 말아야지. 누구든 태우지 않을 거야. 말도 안 듣고, 도와줘도 고마운 줄 모르고. 안 죽어요! 도둑 인형이 그렇게 쉽게 죽겠어요? 그렇게 쉽게 죽으면 세상에 도둑 인형이 이렇게 많지도 않겠지!"

트럭 기사의 업신여기는 말투에 나도 더는 말을 잇지 못했다. 도둑 인형이 크게 다쳤다면, 당분간은 그도 내 배낭을 어쩌지 못할 터였다. 그런 생각이 들자 안심이 되었다.

차는 평온하게 다시 앞으로 나아갔다.

짐칸에 있는 이의 행동을 주시하는 것이 내 주된 업무가 되었다. 나는 고개를 돌려 한쪽 눈으로 구멍 너머를 보았다. 어쩌면 헛것을 보는 걸지도 모른다는 생각이 들었다. 조금 전 치명적인 급정거가 내 눈알을 튀어나오게 만든 걸지도 모른다고.

그래서 반대쪽 눈으로 다시 보았다. 그런데 똑같은 게 보였다.

그 남자는 힘겹게 타이어 사이를 기고 있었다. 수시로 손으로 얼굴을 닦고는 내가 색을 알아볼 수 없는 액체를 털어냈다…… 그는 내 배낭을 힘껏 품에 안은 뒤, 손에 입김을 불며 지퍼를 만지작거렸다. 저쪽에는 쌀을 넣은 마대 자루를 묶었던 노란 끈이 벌써 풀려 있었다. 내 배낭에 있는 물건들을 옮겨갈 준비를 한 것이다…….

나는 두려워하며 말했다.

"기사님, 저 사람이…… 여전히 훔치려고 해요. 제 물건을 가져가려고 해요……."

내 재산 때문에 그런 것만은 아니었다. 강도의 강인한 생명력에 더 놀랐다.

"그래요?"

트럭 기사는 오히려 침착했다. 입가에 은은한 미소까지 드러냈다.

아까 내가 그의 기분을 나쁘게 했던 건 아닐까. 그래서 이렇게 말했다.

"부탁해요! 다시 브레이크를 세게 밟아줘요!"

그는 웃는 것 같기도 하고 웃지 않는 것 같기도 한 얼굴로 말했다.

"사람이 죽는 게 걱정되지는 않고요?"

나는 부랴부랴 답했다.

"도둑 인형이잖아요. 한 명이 죽으면, 세상에 나쁜 놈 한 명이 줄어드는 거죠!"

트럭 기사는 여전히 심드렁했다.

"굳이 그럴 필요가 있을까요?"

나는 극히 실망했다. 대체 그가 무슨 꿍꿍이인지 모르겠다. 다시 그에게 부탁하려고 했을 때, 갑자기 눈앞에 빛이 가득했다. 하늘에서 쏟아져 내려온 듯한 등잔불이 암담한 사막 위에 박혀 있었다. 고풍스러운 솥에 은색 장식을 박은 것 같기도 했다. 보이지 않는 사막의 바람이 지면을 스치면서 지나가고, 등불은 가물거리며 반짝여 하늘의 신들에게 신호를 보내는 듯했다.

내가 환각을 보고 있는 게 분명했다. 그러나 기사의 얼굴은 어둠 속에서 점점 밝아졌다. 마을의 반사광이었다.

트럭 기사는 무뚝뚝하게 말했다.

"도착했어요."

"어디에 도착했는데요?"

내 머리는 조금 전 춤을 추듯 움직였던 자동차 때문에 엉망이 되어 있었다. 지금의 상황을 전혀 이해할 수가 없었다.

"병참에 도착했다고요. 오늘 우리가 머물 숙소 말이에요. 도둑 인형이 말했던 마을이기도 하죠. 정확히 따지자면, 도둑 인형의 집에서 가장 가까운 도로에 도착한 거예요. 그가 사는 집은 찻길이 없어서 차로는 갈 수가 없거든요. 사막 깊숙이로 십 킬로미터는 더 가야 해요……."

트럭 기사는 운전실 안에 있는 등을 켜며 말했다.

"여기서는 무슨 일이 생기지 않을 거예요. 여기까지 오는 내내 손을 쓰지 못했으니까 그도 별 방법이 없겠죠. 어쩔 수 없이 쌀만 가지고 차에서 내릴 거예요."

나는 순간 멍해졌다. 멋진 영화를 보고 있었는데 갑자기 중단된 것만 같았다. 아직 영화가 끝나지 않았는데 밝은 등이 켜진 것이다. 그러나 사람들이 있는 곳에 도착했다는 건 확실했다. 문이 열렸고, 모인 빛을 퍼뜨리는 손전등이 문에서 나왔다. 손전등을 들고 있는 이의 상반신이 잘 보이지 않았다. 그저 거대한 털 신발이 움직이는 것만 보일 뿐이었다. 어둡고도 높은 곳에서 낮게 내려앉은 목소리가 전해졌다.

"숙박이에요? 시간이 늦어서 사람이 왔을 리가 없다고 했는데, 진짜로 사람이 온 거였네."

나는 마지막으로 구멍을 통해 내 배낭이 제 자리에 있는 걸 확인했다. 그는 자신의 노란 자루를 끌어안고는 타이어에서 나무 인형처럼 기어서 내려갔다.

나는 길게 한숨을 내쉬었다. 내 배낭! 우리가 얼마나 어렵게 그것을 지켜냈던가.

차에서 내린 트럭 기사는 자연스레 옆에 서며 상황을 지켜보았다.

차를 얻어탄 이는 낭패한 몰골로 트럭 바퀴를 밟으면서 내렸고, 내리다가 넘어져 지면 위에 무릎을 꿇었다. 한두 시간 만에 그는 나이를 알아볼 수 없을 정도로 나이가 들어있었다. 황토색이었던 원래 색에는 푸른 빛이 더해져 있었고, 이마에는 구불구불한 혈흔도 남아 있었다.

우리는 이게 어찌 된 일인지 알고 있었다. 그러나 누구도 그에게 상황을 묻지 않았다. 그가 어떤 연기를 펼칠지 지켜볼 작정이었다.

"거마어요 ……거마워…… "

그는 추위에 혀가 얼어있었다. 그래서 고맙다는 말을 제대로 발음하지 못했다. 우리는 미소를 보이며 그를 보았고, 끊임없이 고개를 끄덕였다.

그는 말했다.

"차를 빠르게 몰아줘서 거마어요. 제가 빨리 가야 해서 서둘렀다는 걸 알아요. 제 딸에게 미음을 먹여주기 위해서요. 아직 해가 뜨지 않았으니, 서둘러 집에 가야겠어여…… 거마어요…… ”

그는 턱을 문질렀다. 눈물을 닦은 건지 콧물을 닦은 건지 아니면 피를 닦은 건지 알 수 없었다. 어찌 되었든 그의 얼굴은 좀 더 깨끗해졌다.

트럭 기사는 한 음절씩 딱딱 끊어가며 말했다.

“더 말할 것도 없어. 자네 물건 챙겨서 어서 집으로 가요!”

그는 “자네 물건”을 유달리 강조하며 말했다.

남자는 고개를 끄덕이더니 몹시 아쉬워하며 우리를 떠났다.

나는 비틀거리며 멀어지는 남자의 뒷모습을 보면서 쌀을 담은 자루의 노란색 끈이 더는 보이지 않는다는 걸 알아챘다. 그는 손으로 자루 입구를 꽉 쥐고 있었다. 아주 힘들어하는 것 같았다.

그렇다면 그가 짐칸에서 자기 자루를 열었던 거였다. 즉 자루에 담긴 양이 처음과 비슷해 보이기는 해도 사실 안에 담긴 물건이 뒤바뀐 것이다. 그는 쌀을 내 배낭 안에 넣고, 내 귀중품들을 그의 낡은 자루 안에 넣은 것이다. 그런 뒤에는 우리가 지켜보는 와중에 태연히 가버리고 있는 것이다…….

여기까지 생각하자 나는 나도 모르게 소리를 질렀다.

“멈춰요!”

그 사람은 번거롭다는 기색을 대놓고 드러내며 천천히 몸을 돌렸다.

나는 진지한 낯빛으로 그를 보며 물었다.

“내 물건이 사라지지는 않았는지 확인해야겠어요.”

기사는 내 의견에 찬성한다는 듯 나를 보고 눈을 깜빡였다.

황토색의 사람은 외롭게 우리 두 사람을 대면했다. 무거운 짐을 지기라도 한 듯 목이 축 처졌다. 나는 민첩하게 짐칸에 올랐다. 이제껏 이렇게 빠릿빠릿하게 움직여본 적이 없을 정도였다. 나는 내 배낭을 보았다. 배낭은 통통한 아기처럼 어두운 타이어 사이에서 얌전히 누워있었다. 나는 마음이 놓이지 않아 배낭을 만져보았다. 모든 지퍼는 작은 야수의 이빨처럼 꽉 다물어져 있었다. 그런데 손가락 끝에서 갈기 같은 거친 감촉이 느껴졌다. 나는 이게 트럭을 얻어탄 이의 자루에서 실종된 끈이라는 걸 알아차렸다. 끈은 내 배낭을 대형 트럭 짐칸에 있는 나무 막대기에 단단히 고정했다. 용접이라도 한 것처럼 튼튼하게 말이다.

내 마음은 순식간에 한류에 휩싸였고, 얼어붙으면서 수축했다.

나는 낡은 붕대로 내 배낭을 차에 묶었었다. 장기간의 여정으로 붕대가 끊어졌고, 트럭이 급회전할 때마다 부모님에게 주려고 준비한 선물들이 튕겨 나가면서 사막 위에 떨어질 수 있었다. 트럭을 얻어 탄 이는 이 위험을 감지하고는 쌀자루를 묶었던 끈을 풀어서 내 배낭을 제대로 고정해주고자 했던 거였다…… 매서운 추위와 덜컹거림을 견디면서, 그는 이곳으로 오는 내내…….

나는 높은 타이어 사이에 앉아서는 광활한 밤하늘을 멍하게 보았다.

만약 도로가 진창이 아니었다면, 뼛속까지 시린 바람이 없었더라면, 급제동이 없었더라면, 짐칸에 앉아 있었다고 할 지라도 꽤나 쾌적했을 것이다.

북방의 바람

"우리는 저들을 따돌리고 우리만의 길을 나서야 해."

샤 감독이 내게 말했다.

대지를 휩쓰는 한설 폭풍이 소리를 내면서 다가오고, 눈송이가 허공에서 춤을 추듯 날렸다. 변방의 혹한은 닫힌 입도 얼어붙도록 만들었기에 나는 순간 말을 뱉을 수 없었다.

'저들'이라고 불리는 이들은 지금 황량하면서도 매서운 추위에 휩싸인 이 땅의 척박함을 신나게 촬영하고 있었다. 노출된 바위, 풀 한 포기 자라지 않는 황무지, 멀리 희미하게 보이는 작은 마을까지……. 이태리 가죽 재킷을 입은 남성 진행자가 진지하게 대사를 읊었다. 그의 머리카락은 헤어스프레이를 너무 많이 뿌려서 광풍을 맞는데도 전혀 흔들리지 않았다.

"이곳은 중국 네이멍구와 허베이의 경계입니다. 역사적으로 군사적 요충지였던 곳이죠. 바로 바상초원입니다……."

나는 말할 때 뒤쪽 어금니가 더 잘 움직일 수 있도록 뺨을 문질렀다.

"제가 말했잖아요. 저 사람들이랑 같이 내려오면 절대 일을 못 할 거라고요. 저 사람들은 자연경관을 찍는 사람들이에요. 그런데 그런 이들 보고 가난한 사람들을 인터뷰하라고 시키다니. 포인트를 잘 잡을 수나 있겠어요? 샤 감독님, 잘못 생각한 거예요!"

샤 감독은 말했다.

"미안해요. 나 때문에 고생이네요."

샤 감독이 사과하자 나는 바로 긴장했다. 왜냐면 누군가가 먼저 사과를 하면, 오히려 자기가 미안함을 느껴서 상대가 원하는 대로 행동하게 되어 있기 때문이었다.

역시나, 예상했던 대로였다.

그녀는 불어오는 바람에 오골계 둥지처럼 되어버린 머리카락을 매만지며 말했다.

"저들과는 헤어지도록 합시다. 우리 둘이서 가난한 아이를 찾아보는 거예요."

샤 감독과 알게 된 건 한 리셉션에서였다.

'북방 중국 유람'의 기획자인 린 선생이 레드 와인을 가득 담긴 잔을 들고 내게 말했다.

"후 작가님, 이번 제 작품이 완성되면, 세계 인구의 절반이 혀를 내두를 겁니다. 말도 못 하게 될 거예요."

나는 말했다.

"그러면 우리가 의사들을 위해 건배해야겠네요."

린 선생은 내 말을 이해하지 못해 반문했다.

"왜요?"

이렇게 유머 감각도 없는 사람이 대단한 영상을 어떻게 만든다는 거지?

나는 어쩔 수 없이 설명했다.

"다들 말도 못 하게 될 거라면서요. 의사가 그걸 고쳐줘야 할 거 아니에요. 문전성시가 되지 않겠어요!"

린 선생은 전혀 어색해하지 않았다.

"사람들이 모두 선생님의 작품을 추천하더라고요. 역시 남다르던데요. 특별히 선생님을 작가로 모시고 싶습니다. 오대산, 둔황, 타클라마칸, 북극촌 등 북방 중국에 속하는 관광지로 선생님이 골라주세요. 자연 풍경에 관한 다큐멘터리의 스크립트를 써주시면, 고료는 제가 후하게 드리겠습니다……."

나는 잔을 돌리면서 부드럽게 말을 끊었다.

"린 선생님. 저는 지조가 있는 작가라서요. 다른 분야인 대본은 쓰지 않습니다. 죄송해요."

검은 옷을 입은 여자가 우리 옆을 지나갔다. 린 선생은 예의 바르게 옆으로 비켰다. 술잔에 든 술이 넘칠까 봐 그런 듯했다.

린 선생은 전혀 낙담하지 않았다.

"이렇게 하죠. 너무 그렇게 단칼에 거절하지는 마시고요. 촬영팀 중 하나가 곧 바상초원에 갑니다. 같이 가서 경험을 해보시는 것도 좋겠죠. 그곳은 중국에서 가장 가난한 지역 중 하나거든요. 선생님도 관심이 있으실 것 같은데요. 다른 사람들은 부귀영화로 작가를 유혹하지만, 저는 아닙니다. 가난함에도 사람을 매료시키는 부분이 있어요. 나중에 그 지역이 발달하면서 부유해지면, 그때는 가난함을 찾아보고 싶어도 찾을 수 없게 될 겁니다."

"열정적인 초대는 감사하지만, 제가 요즘에 장편소설을 쓰고 있어서요. 아시겠지만, 작가에게 장편소설은 만리장성을 쌓는 것과도 같아서요. 분심하지 말아야 해요. 초대에 응하지 못하는 걸 용서해주세요."

린 선생은 씩씩대며 가버렸다.

이때 검은 옷을 입은 여자가 내게 다가와 말했다.

"만나 뵙게 되어서 반갑습니다."

그녀는 작고도 마른 이였다. 얼굴이 푸르고 누런 게 병색이 완연했다. 옅게 화장하기는 했지만, 그래도 리셉션 분위기와는 전혀 어울리지 않았다.

"저는 라디오국 피디입니다. 성은 샤에요. 샤 감독이라고 불러주시면 됩니다. 조금 전에 선생님이 저 선생님과 나눴던 대화가 아주 흥미로워서요."

그녀를 샤 감독이라고 부르고 싶지 않았던 나는 성의 없이 말했다.

"그런가요? 근데 저는 관심이 없어서요."

"정말 죄송합니다. 하지만 이걸 보여드리고 싶어요."

그녀의 말은 마치 비밀을 일러주는 듯했다.

나는 비밀스러운 것에 선천적으로 호기심을 느끼는 이였고, 그녀의 태도 또한 내게 우호적이었기에 나는 어쩌다 보니 그녀를 따라가게 되었다.

활기가 넘치는 리셉션 장소를 떠나 한적한 복도로 갔다. 조금 춥기도 했다.

"왜요. 밖으로 나가야 하는 건가요?"

마침 겨울이었다. 나는 옷 보관소에 맡긴 외투를 꺼내와야 할지를 고민했다.

"아뇨. 아닙니다. 곧 도착해요."

그녀는 여기 호텔을 잘 알고 있는 듯했다. 나를 구석진 곳으로 데려갔다.

어떤 문에 포커 카드가 박혀 있었다. 하트 퀸이었다. 황갈색 문에 있는 존귀하면서도 우아한 외국인 여성이 무표정한 얼굴로 우리를 보고 있었다.

그곳은 여자 화장실이었다.

"내게 화장실에 있는 걸 보여주겠다는 건가요?"

나는 크게 놀랐다.

"화장실에 있는 건 아니에요. 화장실에서만 볼 수가 있는 거죠."

샤 감독은 아주 진지하게 말했다.

나는 그 말을 이해하지 못했지만, 그녀와 함께 문을 열고 안으로 들어갔다.

남색 중국식 바지를 입은 여성이 우리를 다정하게 맞이했지만, 샤 감독은 손으로 그녀를 제지하며 내게 말했다.

"제가 여기로 모신 건, 당신에게 제 몸을 보여주기 위해서입니다."

나는 화들짝 놀랐다. 무슨 의도로 이러는 건지 전혀 이해가 가지 않았다. 그녀는 빠르게 검은 양털 스웨터를 벗었고, 목에 걸린 목걸이를 벗어 내 손에 쥐여주더니 몸에 딱 붙은 분홍색 순면 내의를 강제로 벗겨냈다. 고급 섬유가 아니었다면 이 거친 동작 때문에 큰 구멍이 생겼을 터였다. 그런 뒤에 그녀는 손을 등 쪽으로 뻗었다. 같은 여인으로서 나는 이 동작을 아주 잘 알고 있었다. 그녀는 지금 브래지어의 후크를 풀고 있었다.

나는 경악하며 쉰이 넘은 중년 여성의 모습을 보았다. 대체 뭘 하려고 이러는 건지 가늠이 되지 않았다. 그렇다고 해서 두려움을 느낀 건 아니었다. 화장실 안에는 직원도 있었으니까. 사실 나 혼자만 있다고 할지라도 이 병약한 여인을 상대하는 데에는 전혀 문제가 없었다.

마침내 그녀는 껍질을 모두 벗긴 귤처럼 속살을 드러냈다.

화장실의 부드러운 조명 아래에 있는 그녀는 런웨이를 걷는 모델 같았다. 그녀는 자기 몸을 비틀면서 우아한 "S"자 형태로 만들었고 자기 자신을 전시했다.

나는 너무 놀라서 눈을 다 동그랗게 떴다.

그녀의 가슴 위에는, 왼쪽 가슴부터 왼쪽 등까지 기다란 흉터가 있었다. 바늘 자국이 콩알처럼 살짝 튀어나와 있어 붉은 뱀이 가슴을 감싼 것처럼 보였다.

"전체 길이가 45센치 정도가 됩니다. 제가 보여드리려고 했던 건 흉터였어요."

그녀는 담담하게 말했다.

"아."

나는 "아"라는 말 외에는 할 수 있는 말을 찾지 못했다.

"가슴을 반이나 잘랐죠. 반쪽짜리 사람이 되었어요."

그녀는 미소를 지었다.

겨우 정신을 차린 나는 이런 상황에서 묻지 말아야 할 질문을 하고야 말았다.

"무슨 병이었죠?"

"폐암이요."

그러자 남색 옷을 입은 청소부가 놀라서 소리를 쳤다.

"세상에!"

나는 관심을 가지며 물었다.

"수술한지는 얼마나 되었나요?"

"사 년이요."

그녀는 임신한 여성이 태아의 개월 수를 말하기라도 하는 것처럼 조금 자랑스레 말했다.

나는 아는 걸 모두 동원하며 그녀를 위로했다.

"다섯 해가 고비래요. 암으로 수술받은 환자가 다섯 해를 살면, 재발 가능성이 별로 없대요."

그녀는 질색하며 말했다.

"말이야 그렇죠. 제가 아는 친구는 유선암에 걸렸는데 수술 십 년 뒤에 재발했어요. 뇌로 전이되어서 죽었죠."

이런 여성에게 해주는 위로는 사실상 의미가 없었다. 나는 단도직입적으로 말했다.

"어서 옷을 입으세요. 저도 다 봤으니까요. 할 말이 있으면 바로 하세요."

그녀는 가슴을 드러낸 채 말했다.

"제 뜻은 간단해요. 당신이 감동했으면 좋겠어요."

목적을 달성하기 전까지는 절대 옷을 입지 않을 기세였다.

그녀의 거칠고 주름진 피부에 닭살이 돋은 게 보였다.

마침 '삼구(三九)[1]'였다. 호텔 안에는 따뜻한 기운이 가득했지만, 이렇게 옷을 벗고 있을 수 있을 정도는 아니었다. 나는 다급하게 말했다.

"저는 벌써 감동했어요. 진짜로요. 정말 놀랍네요."

그녀는 단추를 잠그기 시작했다. 아주 조심스럽게, 집중하며 잠갔다.

옷매무새를 정돈한 그녀는 내게 말했다.

"저는 바상초원에 관심이 아주 많아요. 린 선생님께 말씀 좀 해주시겠어요. 그 촬영팀과 함께 변방에 가겠다고요. 물론 혼자서 가는 건 아니고요. 저를 꼭 데려가셔야 해요. 저는 중국에서 가장 가난한 지역에 가야 할 필요가 있거든요. 빠르면 빠를수록 좋아요. 운명이 제게 남겨 준 시간이 많지 않거든요. 서둘러야 해요. 선생님이 저를 도와주시면 좋겠어요."

* * *

헤어져서 따로 촬영하자는 우리의 제안을 촬영팀은 기쁘게 받아들였다. 우리가 가면, 밴 차량에 자리가 두 개나 남게 되니까. 장거리 여행을 할 때는 공간이 넓으면 넓을수록 좋은 법이었다.

"하지만 타고 갈 차량이 없잖아요. 변방의 초원에서 무슨 수로 이동을 하죠? 무슨 일이라도 생기면, 린 선생님께 뭐라고 이야기하겠어요! 그냥 다 같이 가죠. 특별히 가고 싶은 곳이 있으면, 바로 말을 해주세요. 제가 경로를 좀 수정할게요. 그러면 인터뷰를 하실 수 있을 거예요."

---

1) 동지(冬至)로부터 처음의 9일간을 '일구(一九)', 다음의 9일간을 '이구(二九)', 그다음의 9일간을 '삼구(三九)'라고 한다. 삼구에 가장 춥고, 삼복에 가장 덥다는 속담이 있다.

촬영팀 팀장이 샤 감독에게 말했다. 그는 지난 며칠간 우리와 같이 다니면서 우리 둘의 정체를 파악했다. 린 선생에 안배한 주요 인물이 아니라 그저 꼭두각시에 불과하다는 걸 말이다.

샤 감독은 빙긋 웃으며 말했다.

"여러분들이 촬영하는 건 자연 풍경이고, 제가 필요로 하는 건 사람이에요. 갈 길이 다르니 함께할 수 없어요."

촬영팀은 우리를 위해 가이드를 한 명 찾아주었고, 아쉬움을 가장하면서 우리에게 작별을 고했다.

"어디로 가죠?"

가이드는 시들고 마른 배처럼 얼굴이 쭈글쭈글한 남성이었다.

"생활이 가장 힘겨운 곳으로 가죠."

샤 감독이 의욕을 드러내며 말했다. 촬영 팀을 떠난 뒤로 그녀는 물 만난 고기처럼, 하늘로 날아오른 새처럼 자유로웠다.

가이드는 진지하게 답했다.

"여기는 어디서든 생활이 다 힘들어요."

나는 샤 감독에게 말했다.

"그렇게 말하면 시골 사람들이 제대로 이해할 수 없어요. 제가 허수아비 신세이기는 해도 당신과 며칠이나 함께했잖아요. 그런데도 당신이 뭘 하려는 건지 파악이 잘 안 된다고요. 지나치게 상세히 말하지 말고, 대체 뭘 하려는 건지 짧고 명확하게 핵심만 알려줘요."

샤 감독은 말했다.

"간단명료하게는 저도 이야기해줄 수 없어요. 그러면 단계별로 나눠 보죠. 한 단계씩 나아가다 보면 저절로 알게 될 테니까요. 이번 단계의 핵심 목표는 처지가 어려운 아이를 찾는 거예요. 여자아이면 제일 좋고요. 똑똑하면서도 예쁘고 목소리가 부드러워야 해요. 그리고 표준어를 구사할 줄 알지만, 방언이 발음이랑 억양에 짙게 드러나는, 하지만 모두가 말을 알아들을 수 있는 그런 아이로요. 자, 이제 알겠죠?"

"모르겠는데요."

"못 알아듣겠으면 말고요. 이제 우리는 보물찾기를 하는 것처럼 이런 여자아이를 찾아야 해요. 이 여자아이를 찾기만 하면, 우리의 기획은 절반이나 이룬 거예요."

"무슨 기획인데요?"

"북방의 바람 기획이라고 하죠."

"그게 무슨 뜻인데요?"

"별 뜻 없어요. 여기는 바람이 세게 부는 것 같아서요."

샤 감독은 몸을 돌려 가이드에게 말했다.

"아까 했던 말, 다 들었죠? 그런 아이를 찾아주세요. 있나요?"

무뚝뚝하던 조금 전의 모습은 어디로 가고 가이드는 연거푸 말했다.

"있어요! 있어!"

그는 우리를 데리고 드넓은 설원을 지났다.

변방의 눈은 유달리 하얗고도 끈적했고, 다른 곳에서 내리는 눈보다 더 무거운 듯했다. 머리카락 위로 떨어진 눈은 빠르게 얼어붙었지만, 정령처럼 가벼워 무게가 전혀 느껴지지 않았다. 삭풍은 끝이 날카로운 비수를 품은 듯했고, 진시황을 찔렀던 형가의 마지막 일격처럼 사람을 파고들면서 어디로도 도망갈 수 없게 했다. 값비싼 화장품으로 관리한 도시 사람의 얼굴도 여기서는 도자기처럼 금이 갔다.

나는 말했다.

"샤 감독님. 제가 지금 태자 전하를 모시고 공부를 하는 기분이네요."

나는 샤 감독을 놀리는 말을 더 뱉으려고 했지만, 그녀가 힘겹게 걷는 모습을 보고는 그녀의 폐가 절반 밖에 남지 않았다는 걸 깨달았다. 우리가 숨을 두 번 들이켤 때, 그녀는 네 번을 들이켜는 것이다. 그래서 그만두었다.

드디어 작은 마을에 도착했다. 밥 짓는 연기가 낮은 초가집 지붕 위에서 얇은 회색 천처럼 맴돌았다. 나른한 친근함이 느껴지는 풍경이었다.

가이드는 우리를 마을 사무소로 데려갔고, 조금 긴장한 듯 손을 비비면서 말했다.

"좀 쉬세요. 제가 그런 아이를 찾아볼 테니까요. 괜찮은지 직접 보고 확인하세요."

우리는 중국 북방에 있는 작은 흙집에 외로이 앉아서는 계획에 맞는 여자아이가 나타나기를 기다렸다.

"이따가 올 여자아이가 샤 감독이 찾던 아이라면, 다음 단계는 뭔가요?"

내 물음에 샤 감독은 간단히 답했다.

"녹음해야죠."

나는 샤 감독의 가방 안에 고음질의 녹음기가 있다는 걸 알고 있었다.

"말하는 걸 녹음하려고요?"

"맞아요."

그녀는 여전히 가쁜 호흡에서 벗어나지 못했다. 달리기라도 한 듯 내뱉는 숨이 거칠었고, 힘이 없었다.

"그 다음은요?"

"바상초원의 진실한 소리를 녹음해야죠."

그때 가이드가 메마른 여자아이를 데리고 들어왔다.

가이드는 권위적인 목소리로 지시했다.

"이모님이라고 불러."

"이모님, 이모님."

여자아이는 가이드의 말을 얌전히 따랐고, 나와 샤 감독에게 따로따로 인사했다.

여자아이는 확실히 발육이 좋지 않은 듯했고, 마침 이건 샤 감독이 원하던 조건이었다. 그러나 목소리에 비음이 섞여 있었다. 누군가 한쪽 코를 솜으로 막은 듯한 소리라 듣기만 해도 재채기가 나올 것 같았다.

가이드는 초조하게 물었다.

"괜찮을까요?"

샤 감독은 상냥하게 물었다.

"혹시 감기에 걸렸니?"

여자아이는 반문했다.

"감기가 뭐예요?"

아이는 도움을 청하듯 가이드를 보았다. 샤 감독은 한숨을 내쉬더니 가이드에게 말했다.

"안 될 것 같네요. 목소리가 단기간에 이렇게 된 건 아닌 듯한데. 제가 필요한 건 아주 맑은 목소리예요. 샘물처럼 맑은 목소리요."

가이드가 중얼거리며 말했다.

"여기는 샘물 같은 게 없다고요. 저수지 물을 마시는데."

그건 나도 알았다. 이곳에서 저수지란 겨울에 내린 눈이 녹아서 고인 물로, 물결이 일지 않는 곳이었다.

샤 감독은 가방을 열더니 안에서 지우개를 하나 꺼냈다.

"꼬마야. 이걸 네게 줄게."

아이는 겁먹은 눈빛으로 가이드를 보았다. 두 눈에는 지우개를 향한 갈망이 있었지만, 가이드에게 혼이 날까 봐 두려워하는 듯했다.

샤 감독은 온화하게 말했다.

"냄새를 맡아봐."

아이는 두 손으로 지우개를 쥐었다. 비바람을 맞는 등잔불을 대하는 것처럼 움켜쥐면서 코끝을 바짝 들이댔다. 곧 신이 나서 발을 동동 구르며 말했다.

"향이 좋아요! 산에 피는 꽃처럼 향기가 좋아요! 새해에 먹는 찐빵처럼 향이 좋아요!"

나는 아이에게 일러주었다.

"그건 먹을 수 없는 거야."

샤 감독이 가이드에게 여자아이를 집으로 돌려보내라고 눈짓했다. 그러자 가이드가 갑자기 화를 내며 여자아이에게 소리쳤다.

"집으로 가!"

나는 아이가 가이드를 두려워한다는 걸 알아챘기에 곧장 달려나갈 거라고 여겼다. 그런데 아이는 우리를 볼 뿐 움직이지 못했다.

가이드는 낮은 목소리로 외쳤다.

"멍하게 서 있기는! 쓸모가 없어!"

여자아이가 물었다.

"어머니가 물었어요. 집에 식량이 없다고요. 아버지, 저녁에는 뭘 먹어요?"

* * *

녹음실에는 달걀색의 방음판이 가득 붙어 있었다. 방음판의 추상적이고 무질서한 나이테가 거대한 눈이 되어 쳐다보는 듯했다. 내뱉어진 소리는 솜으로 걸러진 듯 잡음 하나 없이 깨끗해졌다. 시끄러운 세상은 완전히 단절된 채 멀리에 있었고, 극단적인 고요함은 사람에게 이유 없는 두려움을 주었다. 기계는 천천히 돌아갔고, 커피색 녹음 테이프는 비단처럼 감겼다. 각종 계기판의 불빛이 반짝이면서 사람을 불안하게 만들었다.

이곳은 샤 감독의 영역이었다.

나는 샤 감독의 표면적인 간청과 실질적인 완강함에 넘어갔고, 그 결과 망국의 임금이 되어 그녀의 단역 배우로 전락했다.

샤 감독은 내게 차근차근 설명했다.

"이제 우리는 오프닝을 녹음할 거예요. 오프닝을 잘 찍어야 전체 프로그램이 활기를 띠죠."

"시작이 중요하다는 건 저도 알아요. 바로 다음 단계로 넘어가서 진행해도 됩니다."

"제가 구상해둔 오프닝은 이러해요. 우리 둘이 친한 친구인 거예요. 하루는 선생님이 저에게 전화를 걸었고요……."

강한 빛이 그녀의 구상을 방해하기라도 하는 듯 샤 감독은 눈을 반쯤 감으면서 말을 뱉었다.

"당신 상처를 보기 전에 우리 둘은 모르는 사이였잖아요. 그건 당신의 고육지책이었죠."

"허구는 조미료 같은 거죠. 좋아요. 우리 녹음을 할까요. 진짜로 제게 전화를 걸어주면 더 자연스러울 것 같아요. 이제 시작하죠."

그래서 나는 우는 얼굴로 전화기의 버튼을 눌렀다.

"샤 감독님, 안녕하세요."

"안녕하세요. 오랜만이네요. 잘 지냈죠?"

"곧 인터뷰를 하러 바상초원으로 갈 것 같아요. 같이 갈래요? 삼구니까 옷은 좀 많이 챙겨야 할 거예요."

"마침 과학자 친구가 남극에 파견되었다가 돌아왔어요. 친구의 다운 재킷을 빌릴게요……."

"그리고 약도 많이 가져가야 해요. 요즘 그쪽에 카신벡 병[2]이 유행이래요……."

"잠깐요……."

현실 속의 샤 감독이 위엄 있게 시행령을 내렸다.

그녀가 준 대본을 움켜쥐고 있던 나는 이유를 알 수 없어 물었다.

"뭔데요?"

---

2) 시베리아 동부나 중국 북동부에서 주로 발생하는 지방병으로 관절과 뼈에 변형이 일어나고 관절이 붓는 질병이다.

"친한 것 같지가 않아요. 우리 두 사람의 목소리가 내내 들릴 거예요. 그러니까 우리의 친분이 이 작품 전체의 톤앤매너라는 거죠. 지금은 너무 침착해요. 그래서 가짜 같아요."

샤 감독의 꾸짖음에 나는 반박했다.

"당신 전체 계획이 뭔지도 모르는데 나보고 진심으로 친밀한 연기를 하라는 건가요. 미안한데요. 다른 사람에게 시키는 게 좋겠어요."

"안 돼요. 모든 파트에 우리 두 사람이 들어가 있어요. 당신을 잘라낼 방법이 없다고요. 이미 배에 올라탔잖아요. 못 내려요."

그래서 어쩔 수 없이 다시 했다.

"숨은 왜 헐떡이는 거예요? 천식이라도 오래 앓았어요? 한 호흡으로 말을 끝낼 수는 없는 건가요."

다시 노력을 해보았지만 잠시 멈추라는 샤 감독의 제스처에 그 노력도 도루묵이 되었다.

"이번이 좀 더 낫네요. 하지만……."

이번이 낫다는 앞말은 힘이 없었지만, 부족한 점을 지적하는 뒷말은 아편이라도 맞은 것처럼 기운이 넘쳤다.

어렵사리 가짜 오프닝의 녹음을 끝냈다. 내 뇌리에 강한 인상을 남겼기에 나는 그게 진짜라고 느끼게 되었다. 진실한 세계보다 훨씬 더 선명한 인상이었다.

거짓말은 백 번이나 반복할 필요가 없었다. 세 번만으로도 족했다. 진실한 건 절대 제 자리에 남지 않기에. 오직 의도된 거짓말만이 제 자리에 남은 채로 완벽하게 들어맞았다.

"다음 문장을 녹음하죠. 여기는 미친 듯이 불어대는 바람 소리가 들어가야 해요. 변방의 바람 소리를 녹음한 걸 같이 들어봅시다."

샤 감독은 말을 하면서 기계 안에 테이프를 넣었다.

바람 소리가 났다.

바람은 산맥 위에서 거칠게 질주했고, 산 위의 날카로운 바위는 바람을 불규칙하게 갈라냈다. 위쪽의 바람은 자유롭고도 오만했고, 하늘에서 포효하는 힘이 있었다. 반면 아래쪽의 바람은 갈래갈래 흩어져서 남루했고, 가장 큰 바람과 맞부딪치면서 슬픈 마찰음을 냈다. 가파른 경사의 산봉우리는 바람의 꼬리를 잡아당겼고, 벗어나기 위해 애쓰던 바람은 처절한 울음소리를 냈다. 그 울음소리에는 금속도 뚫어내는 힘이 있었다.

바람은 지난해 가을이 남기고 간 시든 풀을 밟았다. 풀잎은 바람의 빈도에 맞춰서 흔들렸고, 종잇조각이 휘날리는 듯한 소리를 냈다. 풀은 광풍과 비교하면 당연히 아무것도 아니었다. 우리는 현장에서 녹음할 때 풀의 우는 소리를 전혀 듣지 못했다. 그러나 고감도 장비는 미약한 영혼의 떨림을 모두 녹음했다. 무수한 풀의 잔해가 어느 순간 강렬하게 공명했고, 천지를 뒤집을 듯한 굉음이 바람의 합주 속에 나란히 등장했다. 마치 소리가 땅의 중심에서 터져 나온 듯했다.

바람은 마을의 굴뚝을 높이뛰기 선수처럼 훌쩍 뛰어넘었다. 바람은 우리 안의 양 떼를 긁으며 메에 소리를 내게 했고, 자갈 위를 구르던 단단한 돼지털은 사포로 하얀 나무 궤를 다듬는 듯한 자잘한 소리를 냈다. 수탉이 힘껏 울자 어디에나 있는 바람이 순식간에 자취를 감췄고,

바람에 놀란 수탉은 나무문에 있는 벌레 구멍으로 볏을 숨겼다.

샤 감독은 볼륨 노브를 옆으로 돌리면서 소리를 아주 작게 조절했다. 그러자 변방의 광풍은 은은한 배경음이 되어버렸다. 그러나 처량한 소리의 파도는 가끔 갑작스레 강해졌고, 사람의 신경을 자극했다.

"눈이 내린 다음 날, 하늘이 맑았을 때, 우리는 변방에 있는 작은 산골 마을에 도착했습니다. 그곳의 이름은 위안터우랑(源頭朗)이었습니다."

바람의 반주 아래 샤 감독은 위의 대사를 읊었다. 그녀는 내게 눈짓했고, 녹음실 안의 소리는 뱃속 기포가 터지는 소리까지 모두 녹음되었다. 조금이라도 잡음이 들어가면 앞에 녹음한 게 모두 물거품이 되었기에 처음부터 다시 시작해야 했다. 그래서 우리는 대사가 상대방에게 넘어갈 때면 얼굴을 찡그리면서 눈짓을 했고, 각종 무서운 표정을 과장되게 지으면서 소통을 했다.

"여기는 왜 위안터우랑라고 불리는 거죠?"

녹음된 프로그램에서 나는 천진한 척 묻고 있었다. 그래야 샤 감독이 상세히 소개할 수 있기 때문이었다.

샤 감독은 중요한 대사를 모두 자기 자신에게 남겼다. 나는 가끔 등장하는 조연, 그녀는 주연. 사실 나는 그녀의 안배에 매우 감격했다.

"왜냐면 여기에는 강이 있거든요. 랑(朗)이라고 불리는 강이죠. 여기는 랑강이 시작되는 곳입니다. 여기에 있는 작은 강을 무시하지 마세요. 하이허(海河)의 발원지가 바로 여기니까요……."

샤 감독은 흥미진진하게 말했지만, 목소리가 점점 약해졌다.

이 대사를 마친 뒤 그녀는 주저 없이 메인 차단기를 내렸다. 나는 즉시 기뻐했다. 우리의 호흡마저 감시하던 괴물이 잠들었다는 뜻이기 때문이었다.

샤 감독은 작은 병을 하나 꺼냈고, 그 안에서 약초 같은 걸 몇 조각 꺼냈다. 샤 감독은 그걸로 코를 긁을 것처럼 하더니 입술에 발랐다.

나는 말했다.

"먹을 걸 혼자 먹는 사람은 입에 종기가 나는데."

"선생님이 빼앗아 먹을까 봐 그렇죠. 먹으면 열이 나요."

"쩨쩨하게 그러지 맙시다. 뭐 얼마나 대단한 약이길래 그래요. 솔직히 말해봐요."

"동북 지역의 현삼이에요. 아주 싸죠. 현지에서는 당근이랑 값이 비슷해요. 그래도 인삼은 인삼이잖아요. 당신처럼 젊은 사람은 이런걸 먹으면 코피를 흘릴 거예요. 나는 기운이 부족하거든요. 중의학에서는 폐가 기를 주관한다고 하더라고요. 나는 이걸로 기를 보충하는 거예요."

인삼을 먹은 샤 감독은 눈을 감으면서 잠시 휴식을 취했고, 의욕이 넘치는 상태가 되어서는 다시 나타났다. 스위치를 올리는 그녀의 손짓은 호기로웠다. 수력발전소의 스위치를 올리는 것 같기도 했고, 미사일 발사기 버튼을 누르는 것 같기도 했다.

나는 숨을 죽이면서 그녀의 점점 미약해지는 바람 소리를 들었다. 닭 우는 소리와 개 짖는 소리가 점점 강해지는 와중에 그녀의 낮은 목소리가 태양처럼 떠올랐다.

지금처럼 기력이 넘칠 때면 샤 감독의 목소리에는 사람을 압도하는 힘이 있었다. 영혼의 껍질을 뚫어 곧장 가슴 안 가장 부드러운 곳까지

도달할 수 있는 그런 힘이었다. 그녀의 독백을 듣고 있으면, 자신도 모르게 울고 싶어지곤 했다.

샤 감독은 말했다.

"……노인이 지금 술로 귀리 종자를 섞고 있네요. 집안에는 질이 좋지 않은 술의 자극적인 냄새가 가득합니다. 어째서 술로 종자를 섞는 걸까요? 노인은 저희에게 이렇게 말해주었습니다……."

샤 감동은 아주 몰입해서 읽었고, 천천히 눈물을 떨궜다. 그녀는 자기 목소리에 변화가 생기지 않도록 울음기를 눌렀고, 그로 인해 눈물도 영향을 받았다. 눈물은 오랫동안 마른 얼굴에 걸려 있었다. 그녀를 대신해서 닦아주고 싶을 정도였다.

"어때요?"

스위치를 내리자 우리는 다시 자유롭게 말할 수 있게 되었다.

샤 감독은 칭찬이 듣고 싶다는 표정이 다분한 얼굴로 나를 보았다. 이 정도 나이라면 더는 영예와 치욕에 영향을 받지 않는 줄 알았는데.

나는 찬물을 퍼부었다.

"그냥 그래요."

"왜요?"

그녀는 크게 놀라면서 말을 이었다.

"나는 내가 하고 감동했는데."

"훠스(火石) 할아버지의 말을 듣지 않았다면 저도 매우 감동했을 거예요. 하지만 저는 이미 들었잖아요. 선생님의 묘사는 상대적으로 원래 이야기가 가지고 있던 소박한 맛과 원초적인 힘이 부족해요. 선생님 목소리는 지나치게 화려하고, 훈련이 잘 되어 있거든요. 사람들이 선생님의 목소리에 귀를 기울이는 나머지 이야기 자체에는 관심을 덜 기울이게 되죠."

내 날카로운 말에 샤 감독은 잠시 멍해졌다. 반박하고 싶어하는 듯했지만, 곧 내 의견을 받아들이며 변명했다.

"훠스 할아버지는 발음에 방언 색채가 너무 강해요. 청중이 받아들이기 힘들 거예요."

"사람들을 과소평가하지 마세요. 위안터우랑에서는 북방계 언어를 쓰죠. 기본적으로는 다들 알아들어요. 게다가 훠스 할아버지는 연세가 좀 있잖아요. 말을 한마디 뱉고 나서 한참 있다가 뒷말을 뱉죠. 그의 말을 알아들 수 있도록 사람들에게 충분한 시간을 줘요. 한 번 시도해보는 건 어때요."

샤 감독은 내 제안을 받아들였다. 그래서 녹음실 안은 갑자기 노인의 노쇠함이 짙은 목소리로 채워졌다.

"콜록…… 여기 구들 위에 앉아…… 근데 불을 지피지 않아서 시원해…… 씨앗을 왜 섞냐고…… 왜일 것 같아? 그래야 발아를 하지…… 술을 쓰지 않으면, 귀리가 변방으로 오지를 않아…… 여기는 원래 아무것도 자라지 않았어. 귀리도 안 자랐지. 그러면 백성들이 무슨 수로 살겠어. 옥황상제에게 편지를 보냈지. 이 땅에서는 뭘 먹고 사냐고 말이야? 천지신명이시여, 신경 좀 써주세요…… 콜록. 옥황상제가 멀리 내려다보았어. 이런, 백성들이 풀씨를 먹고 있네. 마음이 아팠던 옥황상제는 오곡들을 불러 모아 회의를 했어. 위안터우랑이라는 곳으로 누가 가겠냐고 물어본 거야. 일 년에 딱 한 계절만 지내게 해주겠다고, 그러면 고생도 덜할 거라고 했지…… 놀랍게도 오곡들이 모두 숨어버렸어. 남쪽으로 가서 세 계절을 일해야 할지라도 위안터우랑에는 가지 않으려고 한 거지. 사실 힘들기는 해도 그게 고생을 덜 하는 거거든…… 그런데 뒤늦게 귀리가 온 거야. 바보 같은 귀리는 상황 파악도 제대로 안 했어. 곧장 앞으로 나섰지. 그걸 또 옥황상제가 본 거야…… 콜록 콜록……."

격렬한 기침. 말 한마디가 끝날 때면 공백이 이어졌다. 말을 하는 이가 죽었을지도 모른다는 생각이 들기도 했고, 손을 뻗어 등이 굽은 노인의 등을 세게 치고 싶다는 마음이 들기도 했다. 그렇게 해서라도 가래를 뱉어내게 하고 싶었다.

기침하는 시간이 너무 길어 숨이 막힐 지경이었다.

샤 감독은 혼잣말했다.

"진짜로 방송을 할 때는 저렇게 오래 기침하게 할 수는 없어요. 청중이 놀라서 도망갈 겁니다. 받아들일 수가 없을 거예요. 기침 몇 번으로 끝내게 해야 해요."

지금은 녹음하는 게 아니라 녹음한 걸 틀고 있었기에 자유롭게 대화를 나눌 수 있었다.

나는 말했다.

"너무 짧으면 분위기를 형성하기가 어려워요."

샤 감독은 화를 내며 말했다.

"다른 사람의 말에 어깃장을 놓는 걸 좋아하는 것 같네요."

"그건 제가 당신의 계획을 사랑하기 시작했다는 뜻이죠."

노인의 기침이 잠시 멈췄다.

"콜록…… 옥황상제가 말했지. 귀리야. 네가 위안터우랑에 가거라.

내가 네게 부인을 얻어주마. 귀리는 튼튼한 청년이었어. 이 말을 듣고는 얼굴을 붉혔지. 그래서 위안터우량에서는 붉은 귀리를 심는 거야. 거칠지만 수확량이 많지…… 이건 나중 이야기이지. 붉은 귀리는 그 말을 듣고는 이렇게 물었어. 누가 내 부인이 되는 건데요? 옥황상제는 잠시 생각해보더니 랑강 신의 여식을 자네에게 주지, 라고 말했어. 그 말을 듣고 기뻐한 귀리는 곧장 인간 세상으로 내려갔지. 다른 신들은 그를 비웃었어. 왜냐면 랑강의 신에게는 여식이 없거든. 대머리 아들만 있었지…… 콜록콜록……."

다시 기침 소리가 났다. 기다릴 수밖에 없었다.

다행히 이번에는 기다리는 시간이 짧았다.

"……놀랍게도 귀리는 아주 빠르게 돌아왔어. 사람들은 그가 랑강의 신에게 여식이 없다는 걸 알아채서 돌아왔다고 여겼어. 좋은 구경을 하겠다고 생각했지. 그러나 귀리는 놀랍게도 이렇게 말했어. 날이 너무 추워요. 안 내려갈래요. 위안터우량에는 얼음이 가득했거든. 가는 길에 얼어붙어서 돌아왔던 거야…… 옥황상제는 생각했지. 집에서 마시던 어주라도 줘야겠다고. 이보게. 짐의 술을 몇 모금 마셔보게. 담이 커지고 한기를 막아줄 거야. 귀리도 마다하지 않았지…… 옥황상제의 술병을 쥐고는 벌컥벌컥 남김없이 마셨어. 귀리는 얼굴이 새빨개졌어…… 술기운을 빌린 귀리는 얼음을 지나고 눈을 헤치면서 위안터우량에 갔지…… 그래서 귀리를 심을 때는 종자에 술을 섞어야 해. 귀리가 취해야만, 그래야 추위를 두려워하지 않거든…… 콜록콜록……."

"할아버지. 무슨 소리를 하시는 거예요. 선생님이 그건 다 미신이라고 했어요……."

남자아이의 맑은 목소리가 끼어들었다.

깜짝 놀란 나와 샤 감독은 본능적으로 주변에서 아이를 찾았다.

할아버지가 호통을 쳤다.

"훠스, 뭔 헛소리를 하는 거야!"

그제야 우리는 지금 우리가 듣고 있는 게 녹음이라는 걸 깨달았다. 그때 샤 감독은 녹음기를 눈에 보이지 않는 기념 표창처럼 가슴 앞에 놓았었고, 녹음기는 성능이 뛰어나 모기의 발걸음 소리마저 몰래 녹음할 수 있을 정도였다.

* * *

우리가 속임수를 발견하자 가이드는 아주 부끄러워 했고, 정성을 더 기울이며 우리를 안내했다.

샤 감독이 해명했다.

"사실 따님이 다른 쪽으로는 다 합격인데요. 비염이 있어서요. 녹음할 때는 코가 좋지 않으면 곤란하거든요."

"코에 문제가 있는 게 아니에요. 귀에 문제가 있죠. 어렸을 때부터 귀에서 농이 나왔어요."

화농성 내이염이 있는 사람은 자연히 듣기 좋은 소리를 내는 게 어려웠다.

나는 캐묻듯 물었다.

"자기 딸이 맞지 않을 거라는 걸 알면서도 왜 추천한 거죠?"

어쩌면 조금 잔인할 수도 있었지만 나는 끝까지 캐묻는 걸 좋아했다.

궁지에 몰아넣었을 때, 가끔은 명언을 들을 수 있기 때문이었다.

그는 교활함을 내보이며 반문했다.

"그래도 혹시 모르는 거잖아요. 세상일은 모르는 거니까요?"

"우리가 뭘 하려는 건지도 모르는데 그게 좋은 일인지 어떻게 알아요?"

나는 계속 파헤치려고 했다. 진짜였다. 샤 감독의 의도를 모르는 건 그만이 아니었다. 나도 마찬가지였다.

가이드는 간결하게 답했다.

"뭘 하든 농사일보다는 낫겠죠."

그 뒤로 며칠 동안 우리는 눈먼 말처럼 변방의 풍설을 맞았고, 목적지도 없이 떠돌았다. 어디에 있는지도 모르는 여자아이를 찾았다. 외롭고 힘들면서도 아름다운 여자아이를.

"꼭 여자아이여야 하는 이유가 있어요?"

나는 피로와 추위에 지쳐 화가 나기 시작했다.

"왜냐면 상대방이 남자아이거든요."

샤 감독의 답은 차가웠고, 전혀 타협하지 않았다.

"이성에게 끌린다, 뭐 그런 거예요? 미성년자 연애 프로그램을 찍으려는 거예요?"

"아뇨. 그래야 음색 대비가 생겨서 듣기에 좋거든요."

"상대방을 여자로 바꾸면 되잖아요. 그러면 우리가 남자아이를 찾아도 음색 차이가 여전히 클 텐데."

변방에 사는 여자아이들은 대다수가 학교에 다닐 돈이 없었기에 어눌하면서도 겁이 많았다. 샤 감독의 요구 기준을 충족할 수 있는 아이가 거의 없었다.

샤 감독은 고개를 끄덕였다.

"확실히 좋은 생각이네요."

그러나 기준에 부합하는 남자아이를 찾는 것도 만만치가 않았다. 우리는 눈바람을 맞으면서 며칠이나 돌아다녔지만 몇 번이나 실망했다.

나는 최후의 통첩을 내렸다.

"샤 감독님, 오늘도 선생님이 필요로 하는 역할에 맞는 사람을 찾지 못한다면, 도시로 돌아가겠어요."

샤 감독이 날 자극했다.

"고생하는 걸 이렇게 두려워할 줄은 몰랐네요."

"고생하는 걸 두려워하는 게 아니에요. 지루해서 그런 거죠."

나는 그녀의 도발에 넘어가지 않았다.

이 말을 뱉었던 날에 눈은 이미 그쳤다. 눈이 내린 뒤에 찾아오는 매서운 추위는 피를 얼릴 정도로 위력이 있었다.

앞쪽 멀지 않은 곳에 작은 마을이 하나 있었다. 먼지 한 톨처럼 어둡고도 오래된 모습이었다.

가이드가 말했다.

"저기가 위안터우랑(源頭朗, 랑강의 근원)이에요."

"아."

우리는 대충 답할 뿐 딱히 관심을 보이지 않았다. 척박한 바상초원에는 선조들의 무심함을 엿볼 수 있을 정도로 기이한 이름을 가진 마을이 많았다.

안내자는 흥분하며 말했다.

"여기 마을은 정말로 가난하네요!"

아무것도 없는 곳에서는 가난함마저 특산품으로 소개되곤 했다.

샤 감독은 가이드의 말에 딱히 신경을 쓰지 않았었기에 녹음기를 켜지 않았었다. 이게 가치 있는 정보라는 걸 깨달았을 때, 이미 가이드의 생생한 묘사는 클라이맥스를 지나 있었다.

"……덜덜 떨 정도로 얼어붙은 아이를 본 부모는 큰일이 났다는 걸 알았어요. 애가 이렇게나 아픈데 이를 어쩌지? 병원으로 데려가려면 수백 킬로미터는 가야 했고, 데려간다고 할지라도 그사이에 꽝꽝 얼어서 얼음이 되지 않겠어요! 둘은 울었고, 울음소리는 옆집을 놀라게 했죠. 이웃이 무슨 일인지 보러 왔어요. 아이를 본 이웃은 아이가 학질에 걸렸다고 했죠. 여기가 추워서 그런 거니 조금 견디면 괜찮아질 거라고, 걱정할 게 없다고 했어요. 하지만 새파랗게 질린 아이 얼굴을 본 부모는 견딜 수가 없었죠. 경험이 많은 할머니가 이불을 덮어주라고, 땀을 좀 내면 된다고 했어요. 부모는 서둘러서 이불로 아이를 감쌌지만 이불은 낡아서 어망과도 같았고, 바람이 구멍으로 들어왔죠. 그래서 마을 사람들 모두가 이불을 가져와 아이에게 덮어주었어요. 마을에 있는 이불이 모두 모인 거죠. 그 뒤로 어떻게 되었을 것 같아요?"

가이드는 득의양양한 모습으로 우리를 보았다. 작은 눈이 반짝였다.

그걸 우리가 어떻게 알겠는가?

우리가 전혀 가늠하지 못하자 가이드는 기뻐했다.

"하하! 생각지도 못했을 거예요! 위안터우랑에 있는 이불을 모두 모았는데도 아이를 덮어줄 수 없었거든요!"

우리는 눈밭 위에 선 채 자기 발자국을 보며 얼어붙어 있었다. 얼굴에 있는 근육마저 모두 얼어서 감각이 없었기에 표정이란 걸 만들 수가 없었다.

"이때 한 노인이 그랬죠. 마을마다 이런 노인이 한 명씩은 있잖아요. 뭐든지 다 아는 노인. 그래서 마을 사람들이 다 그의 말을 듣죠. 그 노인이 아이가 이렇게 떨고 있으니 서둘러 구해줘야 한다고, 서두르지 않으면 떠는 것만으로도 죽을 수도 있다고 했죠. 지금 가장 중요한 건 더는 떨지 못하게 하는 거라고요. 애 엄마는 방법을 하나 생각해냈죠. 이웃집에 가서 커다란 솥을 하나 빌렸어요. 솥을 잘 걸고는 아궁이에 불을 붙이자 곧 불길이 일어났어요. 냄비 속 물이 데워졌고요. 엄마는 이렇게 말했죠. 아가, 춥다고 했지. 엄마가 따뜻한 곳을 마련해주마. 그런 뒤에 아이를 찜통 안으로 옮겼죠. 아이는 이렇게 말했어요. 어머니, 여기는 정말 따뜻하네요. 진즉에 이렇게 해주셨어야죠. 어서 솥뚜껑을 덮어주세요. 장작도 더 넣고, 바람을 불어주세요……."

가이드가 말을 멈추자 나와 샤 감독이 이구동성으로 말했다.

"그래서 어떻게 되었는데요?"

"나중에 뚜껑을 열어보니 아이는 더는 춥다고 울지 않았어요. 찜통에서 익어버렸거든요."

가이드는 하하 웃기 시작했다.

나는 모골이 송연해져 소리쳤다.

"말도 안 돼요!"

"다들 이렇게 말하는걸요. 저기 마을 사람들도 이렇게 이야기해요.

못 믿겠으면 마을로 가서 물어보세요."

가이드는 조금 억울해했다. 샤 감독은 녹음된 이 부분을 몇 번이나 반복해서 들었다.

"배경 자료로 쓰기에 아주 생동감이 넘치네요.

샤 감독의 말에 나는 말했다.

"나는 결사반대예요."

"너무 어두운 내용이라서 그래요? 어쨌든 전설일 뿐이잖아요."

"무서운 생각이 드는 이야기에요. 너무 가짜 같고요. 비록 진짜로 있을 법한 이야기라고 할 지라도요."

샤 감독은 고민 끝에 최종 버전에서 이 부분을 삭제했다.

위안터우랑에서 돌아왔을 때, 샤 감독은 배낭에서 녹음 테이프를 한가득 꺼냈고, 별거 아니라는 듯 내게 말했다.

"좋아요. 제 작업은 다 끝났어요. 이제 선생님 일만 남았네요."

나는 깜짝 놀랐다. 이 말은 내가 샤 감독에게 해야 할 말이었다. 그런데 샤 감독이 주객전도로 내게 말하는 게 아닌가?

나는 말했다.

"변방에서 눈보라를 너무 맞아서 머리가 굳어버린 건 아니에요? 바상초원에 같이 가달라고 해서 내가 체면도 버리고 내뱉었던 말도 번복하며 촬영팀과 같이 가겠다고 했어요. 그래서 린 선생님의 특집 프로그램 원고까지 써줘야 하잖아요. 내가 목숨을 걸고 함께했으니 이제 일단락을 짓는 게 좋겠어요. 앞으로는 각자 자기 갈 길을 갑시다."

샤 감독은 녹음 테이프를 가지런하게 놓으며 말했다.

"미안하지만, 일단 시작한 일은 함께 끝까지 해야죠."

"그렇게 비꼬지는 말아요."

"지금 살의를 품은 거죠."

나는 이해하지 못하고 반문했다.

"살의요? 내가 누구를 죽인다는 거예요?"

샤 감독은 말했다.

"원래는 남자아이로 기획했기에 여자아이가 필요했던 거였어요. 그런데 선생님이 남자아이도 괜찮다고 했잖아요. 모든 테이프에 녹음된 거라고는 위안터우랑에 있는 훠스 목소리뿐이에요. 이제 제가 어쩌겠어요? 아예 작심하고 요람에 있는 내 작품을 죽이려는 거 아니에요?"

샤 감독이 손에 쥐고 있던 녹음 테이프를 밀자 테이프는 도미노처럼 탁탁 소리를 냈다.

그녀는 아주 담담한 목소리로 말했지만, 나는 이 일이 그녀에게 그 무엇보다 중요하다는 걸 알고 있었다.

나는 내 혀를 잘라버리고 싶었다. 눈보라를 맞으면서 조언 따위를 하는 바람에!

나는 화가 나서 속으로 그녀를 저주했지만, 입으로는 의기소침하게 이렇게 말했다.

"대체 뭘 하고 싶은 거예요. 이제 진짜 계획을 말해줄 때가 되었잖아요."

샤 감독은 자신의 계획을 모두 드러내며 마지막으로 말했다.

"딸이 있는 여성이 급히 필요해요. 부유하면서도 자비로운 여성으로요. 내가 알고 있는 사람들로 모두 살펴봤지만 적합한 인물이 없었어요. 선생님의 인맥을 활용하고 싶어요."

나는 고민 끝에 말했다.

"내가 사는 건물에 온화한 귀부인 같은 여성이 한 명 있어요. 백화점 사장이고 재력도 뛰어나죠. 이름은 좀 평범해요. 스리쥐엔(史麗娟)이라고 하죠. 홀로 딸을 키우고 있어요."

샤 감독은 말했다.

"평범한 이름을 가진 여성과 교류하는 것도 좋아요. 이름이 평범하다는 건 가정환경이 비교적 평범하다는 거죠."

"하지만 딸 이름은 그렇지 않아요. 이름이 스스(史詩)거든요."

"알겠어요. 스스는 평범한 집 아이가 아닌가 보네요. 저는 부유한 환경에서 자라난 아이를 좋아해요. 비교적 단순하거든요."

"내 제안을 그렇게 입에 침이 마르도록 칭찬할 건 없어요. 그냥 이 일만 끝내면 됩니다."

나는 그녀가 매우 기뻐할 줄 알았지만, 그녀는 잠시 멈칫하다 말했다.

"하지만 그렇게 예상처럼 간단한 일은 아닐 거예요."

우리는 스 씨 가문과 어떻게 교류를 맺을지를 고민하기 시작했다. 나는 저들과 단순히 인사만 하는 사이였기에 섭외해 지시에 따르게 한다는 건 절대 쉬운 일이 아니었다.

샤 감독은 말했다.

"자연스러워야 해요. 반드시 자연스러워야 하죠. 모든 게 전혀 인위적이지 않아야 해요."

나는 스스의 평소 생활을 관찰했다. 이건 쉬이 알아낼 수 있었다. 그녀는 근처에 있는 중학교 2학년 학생이었고, 하교 후 바로 귀가했으며 이제껏 말썽을 일으킨 적이 없었다. 그리고 아주 외로운 아이이기도 했다. 스스의 엄마는 일로 아주 바빴고, 이른 아침에 나가서 늦은 밤에야 돌아왔으며 집안일도 사람을 고용해 해결했다. 흔치는 않았지만 어쩌다 시간적 여유가 생길 때면 두 모녀는 단지 안 정원에서 천천히 산책을 했다. 이때 스스의 얼굴에는 행복한 표정이 떠오르곤 했다.

스스의 하교 시간을 파악한 나는 일부러 스스 앞에서 빠르게 걸었다.

붉고도 노란 종이가 내 몸에서 떨어졌지만, 나는 모르는 척하며 걸음을 옮겼다.

"아주머니, 뭘 떨어뜨리셨어요."

역시나 스스가 큰 소리로 나를 불렀다.

나는 놀란 척 고개를 돌리면서 주변을 훑었다. 스스는 내가 떨어뜨린 종이를 주워서 조심스레 먼지를 털더니 두 손으로 건네주었다.

"스스, 고마워."

나는 말을 뱉으면서도 내게 속하던 물건을 받지 않았다.

"아주머니, 제 이름을 아세요?"

역시나 스스는 아주 기뻐했다.

"이름만 아는 게 아니야. 네가 신문에 발표한 시를 읽은 적도 있어. 아주 잘 썼던데."

진심이었다.

"정말요…… 진짜 기뻐요…… 그냥 재미 삼아 써본 거였는데……."

여자아이는 갑자기 햇빛에 피부를 태우기라도 한 것처럼 얼굴을 붉혔다.

"언제 우리 집에 놀러 오렴."

샤 감독이 당부했던 자연스러움을 위해 나는 작별을 고했다. 그러자 스스가 말했다.

"이거 가져 가셔야죠"

나는 미소를 지으며 말했다.

"그게 뭐더라. 까먹고 있었네."

스스는 제대로 넘어오고야 말았다. 붉고도 노란 종이를 펼쳐서는 한 글자씩 읽기 시작했다.

"인민 라디오 방송국 초청장……."

나는 갑자기 긴장하며 스스의 행동을 주시했다. 혹시라도 그녀가 전혀 관심을 보이지 않는다면, 이제 어떻게 해야 할지 걱정이 되었다.

샤 감독은 확신에 차서 말했었다.

"그럴 리가. 절대 그럴 리가 없어. 라디오 방송에 관심을 보이지 않는 여자아이는 없다고요. 듣지 못하는 게 아니고서야."

"선생님의 직업 정신은 매우 감동적이지만 그건 이십 년 전 일이에요. 텔레비전이 라디오를 넘어선 지 오래라고요."

하지만 샤 감독은 자신이 있는 듯했다.

"그래도 시도해보죠."

수수께끼의 답이 밝혀질 순간이었다.

"어! 아주머니. 라디오 방송국 사람을 아시는 거예요!"

아주 감탄하는 듯한 목소리였다.

이런, 샤 감독에게 질투가 날 지경이었다.

어찌 되었든 맡은 역할이 있으니 계속 연기를 해야 했다. 나는 침착함을 가장하며 말했다.

“친한 친구가 여기서 감독으로 있거든.”

스스는 말했다.

“아주머니, 어렸을 때 제 가장 큰 꿈이 뭐였는지 아세요?”

나는 놀리듯 말했다.

“꿈에도 크고 작은 게 있나? 토마토처럼?”

“라디오 안으로 들어가서 세상 사람들에게 제 목소리를 듣게 하는 거였어요.”

“텔레비전으로 들어가면 세상 사람들이 네 목소리만 듣는 게 아니라 네 모습도 볼 수 있을 텐데.”

스스는 창백한 낯빛이 되어 말했다.

“저는 다른 사람이 절 보는 게 싫어요. 저는 투명인간이 되고 싶어요.”

나는 속으로 샤 감독을 대신해 환호했다. 이거 정말 하늘이 내려준 인연이었다. 나는 기쁨을 억누르며 말했다.

“스스, 방송국에 있는 친구에게 말해줄 테니까 언제 시간을 내서 프로그램을 녹음해보는 건 어때?”

스스의 아름다운 두 눈이 동그래졌다.

“정말로요?”

“당연하지. 하지만 친구가 허락할지는 모르겠어. 그래도 내가 너를 위해서 기회를 얻어낼 수 있도록 노력해볼게. 안심해.”

“며칠이요?”

“뭐가 며칠인데?”

나는 순간 스스의 말을 알아듣지 못했다.

스스는 간절히 바라는 듯한 눈빛으로 나를 보았다.

"며칠이면 결과를 알 수 있어요?"

결과는 이미 정해져 있었지만, 지금은 스스에게 말해줄 수 없었다. 아이는 사실 걱정할 필요가 없었지만, 나는 그녀의 엄마가 똑똑하고 일도 잘하는 사람이라고 믿었다. 아마 모든 자초지종을 제대로 알아보려고 할 것이다. 일이 자연스럽게 성사되려면 나는 샤 감독의 가르침을 명심해야 할 필요가 있었다.

나는 일부러 난감하다는 듯 신음하며 말했다.

"사흘은 어때? 사흘 뒤에 같은 장소에서. 하교한 후에 날 기다려. 성공하든 실패하든 결과를 네게 알려줄게."

아이는 허리를 굽히며 내게 인사를 했다.

나는 집으로 돌아간 뒤 전화로 "길에서 우연히 겪었던" 일을 샤 감독에게 보고했다.

놀랍게도 샤 감독은 담담히 이렇게 말했다.

"그렇게 될 줄 알고 있었어."

아무리 봐도 샤 감독은 무녀 같았다.

사흘 후 나는 때맞춰 그곳으로 갔다. 스스는 이미 나를 기다리고 있었다.

"라디오 방송국 친구에게 이야기했는데, 마지못해 허락했어. 나보고 낙하산이라고…… "

여자아이가 미안하다는 듯 고개를 떨구자 나는 말을 멈췄다.

차마 스스를 괴롭힐 수는 없었기에 빠르게 말을 이었다.

"샤 할머니라고 부르면 될 거야. 정식으로 녹음하기 전에 네 목소리를 먼저 듣겠대. 약속한 시간은 일요일 오전 10시이고, 샤 감독네 집으로 가기로 했어. 내가 널 데리고 같이……."

"아, 일요일에 엄마랑 같이 박물관에 가기로 했는데…… "

스스는 깜짝 놀라 외쳤고, 나는 어쩔 수 없다는 듯 손짓하며 말했다.

"샤 할머니는 바쁜 사람이야. 어머니랑 상의를 해보도록 해. 못 갈 것 같으면 내가 널 대신해서 거절할게. 다만 이런 기회를 다시 얻기는 어려울 거야."

나는 아주 애석하다는 듯 한숨을 내쉬었다.

"안 돼요!"

스스는 조급해져 말을 이었다.

"엄마한테는 제가 말을 해둘게요. 샤 할머니랑 약속을 잡아주세요. 일요일에 꼭 갈게요!"

보아하니 스스는 엄마를 설득할 자신이 있는 모양이었다.

나는 서둘러 샤 감독에게 연락했고, 가슴을 쓸어내리며 말했다.

"내가 해야 하는 일은 다 했어요. 이제 남은 건 샤 감독님 일이에요."

샤 감독은 망설이며 말했다.

"일이 많이 진행된 것처럼 보이지만, 사실은 아직 시작도 하지 않았어요. 아이를 속이는 게 뭐가 그렇게 어렵겠어요?"

일요일이 되었고, 나는 스스네 집으로 갔다.

문이 열리자 정장 차림의 스 사장과 스스가 함께 나왔다.

스 사장은 진중한 목소리로 말했다.

"샤 할머니네 댁에 저도 함께 가도 될까요?"

바라던 바였다. 그러나 나는 놀라는 듯한 모습으로 말했다.

"엄청 바쁘신 거 아니었나요. 시간을 어떻게 내신 거예요?"

스 사장은 웃으며 말했다.

"두 분이 제 딸을 데려간다고 하시니 저도 어쩔 수 없이 함께 가야죠."

나는 말했다.

"환영합니다."

우리는 열 시 오 분 전에 샤 감독의 집에 도착했다. 나는 초인종을 눌렀다. 샤 감독과 나는 함께 고난을 겪은 친구 사이라고 할 수 있었지만, 나는 그녀의 집에 가본 적이 없었다. 스 씨 모녀처럼 그녀의 집이 낯설다고 느꼈지만, 티를 낼 수는 없었기에 익숙한 곳인 것처럼 가장하려고 애를 썼다.

양털로 된 검은색 평상복을 입은 샤 감독이 문을 열어주었다. 스 사장을 본 그녀가 다소 놀란 모습을 보이자 나는 다급하게 해명을 했다. 샤 감독은 우리의 방문이 아주 달갑지 않은 척하며 우리를 안으로 들였다. 샤 감독의 집은 방이 세 개였고, 간결하게 꾸며져 있었다. 책이 많았고, 책장이 천장까지 닿아 있어 나이든 학자의 집처럼 보였다.

"너무 일찍 오셨네요."

샤 감독이 냉담하게 말했다. 불청객의 방문에 불쾌하다는 표정이었다.

깜짝 놀란 나는 무의식적으로 시계를 보았다.

"일찍 온 건 아닌데요. 우리 열 시에 보기로 하지 않았던가요?"

샤 감독은 의심할 여지가 없다는 말투로 답했다.

"아뇨. 열 시가 아니라 열 시 반이었죠."

나는 아주 억울했다. 틀림없이 이 시간이 맞았다. 반박하려고 했을 때, 샤 감독이 너그럽게 말했다.

"이미 왔는데 약속한 시간을 따져 봐야 무슨 의미가 있겠어요. 이렇게 하죠. 제가 지금 테이프를 들으면서 녹음을 확인하고 있거든요. 중간에 그만두면 다시 작업하기가 번거로워져요. 그러니 잠깐만 기다려 주겠어요. 다 듣고 난 다음에 스스 학생과 이야기를 해보죠. 어때요?"

샤 감독은 의견을 묻듯 나와 스 사장을 보았다.

이런 계획이었군!

나야 당연히 이견이 없었다. 나는 연기를 하며 말했다.

"제가 잘못 기억했나 보네요. 정말 죄송합니다. 어쩔 수 없이 그렇게 해야겠어요."

스 사장은 벽에 걸린 그림을 보며 말했다.

"저는 손님이니까요. 주인이 하자는 대로 해야죠."

샤 감독은 우리에게 커피를 내주었고, 우리가 안중에도 없다는 듯 바쁘게 자기 일을 했다.

집안의 인테리어는 평범했다. 심지어는 조금 초라해 보이기도 했다. 그러나 벽에 세워진 음향 기기만큼은 절대적으로 고급스러웠다. 우리가 들어왔을 때 테이프는 절반까지 재생되었었고, 지금 버튼이 눌리면서…….

바람이 미친 듯 울부짖었다.

나는 스 사장이 몸서리를 치는 걸 보았다.

"이건 어디서 부는 바람 소리죠?"

화려하면서도 값비싼 옷을 입은 여성이 놀라며 물었다. 정교하게 그린 눈썹이 관자놀이에 닿을 정도로 위로 치솟았다.

우리에게 등진 채 있던 샤 감독이 스 사장의 질문이 파리라도 되는 것처럼 귀찮다는 듯 손을 휘휘 저었다.

도도한 여성 사장의 껄끄러움을 차마 두고 볼 수 없었던 나는 나지막이 답했다.

"이건 변방의 눈보라 소리에요."

스 사장은 무언가를 생각하며 웃었다.

"어쩐지. 네이멍구 대열[3]에 들었을 때 보았던 풍경이 떠오르더라고요. 유라시아 중심부에 있는 몽골 고원에서만 이렇게 속이 뚫릴 것 같은 바람 소리를 들을 수 있죠."

방 안에는 난방으로 따뜻한 기운이 가득했지만, 어른들은 안팎으로 추위가 느껴진다는 듯 어깨를 움츠렸다.

"달이 지고 까마귀가 울면 서리가— 하늘을 가득 채우고, 강변의 단풍나무와 고깃배의 불빛을 보며— 잠을 이루지 못하니, 고소성 밖에 있는 한산한— 산속 절의…….[4]"

위안터우랑은 튀어나온 흙더미 위에 있었다. 눈에 덮인 황무지는 하얀 고래를 닮았고, 드문드문 있는 진흙집은 물고기 등에 있는 가시처럼 보였다. 글을 읽는 낭랑한 목소리는 그중에서도 가장 투박한 가시에서 전해졌는데, 사람들을 집중하게 만드는 힘이 있었다.

샤 감독이 황야에서 녹음한 거였다.

---

3) 문화 대혁명 때 인민 공사(人民公社)의 생산대(生産隊)에 들어가 노동에 종사하거나 혹은 그곳에 정착하는 걸 말한다.
4) 당나라 시인 장계(張繼)의 시 《풍교야박(楓橋夜泊)》 중 일부.

그러나 우리는 이 고전 시가 누구의 시인지를 바로 알아듣지 못했다. 아이들의 방언이 매우 심했기 때문이었다. 게다가 시를 읊을 때 쉬어가는 부분도 전혀 규칙에 맞지 않았다. 처음 듣는 시라고 여겼지만, 반복되는 낭송 덕분에 우리가 음율에 적응했고, 드디어 그 정체를 알게 되었다.

가이드는 말했다.

"여기는 초등학교예요."

우리는 가이드를 따라 학교에 갔다. 방 하나만 한 흙집이었다. 아마 여기가 세계에서 가장 작은 학교일 터였다. 우리는 높게 있는 창문에 기댄 채 안을 보았다. 쌓인 눈에 반사된 햇빛이 하얀 미음처럼 학교 안으로 스며들었고, 내부를 반만 밝혀 주었다. 밝은 건 위쪽뿐이었다. 아래쪽의 사물은 여전히 어둠에 잠겨있었다.

몽롱한 빛 사이로 제일 먼저 보인 사람은 한 여성이었다. 다리를 꼬고 팔을 든 채로 방 안에 앉아 있던 여성은 몸에 달라붙는 붉은색 상의와 모직 청바지를 입고 있었고, 둥그런 코를 지닌 헝겊 신발을 신고 있었다. 농촌 여성들이 주로 신는 신발이었다. 정확히 무슨 색인지는 알 수 없지만, 검은 색인 듯했다. 마침 그녀는 웃으며 우리를 보고 있었다.

우리는 순간 당황했고 그녀가 학생인지 교사인지를 구분하지 못했다. 잠시 후 두 눈이 어둠에 적응하면서 여성 옆에 있는 작은 머리들을 볼 수 있었다. 책 위에 모여 기계적으로 고개를 끄덕이는 것이 작은 병아리들이 모여 있는 듯했다.

"좋아요. 학년 수업은 여기까지 합시다. 일학년 학생들 주목하세요. 이제 십 이하의 뺄셈을 배울 거예요. 모두 교구를 꺼내도록 합시다……."

젊은 남성의 목소리였다.

입을 열고 말하지 않았더라면, 우리는 그를 발견하지 못했을 것이다. 그는 오른쪽 어둠 속에 서 있었으나 붉은 옷을 입은 여성 옆으로 걸어 나오면서 무대 위 스포트라이트를 받은 것처럼 모습을 드러냈다.

그가 문어체인 "교구"라는 단어를 사용했는데도 방 왼쪽에 있던 아이들은 그의 말을 알아들었으며 하나둘씩 시키는 대로 했다. 가지런한 풀 막대를 몇 개 꺼내서 손에 쥐고는 길이를 대조하기 시작했다.

왼쪽에 있는 아이들이 오른쪽에 있는 아이들보다 어렸다.

"사학년 학생들은 교과서를 세 번씩 쓰세요."

젊은 남자가 지시하자 오른쪽에 있던 아이들이 무릎 위에 공책을 펼치더니 입으로 손을 호호 불고는 몽당연필을 움켜쥔 채 글을 쓰기 시작했다.

"좋아요. 일학년 학생들. 닭장 안에 달걀이 두 개가 있어요. 하나를 가져가면 닭장 안에는 몇 개가 남죠? 아는 사람?"

차근차근 타이르며 가르치는 것이 남성은 분명히 교사로 보였다. 아이들이 펄쩍 뛰어오르면서 손을 들었다. 손을 드는 학생들의 자세만큼은 이곳 학교에 있는 것 중 가장 규범에 맞았다. 단단히 모인 다섯 손가락과 완벽하게 90도 각도를 이룬 위팔과 팔뚝은 여러 가르침 끝에 이뤄진 게 분명했다. 아이들 몇 명은 팔을 크게 흔들면서 교사의 주목을 얻으려고 했다.

우리 머리가 빛을 일부 가리고 있었기에 교사는 우리의 존재를 알아챘고, 흘깃 우리 쪽을 보았다. 이때 마침 샤 감독은 폭파통처럼 생긴 녹음기 마이크를 창문 안쪽으로 밀어 넣고 있었다. 그런데도 그는 여전히 자기 수업에 집중했다. 요 며칠 만났던 시골 교사들이 자기 수업을 즉시 중단하면서 우리를 맞이했던 것과는 판이했다.

샤 감독이 작은 목소리로 중얼거렸다.

"아주 좋네요. 저는 원시 상태 그대로인 게 좋거든요. 진실하니까요."

작은 손을 들고 있던 아이들은 더는 초조함을 참을 수 없는 상태가 되었다.

"좋아요. 리수제, 네가 답해보렴. 달걀 두 개에서 하나를 가져가면, 몇 개가 남지?"

젊은 교사는 자기 질문을 반복했다.

수제라고 불린 여자아이가 천천히 일어나 말했다.

"닭장 안에는 달걀이 하나도 남지 않아요."

가이드가 웃으며 입을 막자 샤 감독이 그를 노려보았다.

이렇게 좋은 장면에 이도 저도 아닌 웃음소리가 들어가면, 완전히 망치는 거였다!

젊은 선생은 조급해하지 않았다. 인내심을 가지고 가르치고자 했다.

"네가 찐빵이 두 개였는데 하나만 먹었어. 그러면 하나가 남지 않아?"

수제의 땋은 뒷머리는 가을에 수확한 옥수수수염처럼 누렇고 말라 있었다. 하지만 조금도 겁을 먹지 않고는 낭랑한 목소리로 답했다.

"저는 이제껏 찐빵 하나를 다 먹어본 적이 없어요. 항상 하나를 가지고 오빠와 나눠 먹죠. 오빠는 자기가 더 크다고 더 큰 쪽을 가져가요."

젊은 선생은 미소를 지으며 말했다.

"그러면 우리 찐빵 말고 달걀로 다시 예를 들어볼까."

"달걀은 하나도 안 남겨요. 닭장 안에 달걀이 있는데 하나만 가져가고 다른 하나를 남겨두면, 다른 사람이 그걸 가져간다고요. 엄마가 제 귀를 잡아당길걸요!"

젊은 선생은 전혀 화를 내지 않았다.

"수제 말이 맞아. 하나를 가져가면 하나가 남지. 식은 이렇게 쓰는 거야……"

그는 몸을 돌려서는 칠판에 식을 적기 시작했다. 우리는 그제야 붉은 옷을 입은 여성 뒤에 있는 벽이 검게 칠해져 있다는 걸 알아차렸다. 붉은 옷을 입은 여성은 웃는 낯으로 이 모든 걸 지켜보고 있었다.

그리고 우리는 하나를 더 알아차렸다. 붉은 옷을 입은 여인은 진흙으로 빚은 신상이었다.

우리는 몇 보 뒷걸음질한 뒤에 가이드에게 물었다.

"학교가 왜 절 안에 있죠?"

가이드는 오히려 반문했다.

"학교가 절 안에 없으면 어디에 있어요?"

그러고는 보충하듯 말을 이었다.

"근데 여기는 절이 아니에요. 수모궁(水母宮)이죠. 궁 안에 앉아계신 분은 수모님이고요. 아주 아리따운 새댁 같지 않아요?"

동경하면서도 사모하는 듯한 묘한 웃음이 가이드의 얼굴에 떠올랐다.

나는 다시 창문에 기댄 채 수모 낭랑을 보았다. 확실히 수모 낭랑은 다른 평범한 여신들과 달랐다. 냉담하거나 단정하지 않았다. 오히려 세속적인 매력이 있었다. 특히 그녀가 앉아있는 곳은 연꽃으로 만든 보좌가 아니라 둥그런 솥뚜껑이었다.

가이드는 우리에게 수모 낭랑의 이야기를 들려주었다.

수모는 랑강 신의 여식이었다. 훗날 붉은 귀리의 부인이 되었다고. 붉은 귀리가 누구예요? 나는 붉은 귀리라는 이름을 처음 들었다.

그러자 가이드는 내게 짜증을 냈다.

붉은 귀리는 수모 낭랑의 남편이에요. 어떻게 이런 것도 몰라요?

순환 논증을 하고는 오히려 남을 탓하다니.

내 불만을 알아챈 가이드가 말했다.

"이 이야기에서는 사실 붉은 귀리가 별로 중요하지 않아요. 그 사람 이야기는 일단 안 할게요. 랑강의 신에게는 원래 여식이 없었어요. 붉은 귀리를 속세로 내려보내기 위해서 옥황상제가 랑강에게 여식을 한 명 내려주었죠."

나는 웃으며 말했다.

"하늘에는 산아 제한 관련 규정이 없나 보네요."

가이드는 말했다.

"여기는 인구가 적어서 그런 걸 신경 쓰는 사람이 없어요."

가이드는 말을 이었다.

"잡소리는 그만하고, 본론으로 돌아갈게요."

그런 뒤에는 다시 이야기를 이어갔다.

붉은 귀리와 혼인한 새댁은 매일 멀리까지 가서 물을 길어 왔으며 가족들에게 밥을 해주었다.

"신의 딸이라고 하지 않았어요? 아빠가 강의 신인데 물을 달라고 하면 되는 걸, 뭐하러 직접 멀리까지 가서 물을 긷죠?"

내가 수상쩍게 묻자 가이드는 나를 꾸짖었다.

"소중한 민간 전설을 두고 이게 무슨 태도죠?"

결국에는 나도 조용히 할 수밖에 없었다. 이해가 되지 않는 곳이 있어도 감히 입을 열고 물어볼 수가 없었다.

하루는 어떤 사람이 큰 말을 타고 위안터우랑을 지났어요. 말은 땀에 흠뻑 젖어 있었죠. 길을 가던 이가 문을 열고 들어가 새댁에게 마실 물을 청했고, 새댁은 물항아리를 건네며 그보고 알아서 퍼가라고 했습니다. 그런데 그가 물을 한 잔 마시고, 다시 또 한 잔을 마시는 게 아니겠어요. 얼마 지나지 않아서 물항아리가 아예 비어버리게 되었지요. 새댁은 조급해졌습니다. 저자가 물을 다 마시면, 물이 없으니 밥을 할 수가 없잖아요. 시어머니의 욕을 들을 게 분명했습니다. 그러나 그녀는 내색하지 않았지요. 목이 매우 마른 모양이라고 생각할 뿐이었습니다. 저쪽 물동이 안에 물이 반쯤은 남아 있다는 걸 떠올린 그녀는 조금 안심을 했습니다. 그런데 그자가 입가를 닦으면서 나는 충분히 물을 마셨지만, 내 말은 아직 목마르다고 하는 게 아닙니까. 손님의 객지 생활이 쉽지는 않았을 거라고 생각한 새댁은 말없이 물동이를 꺼내왔습니다. 말까지 물을 마시자 그자는 작별 인사를 했지요.

그는 새댁에게 이렇게 물었습니다.

밥을 지을 물이 없지요?

새댁은 답했지요. 네.

시어머니에게 욕을 먹겠지요?

그런 걱정은 하실 필요가 없습니다. 가던 길을 가시죠.

그러자 말을 탄 이가 말했습니다.

자네의 물을 모두 마셨으니 내가 신경을 쓰지 않을 수가 없지요. 여보시오. 말채찍을 자네에게 드리리다. 앞으로 이 채찍을 물동이 안에 꽂으십시오. 물이 필요할 때는 말채찍을 높이 들도록 하세요. 그러면 물동이 안에 물이 가득 찰 겁니다. 하지만 말채찍을 절대 물동이 밖으로 꺼내서는 안 됩니다. 기억하세요! 절대로 안 됩니다!

말이 끝나자마자 흰빛이 번쩍이더니 말을 탄 이와 그의 말이 모두 보이지 않았습니다.

새댁은 반신반의했지만 시키는 대로 해보았지요. 깨끗한 물이 물동이 안에서 회전하며 넘쳤습니다. 언제든 물이 필요할 때 말채찍을 들면 물이 생겼습니다.

하루는 새댁이 친정으로 돌아갔습니다. 그래서 동서가 밥을 했지요. 그녀는 수모가 하던 대로 말채찍을 위로 들었습니다. 그런데 힘을 너무 세게 준 나머지 말채찍이 물동이 밖으로 나가고 말았습니다. 아이고, 난리가 났지요. 물동이에 있던 물이 천지를 뒤덮을 뜻 뿜어져 나오더니 곧이어 위안터우랑 전체를 집어삼키고 말았습니다…….

누군가 급히 수모에게 연락을 했습니다. 이른 아침에 일어났던 그녀는 마침 머리를 빗고 있었습니다. 풀어헤친 머리카락을 틀어 올리기도 전에 시댁이 물에 잠겼다는 소식을 들었지요. 그녀는 머리카락을 입에 물고는 다급하게 달려갔습니다.

집에 가보니 홍수의 기세가 대단했습니다. 이를 어찌 막지? 말채찍을 물동이 안에 다시 꽂아 보았지만, 소용이 없었습니다. 도저히 어찌할 방법이 없었던 새댁은 밥을 지을 때 쓰는 솥뚜껑을 보고는 그걸로 물동이를 덮었습니다. 그러나 솥뚜껑으로는 물이 뿜어져 나오는 걸 막을 수가 없었지요. 심지어 솥뚜껑도 떠내려가려고 했습니다. 새댁은 기지를 발휘해 솥뚜껑 위로 올라가 그 위에 앉았지요.

허허!

더는 물이 뿜어져 나오지 않았습니다…….

그 뒤로 사람들은 랑강의 발원지마다 새댁의 모습을 조각해 놓았습니다. 그런 곳을 '수모궁'이라고 불렀지요.

이 이야기를 들은 뒤 나는 고개를 돌려 다시 한번 창문을 보았다. 붉은 옷을 입은 여성의 뒤쪽에 정말로 풀어헤친 머리카락이 있었다. 중국에 있는 신 중에는 이런 모습을 한 이가 없었다.

이때 젊은 선생이 다시 사학년 학생들에게 국어를 가르치기 시작했다.

텅 빈 마당에서 나는 가이드에게 물었다.

"랑강, 랑강 하시던데 그 강의 수원지가 어디에 있는 거예요. 왜 이제껏 구경도 못 했죠?"

가이드는 주변을 살펴본 뒤 말했다.

"우리 발 밑이 바로 랑강의 수원지예요."

나는 깜짝 놀랐다.

"새하얀 눈 외에는 물 한 방울도 없는 곳인데요?"

가이드는 말했다.

"공부 좀 했다는 사람들이 왜 이렇게 아는 게 없어요?"

발로 눈을 걷어낸 가이드는 풍수지리에 능한 이처럼 눈을 가늘게 뜨더니 자세히 살펴보며 말했다.

"바로 여기잖아요. 수원지라고 불리는 곳에는 원래 샘물이 한 방울만 있는 법이에요."

나는 의심이 가득한 눈빛으로 보았다. 하얀 눈발 아래에는 밀짚처럼 노란 땅이 있었다. 그리고 땅의 균열 사이로 하얀 얼음이 곡선을 이루며 얼어 있었는데 유리처럼 깨끗했으며 안에는 하늘의 구름을 담고 있었다.

"여기가 하이허의 상류라고요?"

나는 깜짝 놀랐다. 나는 하이허가 바다와 맞닿는 곳을 본 적이 있었다. 큰 물결이 마주치는 그곳은 기세가 엄청났다.

가이드는 말했다.

"하이허인지 뭔지 그런 건 나도 잘 모르고. 여기는 랑강의 수원지예요. 이건 확실하지."

이번에는 샤 감독이 말했다.

"그렇게 놀랄 것 없어요. 거대한 것들은 모두 작은 게 모여서 된 거니까요."

나는 말했다.

"그러면 녹음 테이프 하나하나를 모아서 어떤 대단한 걸 만들려는 거예요?"

샤 감독은 말했다.

"나중에 알려줄게요."

뒤에서 수업이 끝났음을 알리는 종소리가 울렸다. 금속으로 된 종을 진짜로 쳐서 내는 소리였다. 젊은 선생이 다가와 물었다.

"현(縣) 교육청에서 오신 건가요?"

샤 감독은 자기를 소개했다.

"아뇨. 저희는 라디오 방송국에서 왔어요. 시골 아이들이 공부하는 모습을 들려주는 프로그램을 제작하려고요."

그는 예의 있게 말했다.

"오전에는 일학년과 사학년 학생들이 수업을 같이합니다. 오후에는 이학년과 오학년 아이들이 같이 수업을 듣고요. 오후에 다시 와주셔도 좋습니다. 저는 성이 차오예요."

나는 깜짝 놀랐다.

"혼자서 그렇게 많은 학년들을 가르치신다고요?"

"학교에 교사라고는 저 한 명뿐이니까요. 교장이기도 합니다."

샤오 감독은 물었다.

"차오 교장님. 학년이 다른 학생들을 한 자리에 두고 같이 공부하게 하면, 서로 방해가 되지는 않나요?"

지난 며칠 간의 인터뷰를 통해 우리는 이런 교육 방법이 농촌 초등학교에서는 아주 보편적이라는 걸 알게 되었다. 일명 '복식 교육'이라고 불리는 것인데 어쩐지 대두와 옥수수를 같이 심는 방법을 떠올리게 하는 교육법이었다. 다만 차오 교장처럼 혼자서 여러 학년을 담당하는 건 처음 보았다. 나는 샤 감독이 시골 교사의 말을 녹음하려고 일부러 모르는 척하고 있다는 걸 알았다.

차오 교장은 당당하면서도 차분하게 말했다.

"아뇨. 좋은 점이 많습니다."

보통 사람들은 이런 상황을 두고 농촌에는 아이가 적고, 환경이 좋지 않아서 어쩔 수 없는 일이라고 설명하곤 했다. 이렇게 당당하게 장점이 있다고 말하는 경우는 처음이었다. 샤 감독은 당연히 큰 흥미를 느꼈고, 계속 질문을 던졌다.

"생각해 보세요. 한 마을에 학생이 몇 명이나 되겠습니까? 학년별로 나누더라도 한 반에 서너명 뿐입니다. 무슨 수로 가르치겠어요? 그렇게 많은 교실을 어떻게 구하고요? 여기 수모궁만 해도 향을 피울 때는 수업을 중단해야 합니다. 수모에게 향을 피울 수 있도록 자리를 내줘야만 하니까요."

우리는 고개를 끄덕일 뿐이었다.

"네, 네."

"같은 교실에 섞여 있으면 추운 겨울에도 장작 걱정을 할 필요가 없습니다. 또 수업의 질을 향상시키는 데에도 도움이 됩니다. 일학년 학생이 사학년 수업을 들으면서 자기도 모르게 견문을 넓힐 수 있거든요. 사학년 학생은 일학년 수업을 들으면서 기초를 튼실히 하지 않았던 부분을 확실하게 짚고 넘어갈 수 있고요. 그리고 우리 학교는 삼학년이 없습니다. 이학년 학생이 오학년 수업을 듣고는 바로 사학년으로 넘어가지요……."

차오 교장은 잰말놀이라도 하는 것처럼 아주 유창하게 말을 뱉었고,

이론도 매우 신선했다. 나는 놀라움을 금치 못했다.

"좋네요. 아주 좋아요. 나중에 또 이야기해 보죠."

샤 감독도 좋다는 말 외에는 다른 말을 하지 않았다.

우리는 목적지 없이 마을 안을 돌았다. 개 한 마리를 본 샤 감독이 허리를 굽혀 눈뭉치를 만들더니 개에게 던졌다.

원래부터 우리를 호시탐탐 보고 있던 개였다. 이유 없이 공격당한 개는 분노하며 이를 드러냈고 미친 듯 짖어댔다. 나는 혼비백산했지만, 샤 감독은 용감하게도 녹음기를 들었다. 마이크를 뼈다귀처럼 개의 입에 물려줄 수 없어서 아쉽다는 듯한 모습이었다. 마이크를 개 머리 주변에 두며 계속 녹음을 하는 샤 감독에게 나는 말했다.

"여기는 광견병 예방접종을 하지 않는다고요!"

샤 감독은 말했다.

"시골 개잖아요. 녹음기를 본 적도 없을걸요. 아마 새로운 무기라고 생각하고 함부로 덤비지 않을 거예요."

나는 전전긍긍했다.

"사람의 생각으로 개의 생각을 파악하려고 하지 말아요. 도시에도 별별 개가 다 있잖아요. 어떤 소리든 얼마든지 녹음할 수 있지 않아요?"

샤 감독은 냉소하며 말했다.

"고기를 먹는 개와 똥을 먹는 개가 짖는 소리가 같겠어요?"

가이드는 혹시 몰라 울타리에서 막대기 하나를 뽑아 손에 쥐고 휘둘렀다. 개 짖는 소리가 마을 사람들을 불러모았다. 그들은 낡았으나 튼실한 솜옷을 입고 있었다. 손을 소매 안에 넣은 그들은 각자의 집 마당에 선 채 우리를 멍하게 보았다. 젊은 여성 몇 명이 우리를 보더니 "아"

하는 소리와 함께 집으로 뛰어 들어갔다. 우리를 불순한 의도를 가진 나쁜 사람이라고 생각한 듯했다.

나는 얼굴을 찡그린 가이드에게 말했다.

"보고 놀라잖아요."

가이드는 말했다.

"저를 보고 놀란 게 아니에요. 두 분을 보고 놀라서 가버린 거죠."

나는 샤 감독을 다시 보았다. 우리가 풍찬노숙하면서 형편없는 꼴이 되기는 했지만, 휘날리는 긴 머리카락과 붉은 다운 재킷은 우리의 성별을 드러냄에 부족함이 없었다. 우리를 이 정도로 경계할 필요는 없었다.

의아해하고 있는 사이, 각 집의 대문이 다시 열렸다. 그리고 안으로 들어갔던 여자들이 도로 밖으로 나왔다. 이번 만남이야말로 정식 만남인 듯했다. 그런데 저들의 용모가 전혀 달라져 있었다. 짧은 시간 안에 낡은 옷을 벗어버린 뒤 예쁜 옷으로 갈아입은 것이다. 비취색이나 살구색 스카프를 두르기도 했다. 그녀들은 마른 나뭇가지를 엮어서 만든 울타리 옆에 기댄 채 우리를 향해 매력적인 미소를 지어주었다.

가이드는 조금 자랑스레 말했다.

"여기가 워낙 외진 곳이라서요. 낯선 사람이 찾아올 일이 거의 없죠. 지금 우리를 환영해주는 겁니다."

나는 매우 감동했다.

"어서 찍어요."

내 말에 샤 감독이 답했다.

"찍긴 뭘 찍어요? 카메라도 아닌데."

"웃음 소리를 녹음하면 되잖아요. 도시에 있는 여자들의 웃음소리는 저분들처럼 순진하지 않을걸요."

물론 그건 나의 일방적인 바람이었다. 사실 그녀들은 아예 웃지를 않았다. 샤 감독이 그녀의 검은 마이크를 내밀면서 다가가자 모두 입을 막으며 빠르게 도망갔기 때문이었다. 그런데 우리가 어디로 가든 누군가 우리를 따라왔다. 우리는 곳곳을 순회하며 전시가 되는 동물이 된 것 같았다.그러다가 우리는 남자아이를 한 명 보았다. 물통을 들고 있던 아이는 미끄러운 눈 위를 걸었고, 주변에 있는 이들에게 전혀 관심을 보이지 않았다. 마치 아무것도 듣지 못하는 듯했다.

샤 감독은 바로 그 아이를 따라갔다. 그녀는 무언가 평범하지 않은 걸 매우 좋아했다.

아이가 든 물통은 아주 컸다. 눈이 쌓인 지면에 끌릴 정도였다. 아이는 두 손으로 막대기를 잡고 물통을 메고 있었고, 물통 안은 비어있었지만 아주 무거운 짐처럼 보였다.

수모 낭랑의 고향에 있는 우물은 정말로 멀었다.

남자아이가 비틀거리면서 걸어가자 가이드가 말했다.

"물 긷는 아이일 뿐인데 볼 게 뭐가 있어요?"

그러고는 걸음을 멈췄다. 우리를 둘러싸고 있던 사람들도 천천히 흩어졌다.

나와 샤 감독, 이렇게 둘만이 남자아이를 쫓았다.

아이는 우물 쪽으로 걸어갔다. 우물 주변은 수십 평에 달하는 투명하고 정교한 얼음으로 뒤덮여 있었다. 우물의 검은 입구에서는 하얀 연기가 곧게 뻗어져 나왔다. 거대한 개구리가 담배 연기를 내뿜는 듯했다.

얼음 위를 지나는 아이의 매 걸음걸이는 앞으로 고꾸라질 듯했다. 나는 엉겁결에 소리를 질렀다.

"조심해!"

고개를 돌린 남자아이는 냉랭한 눈빛으로 우리를 흘깃 보며 말했다.

"이제껏 단 한 번도 넘어진 적이 없어요."

아이는 말을 하며 물통을 내렸고, 우물 갈고리 위에 걸었다. 그런 뒤에는 우물 도르레를 돌리며 무거운 쇠사슬을 우물 아래로 내려보냈다.

달그락…… 달그락……. 얼어붙은 우물 입구는 물통 하나가 겨우 내려갈 정도로 좁아져 있었고, 철로 된 물통은 층층이 돋아난 살얼음과 부딪히며 기이한 마찰음을 냈다. 샤 감독은 보석을 발견하기라도 한 것처럼 여러 위치에서 녹음했다. 그녀는 정말 워커홀릭이었다. 이 아이가 물에 빠지기라도 하면, 그녀는 아이가 물에 빠지는 퐁당 소리까지 녹음하고 나서야 아이를 구해줄 것이다.

긴 쇠사슬이 끝에 도달했다. 아이는 기민하게 움직였다. 깊은 지하에 있는 물통에 물이 채워지는 둔탁한 소리를 예민하게 포착한 아이는 바로 도르레를 돌렸다. 쇠사슬이 움직이는 소리는 요괴의 뼈가 엇갈리면서 나는 소리 같았다.

남자아이의 몸은 푸른 새우의 등처럼 구부러졌고, 입술은 힘껏 벌려져 있었다. 차가운 철제 도르레에 입이라도 맞출 것 같았다. 나는 아이를 도와주려는 마음에 걸음을 옮겼지만, 곧장 대자로 넘어지고 말았다. 샤 감독이 나를 노려보았다. 갑작스레 난입한 잡음이 강철로 이루어진 교향곡의 순수한 아름다움을 망가뜨렸기 때문이었다.

나는 아이에게 무슨 일이 생길 줄만 알았지만, 아무 일도 일어나지 않았다. 남자아이는 너무나 멀쩡하게 물을 두 통이나 길었고, 떠날 준비를 했다.

샤 감독은 물었다.

"넌 이름이 뭐니?"

"훠스요."

나는 물었다.

"너는 몇 살이니?"

"열다섯이요."

나는 깜짝 놀랐다.

"나이가 그렇게 많다고?"

워낙 메마르고 작은 체형이라 나는 그가 많아 봤자 열 살 정도일 줄 알았다.

"제가 그런걸로 왜 속이겠어요?"

훠스는 목을 뻣뻣이 세우며 반문했다. 눈빛에 고집이 가득했다.

생각해보니 아이의 말에도 일리가 있었다.

"학교는 다니고 있니?"

샤 감독의 물음에 훠스는 답했다.

"다녔어요."

"몇 학년인데?"

"삼학년이요."

"여기 학교에 삼학년은 없지 않아?"

"개네는 지금 오학년이에요."

손가락을 꼽아가며 계산을 해보자 아이가 학교를 다니지 않은지 벌써 두 해나 된 셈이었다.

샤 감독은 물었다.

“학교는 왜 안 다니는 거야?”

뻔히 알면서도 물어보는 질문이었다. 그러나 샤 감독은 자기 작품의 진실성을 위해 이렇게 사람의 상처에 소금을 뿌리는 짓을 전문적으로 행했다. 이런 질문을 많이 할수록 잔인함이 진실함에 가깝다고 여기는 재미를 느끼게 된다.

“돈이 없어서요.”

“돈이 왜 없는데?”

이런 질문에는 보통 두 종류의 답이 따라오기 마련이었다. 하나는 돈을 벌지 못하기 때문이었고, 다른 하나는 돈을 너무 많이 써서였다. 예를 들어서 집에 환자가 있으면 돈을 많이 쓸 수밖에 없었다. 내가 훠스의 집이 이 중 어느 상황에 속하는지를 가늠하고 있을 때, 훠스는 답했다.

“돈은 엄마가 가지고 있어요.”

나는 조금 이상하다고 여겼다. 우리는 함께 물었다.

“그러면 엄마는 어디에 있는데?”

“나도 몰라요! 엄마는 다른 사람이랑 도망갔다고요. 내가 필요 없대요. 엄마는 집에 있는 돈을 모두 들고 가버렸어요. 나랑 아빠만 남겨놓고서요. 아빠는 내게 공부를 시켜주겠다면서 산에 약재를 구하러 갔어요. 가장 가파른 절벽에서 패모(貝母)를 봤는데, 아빠만 본 게 아니라 다른 이들도 모두 봤죠. 하지만 누구도 그걸 따러 가지 않았어요. 절벽이 너무 높고 가팔라서……. 아빠만이 거기로 갔죠. 그리고 다시는 돌아오지 못했어요…….”

말을 뱉던 아이의 두 눈에서 맑은 눈물이 흘러내렸다.

샤 감독은 너무 흥분한 나머지 미친 것처럼 보였다. 그녀는 드디어 기준에 부합하는 아이를 찾아낸 것이다.

“그 뒤에는? 다른 가족은 없어?”

샤 감독은 더는 기다릴 수 없다는 듯 물었다. 나는 그녀의 말투에서 갈망을 읽어낼 수 있었다. 그녀는 훠스가 혈혈단신이 아니라는 게 한스러운 듯했다.

“나중에는 할아버지와 함께 살았어요. 할아버지는 나이가 많아요. 농사를 짓기는 하지만, 그걸로는 우리 둘이 먹고살기도 힘들죠. 저를 학교에 보내주려고, 할아버지는 현(縣)으로 가서 피를 팔았어요. 처음에는 병원에서도 할아버지의 피를 사줬는데 나중에는 안 된다고 했어요. 할아버지가 나이가 너무 많대요. 할아버지가 피를 주는 게 아니라 다른 사람이 할아버지에게 피를 줘야 한다고 했어요…… 그래서 저도 더는 학교에 갈 수 없었어요…….”

훠스는 손으로 얼굴의 눈물을 닦아낼 필요도 없었다. 바람이 눈물을 모두 말려버렸다. 얼굴이피를 살짝 보이며 텄다.

샤 감독은 조그맣게 중얼거렸다.

“좋아. 아주 좋아.”

다행히 아이는 그 말을 듣지 못했다.

샤 감독은 의심의 여지가 없다는 듯 확신하며 말했다.

“우리를 너희 집으로 데려가줘.”

훠스는 얼버무렸다.

"저희 집은 아주 가난해요. 매우 더럽고요……."

샤 감독은 말했다.

"가난해야 해. 더러워야 하고."

아이는 당연히 샤 감독의 말을 알아듣지 못했다.

아이는 짐을 챙긴 뒤 아주 힘겹게 걸으며 돌아갔다. 나는 돕고 싶었지만, 샤 감독은 몸짓으로 돕지 말라고 했다.

"잠깐은 도와줄 수 있어도, 평생을 도와줄 수는 없잖아요? 게다가 부주의하게 넘어지기라도 하면, 내 일을 제대로 할 수가 없어요. 걱정할 거 없어요. 아이가 오랫동안 해온 일이잖아요. 그렇게 약하지는 않아요."

샤 감독은 말을 뱉으며 마이크를 다시 들었다. 훠스의 무거운 발걸음 소리…… 쌓인 눈이 밟히면서 나는 소리…… 물이 찰랑거리며 나는 소리…….

드디어 낮은 흙집에 도착했다. 마당에는 잡초가 무성하게 자랐고, 하얗고도 투명해진 풀잎은 초혼을 위한 조기(弔旗)처럼 흔들렸다. 강한 햇빛만 아니었다면 귀신이 나타나는 곳이라고 느껴질 법한 곳이었다.

훠스가 크게 소리쳤다.

"할아버지, 손님이 왔어요."

조급하게 내뱉는 말에서 그가 아직 아이라는 게 느껴졌다.

노쇠한 목소리가 답했다.

"우리 집에 손님은 무슨 손님이야."

짙은 술 냄새가 전해졌다.

집안은 밤처럼 어두웠다. 잠시 시간이 지나고 나서야 구들 위에 몸을 웅크리고 있는 노인이 보였다. 관절이 튀어나온 손은 깨진 질그릇 안에 있는 씨앗을 휘젓고 있었는데 동작이 아주 느렸다. 한 번 저을 때마다 힘을 모두 소진한 듯 더는 손을 움직이지 못했다. 그의 손은 한참을 쉬고 나서야 다시 멧돌처럼 돌기 시작했다.

그의 손가락은 뼈가 굵었고, 각 마디가 붉게 부어 있어 나무로 만든 반지를 끼고 있는 듯했다. 그래서 그의 손에는 옹이가 열 몇 개나 있는 듯했고, 팔은 오래된 덩굴 같았다.

가이드는 우리를 대신해 인사를 하면서 말을 걸었다.

"씨앗을 이렇게 일찍 섞으세요?"

"이르지 않아."

할아버지는 밖에 있는 손자가 물을 붓는 걸 보며 말했다.

"내가 언제 죽을지 모르니까. 귀리 씨를 미리 섞어놓지 않으면 훠스가 무슨 수로 심겠어? 잘 섞어놔야 죽어서도 편히 눈을 감지."

마침 훠스가 안으로 들어오자 할아버지가 말을 이었다.

"왜 술로 귀리를 섞냐고 물어봤지. 여기에는 이야기가 하나 있어."

테이프가 소리를 내며 돌아갔다…….

샤 감독은 녹음기를 정리하며 만족스럽게 말했다.

"어르신. 몸조리 잘하세요. 괜찮아지실 거예요."

그렇게 작별을 고하려고 했을 때였다.

노인이 갑자기 훠스에게 일을 시켰다.

"멀쩡한 그릇 두 개를 찾아서 이웃집으로 가서 끓인 물을 얻어와. 멀리서 온 손님이잖아."

나는 괜찮다고 말하려고 했지만, 샤 감독이 나를 노려보아 입을 다물었다.

훠스의 모습이 더는 보이지 않게 되었을 때, 할아버지는 황급하게 물었다.

"자네들처럼 밖으로 다니는 이들은 보는 것도 많고 아는 것도 많지. 내가 자네들에게 부탁하고 싶은 일이 하나 있어."

샤 감독은 말했다.

"무슨 일인데요. 편히 말씀하세요."

노인의 눈이 전구처럼 갑자기 반짝였다.

"솔직한 말을 듣고 싶어. 자네들이 보기에는 내가 언제 죽을 수 있을 것 같은가?"

우리는 말문이 막혔다.

"그건……."

노인은 자랑하듯 손을 뻗으며 말했다.

"병원에서 그랬네. 나처럼 심각한 병증이 있는 이는 몇 년에 한 번 만날까 말까 하다고. 그래서 이 뼈를 병원에 팔았어. 해부용으로 말이야. 다행히 내가 앓고 있는 병이 많거든. 안 그랬으면 병원에서 원하지 않았을 거야."

그는 우울해하며 말을 이었다.

"빨리 죽으면 좋겠어. 그래야 손자에게 밥값이라도 남기지. 내가 촌장에게 말을 해뒀어. 숨이 끊어지면 바로 병원으로 보내라고 말이야.

그런데 이렇게 늙었는데도 죽지를 않아. 마음이 조급하다고. 혹시라도 같은 병에 걸린 이가 나보다 먼저 죽으면, 병원에서 나를 필요로 하지 않을 게 아닌가. 그러면 어쩌지?"

샤 감독은 또박또박 강조하며 말했다.

"그 일은 걱정하지 않으셔도 될 거예요."

아주 모호한 말이었다.

"그 일"은 뭘 말하는 걸까? 병원이 시신을 해부하는 거? 아니면 손자의 앞으로의 운명?

할아버지는 누가 봐도 전자로 받아들인 듯했다.

"병에 딱 두 개만 더 걸렸으면 좋겠어. 그러면 병원이 틀림없이 날 필요로 할 테니까. 자네들은 좋은 사람들이지. 도시에서 온 수모 낭랑이야!"

빙글빙글 돌아가던 테이프는 A면에서 B면까지 갔다. 샤 감독은 다 들은 테이프를 다른 테이프들이 가지런히 담긴 곳에 넣었다. 그 모습이 마치 판매를 준비하기 위해 미리 익혀놓은 호떡을 세워놓는 것 같았다.

내가 직접 경험한 일이었기에 처음에 테이프를 들을 때만 해도 내 마음은 다른 곳에 있었다. 그러나 진실한 목소리에는 사람의 마음을 아프게 만드는 힘이 있었고, 변방의 바람 소리는 우리를 사로잡았다. 샤 감독의 거실은 호화롭다고 할 수는 없는 곳이었지만, 녹음된 세계와 강한 대조를 이뤘기에 마치 딴 세상에 있는 것처럼 느껴지게 만들었다.

샤 감독은 말했다.

"너무 오래 걸려서 미안해요. 마지막 테이프 하나가 남기는 했는데,

그냥 하도록 하죠? 학생, 읽을 거 가져왔나요? 자기 작품을 낭독하는 것부터 시작하죠. 그러면 자기 실력을 더 잘 드러낼 수 있거든요."

나는 샤 감독이 지금 일부러 이러는 거라는 걸 알고 있었다.

스스는 아직 바람에서 벗어나지 못한 듯 멍한 얼굴로 물었다.

"그래서요? 훠스가 물을 빌려온 다음에는 어떻게 된 거예요?"

스 사장은 말했다.

"스스는 다른 아이들과 달리 자기 작품을 읽는 걸 좋아하지 않아요. 저도 아이를 낭송가로 만들 생각이 없고요. 그저 아이가 여러 경험을 해보면 좋을 것 같아서 온 거예요. 아직 시간이 충분하고, 선생님은 해야 하는 일을 다 못하신 거니까요. 마지막 테이프까지 다 듣고 난 다음에 저희 일을 진행하면 어떨까요."

정말 빈틈이 없는 여성이었다. 자기 딸이 듣고 싶어하는 게, 자기 자신이 다음 테이프를 듣고 싶어 하는 게 분명한데도 마치 다른 이를 위해 양해를 해주겠다고 말하다니.

샤 감독은 사양하지 않고 기꺼이 호의를 받아들이겠다는 듯한 모습으로 마지막 테이프를 카세트 안에 넣었다.

우리는 다시 학교로 돌아가 선생님에게 물었다.

"훠스는 공부를 잘 하나요?"

젊은 교사는 말했다.

"학교를 다닐 때 국어와 산수를 아주 빼어나게 잘했어요. 재능이 있는 아이예요. 나중에 엄마가 모피 수매꾼과 도망을 가버리는 바람에 학업 실력이 좀 떨어졌죠. 그래도 반에서 여전히 우등한 수준이었어요. 나중에 아버지가 절벽에서 떨어져 죽으면서 학비를 낼 수가 없게 되었죠. 처음에는 제가 대신 내줬는데, 나중에는 저희 민영 학교 교사들의 월급이 자주 밀리면서 저도 대신 내줄 수가 없게 되었어요. 학비를 대겠다고 훠스 할아버지가 피를 팔았었죠. 그때 훠스는 정신이 없는 것처럼 보였어요. 좀 더 지나고 나서는 아예 학교를 안 오게 되었고요……."

짧은 공백이 이어졌다.

"도시에서 온 수모 낭랑님들, 잠시 기다려주세요."

"훠스, 왜 뛰어왔어?"

"배웅해드리려고요."

가이드는 말했다.

"배웅을 왜 해? 꼬마야. 이분들은 신선 노릇을 하러 도시로 돌아가는 것뿐이야. 가서 할아버지 곁에 있으렴. 살날이 얼마 안 남으신 것 같더라."

내 목소리가 나왔다.

"훠스, 이 돈은 내가 네게 주는 선물이야. 큰 도움이 되지는 못하겠지만, 할아버지에게 약이라도 지어드리렴."

"좋으신 분, 감사해요."

샤 감독은 말했다.

"훠스. 네 주소를 기억해뒀어. 앞으로 네게 편지를 써줄게. 편지에 적힌 대로 하면 되는 거야. 알겠지?"

"네."

나는 말했다.

"훠스, 그러면 집으로 돌아가도록 해. 너무 오래 나와 있으면 할아버지도 걱정하실 거야."

"네."

"그러면 우리 다음에 또 보자."

"네."

긴 공백이 이어졌다.

샤 감독은 물었다.

"그런데 훠스, 왜 아직도 안 가니?"

"전……."

샤 감독은 말했다.

"꼬마야, 말해보렴. 하고 싶은 말이 있으면 우리에게 해. 다만 우리가 돌아갈 차비를 제외하면 가지고 있는 돈이 별로 없단다. 너를 만나게 될 줄은 나도 몰랐거든. 며칠 전에 학비를 내지 못하는 아이에게 벌써 돈을 줘버렸어……."

훠스는 간절히 물었다.

"낭랑, 제가 묻고 싶은 게 있어요. 녹음했다는 이 소리들 말이에요. 라디오에서 틀어주는 건가요? 중국 어느 산에서든, 어느 강에서든, 모든 사람이 들을 수 있나요?"

샤 감독의 목소리가 들렸다.

"누가 그런 소리를 했는데?"

"선생님이 추측하신 거예요. 선생님은 우리 마을에서 가장 배운 게 많은 사람이에요."

"틀린 말은 아니야."

"아, 낭랑. 제가 무릎을 꿇을게요. 부탁하고 싶은 게 있어요."

쿵 하는 소리와 함께 무릎이 쌓인 눈을 파고드는 소리가 났다.

"꼬마야. 이러지 마. 남자의 무릎은 황금처럼 소중한 법이란다."

샤 감독의 목소리와 함께 쏴쏴 바람 부는 소리와 부축하는 소리가 났다.

"낭랑, 제가 어머니에게 하는 말을 녹음해주세요. 아침이랑 점심 그리고 저녁에 한 번씩 틀어준다면, 어머니도 제 목소리를 들을 수 있을 거예요……."

"훠스, 내가 약속할게."

경미한 기침에는 아이가 억제하지 못한 긴장과 흥분이 담겨 있었다.

"엄마, 내가 말하는 소리가 들려요? 훠스예요……. 중국에 훠스라고 불리는 아이가 또 있을지 모르겠네요. 엄마, 저는 위안터우랑의 훠스예요. 엄마…… 보고 싶어요. 어서 돌아오세요. 더는 엄마를 화나게 하지 않을게요…… 저는 이제 일도 잘해요. 산에서 약재도 캐고요, 귀리도 심고, 다 할 수 있어요. 제가 엄마를 먹여 살릴 수 있어요……. 저는 공부도 할 거예요. 큰일을 할 거예요. 높은 사람이 될 거예요. 어디 나가서 자랑스러운 그런 사람이요. 커다란 붉은 말을 타고 엄마를 보러 집으로 올 거예요. 엄마를 데리고 밖으로 놀러도 갈 거예요……. 엄마, 아빠가 엄마를 때릴 걱정은 하지 않아도 돼요. 아빠는 좋은 사람이에요……. 아빠는 이제 없어요. 저를 공부시키겠다고 산에 갔다가 떨어져서 죽었어요……. 할아버지도 얼마 못 산대요. 할아버지도 죽으면, 이제 세상에는 저만 남는 거예요. 엄마. 훠스를 보러 돌아오세요……. 엄마, 보고 싶어요……."

끝을 알 수 없는 침묵.

어디에든 있는 변방의 바람 소리.

그리고 옅은 울음 소리.

스스의 눈물이 그녀가 가져온 몽롱시 선집 양장본 위로 떨어졌다.

샤 감독은 티슈를 뽑아 우리에게 하나씩 주었다.

스 사장은 예의 바르게 거절했다.

"고맙습니다. 저는 괜찮아요."

정말이었다. 그녀의 얼굴은 메마른 사막처럼 눈물 흔적을 찾을 수 없었다.

스 사장은 내게 말을 걸었다.

"스스가 펑펑 울 수 있게 그냥 두죠. 평소에는 울만 한 일이 별로 없거든요. 우리는 잠시 밖에 있을까요?"

밖이라는 곳은 사실 샤 감독의 밀폐형 테라스를 말했다. 도시의 겨울 햇빛이 환하게 쏟아 들어오는 그곳은 따뜻함이 정체된 듯 머물러 온실처럼 느껴졌다.

다만 화분이 하나도 없었다. 샤 감독은 자기가 출장이 잦아서 생명체를 키울 수 없다고 했다.

"저게 다 진짜인가요?"

담배에 불을 붙인 스 사장이 알루미늄 창틀에 담배 연기를 뿜었다.

"그럼요. 이건 가짜일 수 없죠. 그리고 뭐하러 그러겠어요?"

내 반문에 그녀는 여전히 긴 담배의 불을 끄면서 말했다.

"모르죠. 이건 여러분들이 대답해 줘야 하는 문제고요. 제 딸을 여기에 끌어들였잖아요."

나는 반박했다.

"끌어들였다고요? 우리는 그저 녹음 프로를 하나 같이 들었을 뿐이에요. 그것도 선생님이 듣겠다고 했던 거죠."

그녀는 미간을 조금 찌푸렸다.

"이 일이 어쩌다가 시작되게 된 건지는 우리도 캐묻지 않을 거예요. 지금 우리가 당면한 문제는 제 딸이 절대 여기서 멈추려고 하지는 않을 거라는 거죠."

정말이었다. 테라스와 거실 사이에 있는 유리문을 지나 스스의 목소리가 전해졌다.

"그래서요? 그래서 어떻게 된 거예요?"

샤 감독은 말했다.

"그래서는 없어. 우리는 여기로 돌아왔으니까."

"왜요. 그 뒤에 어떻게 되었는지 뭐가 있을 거 아니에요. 훠스가 가져온 끓인 물은요. 그걸 마셨어요?"

나는 거실 안으로 들어가며 말했다.

"우리는 끓인 물을 마시지 못했어. 이웃집에도 끓인 물이 없었거든. 이웃집이 바로 물을 끓여주겠다고 했을 때, 우리는 벌써 떠났지."

스스는 중얼거렸다.

"그러면 훠스가 힘들어했을 거예요. 기억을 떠올릴 때마다 힘들어할 거예요."

나는 이해할 수가 없었다. 도시의 소녀는 어째서 물 한잔에 연연하는 걸까.

샤 감독은 냉랭하게 말했다.

"훠스는 그렇지 않을 거야. 걔는 산에서 약재를 캐고, 아픈 할아버지를 돌보느라 바쁘거든. 그런 사소한 일을 몇 번이나 생각하지는 않을 거야."

스스는 말했다.

"엄마, 우리가 훠스를 도와줘요. 앞으로 돈을 많이 쓰지 않을게요. 조금만 내어주더라도 훠스를 대학에 보내기에는 충분할 거예요."

그 말에 모두가 놀랐다.

스 사장은 의미심장한 눈빛으로 나를 흘깃 보았다.

나는 안도의 한숨을 내쉬었다. 이 모든 게 샤 감독이 기획한 대로 진행되고 있었다. 그녀는 지금 삶을 연출하고 있었다.

그러나 샤 감독은 지금 상황과 무관한 외부인인 것처럼 굴었다.

스 사장은 말했다.

"우리 딸, 엄마는 너 하나를 돌보기에도 벅차. 돈이 없어서 그러는 게 아니라 심적인 여력이 없어서 그런 거야. 사람은 물건이 아니란다. 개나 고양이도 아니야. 네가 신경 쓰고 싶을 때 신경 쓰고, 버리고 싶을 때 버릴 수는 없어. 끝까지 책임을 져야 해."

스스는 원망하며 말했다.

"엄마! 그건 저도 알아요. 평소에 저보고 다른 사람을 사랑하라고 하시더니, 다 거짓말인 거죠. 이렇게 불쌍한 아이가 있는데 돕지 않으려고 하시다뇨. 샤 할머니. 제게 훠스의 주소를 알려주세요. 앞으로 저는 아침밥을 먹지 않을래요. 그 돈을 아껴서 훠스에게 보내줄 거예요."

놀랍게도 유약해 보이는 소녀는 성격이 불 같았다.

스 사장은 말했다.

"스스, 우리 좀 장기적인 계획을 해보는 건 어떨까? 걸핏하면 굶겠다며 협박하지는 말고."

스스는 말했다.

"옛날에 그랬던 건 다 가짜고, 지금은 진짜예요. 내일 아침부터 굶을 거예요."

샤 감독은 스 사장에게 말했다.

"일단 집으로 돌아가서 천천히 상의를 해보세요. 이제 스스가 시를 읊었으면 하는데요. 그래야 녹음에 적합한지를 알 수 있죠."

스스는 말했다.

"안 읊을 거예요. 세상은 전혀 시적이지 않거든요."

스 사장은 딸의 말을 무시하고는 우리에게 물었다.

"훠스의 사진이 있나요?"

샤 감독은 말했다.

"저는 이미지를 싫어해요. 제게는 소리만이 모든 것이죠."

스 사장은 말했다.

"백문이 불여일견이라잖아요."

나는 말했다.

"눈 위에 서 있는 훠스를 찍은 사진이 한 장 있어요. 다만 얼굴이 잘 안 보여요."

스 사장은 말했다.

"어서 제게 보여주세요."

나는 그녀에게 사진을 건넸다. 그녀는 한참을 집중해서 보다가 말했다.

"괜찮네요. 호감이 가는 얼굴이에요."

그런 뒤에는 탄식하며 말했다.

"제 딸을 위해서, 제가 이 아이의 학업을 후원하겠어요."

"엄마, 엄마는 세상에서 가장 좋은 엄마예요."

* * *

위안터우랑의 훠스에게.

안녕!

내 편지를 받아서 많이 놀랐지. 내 소개를 먼저 할게. 나는 스스야. 샤 할머니를 통해서 네 이야기를 알게 되었어. 나는 너와 친구가 되고 싶어. 아침 식사할 돈을 아껴서 네게 보내. 이제 너도 학교에 갈 수 있을 거야. 우리는 동갑이야. 내가 너보다 한 학년이 더 높지만, 나는 네가 학교로 돌아간다면 금방 따라잡을 거라고 생각해.

베이징의 스스가.

베이징의 스스에게.

안녕!

내 마음을 어떻게 표현해야 할지 모르겠어. 나는 시골 아이라서 말을 잘 못 해. 하지만 세상에 착한 사람이 많다는 건 알아. 고마워. 나와 할아버지는 네게 고마워하고 있어. 네가 보낸 돈은 벌써 받았어. 나도 학교에 다시 다니고 있어. 오랫동안 공부를 안 해서 글자를 많이 까먹었어. 쓰는 것도 잘 못 하고. 편지를 읽고 웃지는 말아줘. 이 편지는 내가 초고를 쓴 뒤에 선생님께 보여드렸다가 다시 써서 네게 주는 거야. 네가 매일 아침을 먹지 못한다는 걸 생각하면 나는 마음이 아파. 나는 배고픔이 어떤 건지 잘 알거든. 다른 말은 하지 않을게.

위안터우랑의 훠스가.

위안터우랑의 훠스에게.

안녕!

네가 보낸 편지를 받았어. 나는 정말 기뻐. 네 편지를 엄마에게 보여줬는데, 엄마는 네가 아주 겸손하다고 했어. 그리고 네 글씨가 단정하다고 칭찬도 하셨는걸. 내 아침 식사는 걱정할 필요가 없어. 엄마를 감동시켰거든. 엄마가 우리를 돕겠다고 약속하셨는걸! 네가 이 편지를 받은 지 얼마 되지 않아서 선물을 하나 받게 될 거야. 그게 어떤 선물인지는 잠시 비밀로 할게. 받으면 바로 내게 답신을 보내줘.

참, 네 시험 성적을 내게 알려주는 것도 잊지 마. 엄마가 엄청 궁금해하거든. 나는 몰라도 괜찮지만.

베이징의 스스가.

베이징의 스스에게.

안녕!

네가 보낸 소포를 받고 나는 울었어. 이제껏 살아오면서 그렇게 좋은 옷은 한 번도 입어본 적이 없거든. 그리고 그렇게 예쁜 필통도 처음 봤어. 할아버지가 내게 베이징이 있는 방향을 향해서 세 번 절을 하게 하셨어. 선생님도 열심히 공부하는 것만이 보답하는 거라고 말씀하셨어. 내 시험 성적을 물어봤지. 좀 부끄러운데. 학교로 돌아간 지 얼마 되지 않아서 국어는 어찌어찌 괜찮지만, 산수는 아직 못 알아듣는 부분이 많

아. 그래서 이번에는 산수 성적이 나쁘게 나왔어. 87점이거든. 국어는 98점이고. 나는 계속 노력할 거야. 다른 말은 하지 않을게.

위안터우랑의 훠스가.

위안터우랑의 훠스에게.

안녕!

엄마가 너는 아주 착한 아이라고 하시더라. 솔직하게 말할 줄 안다고 말이야. 우리는 네가 빠르게 진도를 따라잡을 거라고 생각해. 있잖아. 너랑 논의하고 싶은 게 하나 있어. 우리가 편지를 이렇게 오랜 시간 동안 나눴는데, 네 생김새가 어떠한지도 나는 아직 모르잖아. 나랑 엄마는 너를 베이징으로 초대하고 싶어. 편지로 차비를 같이 보낼게. 기차를 타기 전에 내게 전보를 보내줘. 내가 널 데리러 갈게.

만나서 다시 이야기하자.

베이징의 스스가.

나는 위의 내용을 적은 원고지를 샤 감독에게 전했다. 그녀는 늙은 고양이처럼 가죽 소파 위에 웅크려서는 눈빛을 밝히며 원고를 읽었다.

솔직히 말해서 데뷔작을 투고해 편집자의 답변을 기다렸을 때보다 더 불안했다.

사흘 전, 변방 인터뷰를 위해 그녀를 초대하는 부분을 녹음했을 때, 샤 감독은 말했다.

"작가 선생님이 대필 좀 해주시죠."

"감독의 다른 이름은 사기꾼인가보죠?"

그녀는 개의치 않으며 말했다.

"마음대로 하세요. 하지만 일이 벌써 여기까지 진행되었잖아요. 우리는 모두 강을 건너는 졸개일 뿐이에요. 퇴로 같은 건 없죠."

"감독님만 그런 거죠. 저는 무고한데요. 완전히 우정 출연일 뿐이에요. 언제든 빠져나갈 수 있다고요."

그녀는 초췌해진 낯빛으로 말했다.

"당신의 말이 기본적으로는 사실이죠."

"당신을 알게 된 건 정말 불운이었어요."

그녀는 빙긋 웃으며 말했다.

"그 불운이 끝나는 날이 빠르게 올 거예요."

그러더니 종이 한 장을 내어주며 말을 이었다.

"원래는 보여주지 않을 생각이었어요. 하지만 원성이 자자하니 먼저 보여줄 수밖에요. 보고 안심하라고요."

종이를 본 나는 크게 놀라 한참이나 말을 뱉지 않았다.

"왜 이런 고생을 해요?"

내 말에 샤 감독은 잠시 기뻐하며 말했다.

"좋아하니까요."

두 아이의 말투를 모방해 편지를 주고받는 걸 써달라면서 그녀는 내게 이렇게 당부했다.

"정말 미안해요. 하지만 반드시 마감 날짜에 맞춰서 원고를 줘야 해요."

그만두려고 해도 그만둘 수가 없으니 어쩔 수 없이 글을 써야 했다.

샤 감독이 돋보기안경을 내려놓으며 말했다.

"스스의 말투가 좀 유치한 것 같은데요."

"감정이 드러나야 감동을 주죠."

"그러면 이렇게 하죠. 제가 이걸 스 사장님께 보여드릴게요. 그녀가 동의하면 우리가 훠스의 선생님에게 편지를 씁시다. 그러면 그 선생님이 아이를 베이징으로 데려오는 일을 처리해줄 거예요. 훠스가 베이징에 도착한 뒤에는 우리가 전체 과정을 따라다니면서 녹음을 하고요. 그러면서 두 아이에게 미리 써놓은 편지를 읽게 하는 겁니다. 그걸 편집하면 작업도 마무리될 거예요."

나는 한참이나 말하지 않다가 답했다.

"스 사장님이 그렇게 쉬이 설득될만한 사람은 아닐 것 같은데요."

샤 감독은 왼쪽 가슴을 두드리며 말했다.

"요새는 내부에서 공격했을 때 가장 쉽게 무너지는 법이죠."

* * *

전보가 왔다. 나와 샤 감독 그리고 스스와 스 사장은 훠스를 마중하기 위해 대규모의 팀을 구성했고, 저녁 무렵에 기차역에 도착했다. 교통 체증을 대비해 시간도 충분히 예비했다.

플랫폼에 일찍 들어가 무료하게 기다렸다.

스 사장과 나는 커다란 대리석 기둥 뒤에 서 있었다. 무거운 그림자는 서로의 표정을 볼 수 없게 만들었다.

"솔직히 말할까요. 저는 이제껏 이렇게 정중하게 누군가를 맞이한 적이 없어요. 친정어머니까지 포함해서요."

그녀의 말에 나는 답했다.

"저도요."

"웃기지 않아요?"

"그런데도 온 이유는 뭔가요?"

"딸이 기뻐하는 걸 보기 위해서죠."

그녀의 간단한 답변에 나는 샤 감독이 없어서 다행이라고 생각했다. 만약 이 대화를 녹음해 들려주었더라면, 자기가 제대로 녹음하지 못한 것에 화가 나서 코가 다 삐뚤어졌을 것이다.

방송이 울렸다. 훠스가 탄 기차가 플랫폼에 진입하고 있었다. 나는 어둠 속에서 걸어 나왔고, 나도 모르게 긴장을 했다. 나 때문에 긴장한 게 아니라 훠스 때문에 긴장했다. 시골에 사는 고학생이 이렇게 성대한 마중을 본 적이 있을까?

샤 감독이 기계를 손에 들며 내게 말했다.

"이따가 기차가 들어올 때, 앞으로 가지 말아요."

"좋아요. 친한 사람 역할은 감독님께 양보하죠."

"저도 양보할 거예요. 스스 모녀가 주인공이 되어야죠."

"하지만 그들은 서로를 모르잖아요!"

"그러니 희극적이죠."

기차가 경적을 울리더니 숨을 내쉬며 다가왔다. 샤 감독은 큰 스카프로 자기 몸을 미라처럼 휘감고 있었다. 나조차도 그녀를 알아볼 수가 없었다. 그녀는 아무 일도 없다는 듯 시치미를 떼면서 스스 주변을 돌았다.

기차 문이 열렸다. 여행객들이 큰 가방과 작은 가방을 들고는 천천히 밖으로 나왔다. 스스 모녀는 기차 중앙에 서 있었다. 한 명은 앞쪽을 보았고, 다른 한 명은 뒤쪽을 보았다. 사실 그들은 훠스가 어떻게 생겼는지를 몰랐다. 모호한 사진 한 장만 봤을 뿐이었다. 그들이 상상하고 있는 화석의 모습은 얼이 빠진 채로 커다란 보따리를 들고 있는 작은 남자아이였다.

샤 감독도 매우 긴장하고 있었다. 희극적인 장면을 놓칠까 봐 걱정했기 때문이었다.

나는 머리를 이리저리 돌리면서 주변을 살펴보았다.

여행객들이 모두 기차에서 내렸는데도 훠스가 보이지 않았다.

이상하다! 샤 감독은 전보를 꺼내서 확인했다. 맞는데. 바로 이 열차인데. 위안터우랑의 문인 분위기를 풍기던 젊은 청년은 훠스와 함께 장거리 버스를 타고 기차역까지 간 뒤에 그를 기차에 태웠을 터였다. 문제가 생길 리가 없었다.

의심스러운 가운데 작은 그림자 하나가 어둠 속에서 튀어나왔다.

스 사장이 깜짝 놀라 외쳤다.

"어, 너 훠스지? 네가 내리는 걸 본 사람이 없는데?"

훠스는 그녀의 말에 답하지 않았다. 그녀가 누구인지 몰랐기 때문이었다. 대신 나를 보며 말했다.

"낭랑. 저는 다른 사람 뒤에 바짝 붙어서 내렸어요. 할아버지가 그러셨거든요, 낯선 곳에 가면 일단 구석에 숨어 있으라고요. 상황을 살핀 뒤에 행동하라고 하셨어요."

나는 웃을 수도 울수도 없어 이렇게 말했다.

"할아버지는 잘 지내시지?"

훠스는 곧 울음을 터뜨리며 말했다.

"할아버지는 돌아가셨어요."

이런 상황에서 어떻게 녹음을 하겠는가?

샤 감독도 어쩔 수 없이 모습을 드러냈다. 훠스는 아는 이를 보자 조금 안정을 취했다. 샤 감독은 스스 모녀를 그에게 소개해주었다. 훠스는 침묵할 뿐 특별히 다른 말을 하지 않았다.

오히려 긴장을 한 건 스스였다. 커다랗고도 못생긴 인형을 보기라도 한 것처럼 호기심이 가득한 눈빛으로 훠스를 살펴보았다.

"어, 샤 할머니가 네가 매우 가난하다고 하셨는데. 그런데 입은 옷이 그렇게 낡지는 않았네?"

그녀의 진지한 질문에 훠스는 답했다.

"상경하기 위해 멀리까지 오는 건데 낡은 옷을 왜 입어? 이건 선생님이 빌려주신 거야. 평소라면 안 빌려줬겠지만, 이번에는 다르니까. 다들 그랬어. 이번에 상경하면, 귀인과 인연을 맺을지 모른다고, 나중에 내 덕을 볼지도 모른다고 말이야. 그래서 흔쾌히 내게 옷을 빌려줬지."

스스는 말했다.

"귀인이 누구인데?"

나는 다급하게 화제를 돌렸다.

"훠스, 오늘 밤에는 스스네 집에서 자렴."

대화를 나누면서 우리는 기차역에서 나왔고, 스 사장의 벤츠 차량에 탔다. 추가 좌석을 펼쳤는데도 내부가 꽤 넓찍했다.

마침 화려한 조명을 켜는 시간이었다. 무수히 많은 네온사인이 동방의 고도(古都)를 장식해 찬란한 궁전으로 만들어주었다. 훠스는 두 손을 유리 창문에 대면서 큰소리로 외쳤다.

"와! 여기가 베이징이구나. 나는 널 본 적이 있어! 너는 이렇게나 밝구나. 저녁인데도 이렇게 밝다니. 그러면 낮에는 빛이 너무 강해서 사람들이 눈이 다 멀겠는걸! 사람은 왜 이렇게 많은 거지. 위안터우랑 사람들 백 명을 다 모은 것보다도 많은데! 집은 또 왜 이렇게 높아. 수모궁보다 훨씬 더 높잖아. 수모 낭랑은 신선이 괜히 되었어. 이렇게 넓은 집에서 살지도 못하고 말이야! 그리고 길은 왜 이렇게 평평해. 여기다 붉은 귀리를 말릴 수 있겠지? 차가 이렇게나 많다니. 베이징 사람 한 명이 대체 차를 몇 대나 가질 수 있는 거야……."

우리는 모두 침묵했다. 오직 샤 감독만이 긴장한 채로 일을 할 뿐이었다. 현대 문명을 접해본 적이 없는 가난한 학생의 헛소리를 그녀는 영원히 남겨놓았다.

샤 감독은 지시했다.

"말할 때는 방언을 그대로 쓰렴."

샤 감독은 훠스의 시골 특색을 살리기 위해서 훠스의 말투에 특징이 있었으면 했다. 훠스도 처음에는 그녀의 말을 들었지만, 나중에는 말투가 점점 변했다.

스 사장은 말했다.

"다 왔어."

그런 뒤에 말을 이었다.

"먼저 밥부터 먹죠. 사람을 마중하느라 밥도 못 먹었잖아요. 훠스도 배고프지?"

스 사장은 차를 몰고 오성급 호텔로 갔다.

휘스의 넋이 나간 듯한 시선은 여전히 창문 밖에 머물러 있었다. 그는 밖을 보며 말했다.

"안 먹었어요. 선생님이 샤오빙[5]을 사주기는 했는데. 아까워서 안 먹었어요……."

마침 저녁을 먹을 시간이라 호텔에는 사람이 많았다. 스 사장이 운전한 차량은 두 바퀴를 돌았는데도 댈 자리를 찾지 못했다. 어렵사리 빈 자리를 찾아서 차를 세웠다.

붉은 옷을 입은 경비가 다가와 말했다.

"죄송합니다, 여사님. 여기는 저희 호텔의 사장님 전용 자리라서요. 여기에는 차를 대시면 안 됩니다. 뒤쪽에 주차장이 있어요."

스 사장은 자기 명함을 그에게 건네주며 지시하듯 말했다.

"사장이 안 돌아오면 빈자리에 세운 걸로 치고요. 혹시라도 돌아오면 내 명함을 사장에게 전해줘요. 내 차라고 하면 뭐라고 하지 않을 겁니다."

경비는 주저했다. 스 사장의 위엄이 그를 놀라게 했지만, 그는 잠시 고민하다 말했다.

"명함을 봤는데도 저를 벌하겠다고 하시면 어쩌죠?"

"그러면 제 명함을 가지고 우리 백화점으로 와요. 내가 여기보다 훨씬 더 좋은 일자리를 마련해줄 테니까. 왜냐면 당신은 손님을 존중할 줄 알거든요."

붉은 옷을 입은 청년은 미소를 지으며 재빠르게 옆으로 비켜섰다.

우리 일행은 조명 빛이 휘황찬란한 홀로 걸어갔다. 대리석 바닥이 빛

5) 밀가루를 반죽해 납작하게 굽거나 기름에 지져서 만드는 빵.

을 반사하며 사람을 비췄다.

"우와, 우리집 구들 위에 있는 돗자리보다 빛나네."

"이 집은 무슨 나무로 지은 거예요? 세상에 이렇게 긴 마룻대도 있어요?"

"저 아주머니는 입에 뭘 바른 거예요? 어쩌면 수모 낭랑보다 더 예쁠 수 있죠?"

"세상에! 저 사람은 코가 왜 저렇게 높아요? 눈은 왜 파란색이에요?"

훠스는 신기한 세계를 향한 자신의 감상을 큰소리로 솔직하게 드러냈다. 주위에 있는 사람들의 시선은 전혀 신경 쓰지 않았다.

훠스 때문에 쑥쓰러움을 느낀 스스가 나를 쿡 찔렀다.

"아주머니. 훠스에게 좀 조용히 말해달라고 해주시겠어요? 사람들이 다들 그를 비웃고 있어요."

샤 감독은 지뢰를 탐색하는 군인처럼 녹음기를 들고 훠스 주변을 맴돌면서 이리저리 뛰어다녔다. 분주함에 오히려 기뻐하는 듯했다. 이제껏 그녀가 기다려왔던 순간이었기 때문이었다. 그러니 내가 방해를 한다면 절대 용납하지 않을 터였다. 또한 나는 훠스의 솔직함이 좋았고, 누가 보든 말든 상관없다고 생각했다.

호화로운 호텔 식당으로 들어간 뒤 사람들은 자리에 앉았다. 스 사장이 우리에게 메뉴를 주문하라고 하자 샤 감독은 말했다.

"스 사장님이 주문해주세요. 저는 값비싼 산해진미도 잘 먹지만, 나물이나 풀뿌리 같은 것도 잘 먹어요."

스 사장은 사치스러운 요리를 한가득 시켰다.

좋은 음식이 흐르는 물처럼 끊임없이 나왔다.

커다란 새우 요리가 나오자 종업원이 접시에 나눠서 담아주었다. 모두 일제히 젓가락을 들었지만, 훠스는 꼼짝도 하지 않으며 말했다.

"나는 큰 벌레 같은 건 안 먹어요."

다음은 브로콜리였다. 훠스가 채소를 보더니 낯빛을 바꾸며 말했다.

"이 채소는 나도 아는 거예요. 꽃양배추. 근데 색깔이 이상한데요? 독이 있는 게 틀림없어요."

아무리 권해도 입에 대려고 하지 않았다.

그다음은 자스민 쌀이었다. 훠스는 쌀알 몇 개를 먹어보더니 이렇게 말했다.

"이 쌀은 고무신 맛이 나네요."

훠스가 잘 먹지 못하는 걸 본 나는 스 사장을 팔꿈치로 살짝 쳤다. 스스만 보고 있었던 스 사장은 내 일깨움에 훠스를 보았고, 별일이 아니라고 생각했는지 손짓하며 종업원을 불렀다.

"저기요. 좀 더 시킬게요. 빨리 줘야해요."

종업원은 바로 펜을 들어 적으려고 했다.

"어떤 걸 드릴까요. 말씀만 하세요. 빠르게 만들어다가 드릴게요."

"홍사오러우[6] 하나 해주세요. 두툼한 돼지고기로, 지방이 많은 오겹살로요."

종업원은 곤란해했다.

"아, 손님, 죄송하지만 저희가 살코기 위주로 써서요. 재료가 없을 것 같은데요."

스 사장은 양보하지 않았다.

6) 간장과 설탕, 향신료를 넣고 오래 졸여서 만드는 음식.

"이 정도 수준의 호텔 레스토랑에서는 손님에게 없다고 하면 안 되죠."

"네…… 제가 가서 주방장과 논의를 해보겠습니다. 손님의 요구조건을 맞출 수 있도록 노력해보겠습니다……."

종업원이 몸을 돌려 떠나려고 했을 때였다.

스 사장이 기다란 손가락으로 식사용 냅킨을 한 번 툭 치며 말했다.

"잠시만요, 식사도 하나 추가할게요."

종업원이 공손히 말했다.

"말씀해주세요."

"워터우[7] 한 판 좀 시킬게요. 아뇨, 두 판이요."

종업원은 안도의 한숨을 내쉬었다.

"아, 그건 저희도 있습니다."

그러고는 말을 이었다.

"서태후가 즐겨 먹었다는 밤 가루로 만든 워터우 말씀이시죠?"

"밤 가루로 만든 워터우 말고요. 옥수수가루로 만드는 진짜 워터우요."

"그건……."

종업원은 난색을 표했다.

"그것도 없어요? 여기 오성급 호텔 레스토랑 아닌가요?"

스 사장이 아쉬움을 표하며 탄식하자 종업원은 이를 악물며 말했다.

"그건…… 아마 될 겁니다."

---

7) 옥수수나 수수 등 잡곡 가루를 원추형으로 빚어서 찐 음식이다. 중국 북방 지역에서, 특히 농민들이 주식으로 먹었다.

스 사장은 말했다.

"그리고 붉은 귀리 탕도 하나 주세요."

종업원은 어쩔 수 없다는 듯 말했다.

"붉은 귀리 탕은 저희 레스토랑에 확실히 없습니다. 주방장도 그런 음식은 들어본 적도 없을 거예요. 이건 저희가 정말 능력이 되지 않습니다."

"그러면 붉은 귀리 탕은 시키지 않을게요. 두 개는 가져다 주세요. 최대한 빠르게요."

스 사장의 분부가 끝났다.

우리가 파인애플과 망고, 멜론, 리치가 담긴 후식 접시를 받아서 맛보고 있을 때, 홍사오러우와 워터우가 나왔다. 훠스는 바로 두 눈을 밝히더니 음식을 마시듯 먹었다. 그런데 돌연 젓가락을 멈추며 눈물을 흘리더니 조금 뻣뻣한 식사용 냅킨을 보면서 넋을 놓는 게 아닌가.

나는 관심을 보이며 물었다.

"훠스, 왜 그래? 입에 안 맞아?"

"아뇨, 낭랑. 할아버지 생각이 나서요. 평생 살면서 이렇게 좋은 음식을 구경도 못 해보셨어요. 그걸 생각하니 더는 못 먹겠어요."

나는 그를 타일렀다.

"네가 배불리 먹으면 할아버지도 기뻐하실 거야. 네가 밥을 잘 안 먹으면, 할아버지가 속상해 하실 거고. 그렇지 않아?"

그래도 아이는 아이였다. 타이름 끝에 훠스는 다시 밥을 먹기 시작했고. 남김없이 먹어치웠다.

계산할 때였다. 스 사장이 당연하다는 듯 계산을 했다. 나와 샤 감독은 마침 이쑤시개로 이를 쑤시고 있을 때, 훠스가 호들갑을 떨며 물었다.

"낭랑, 여기 식당에서 얼마를 쓰신 거예요?"

주변에 있던 이들이 모두 고개를 돌려 우리를 보았다.

스 사장은 말했다.

"얼마 안 해."

그러나 훠스는 끝까지 캐물었다.

"대체 얼마인데요. 정확한 금액을 알려주세요. 돌아갔을 때 사람들이 물어보면 알려줘야 하잖아요. 또 나중에 제가 자랐을 때 은혜에 보답도 해야 하고요."

스 사장은 옅은 웃음을 지었다.

"좋아. 너는 은혜를 꼭 갚는 아이로구나. 그러면 가르쳐 줄게. 삼천 위안이야."

훠스는 곧장 말했다.

"세상에. 시골에서 십 년은 일해야 벌 수 있는 돈인데. 여기는 정말 날강도 가게네요."

샤 감독은 보물을 건졌다는듯 이 말들을 녹음했다. 종업원은 훠스를 노려보았고, 사람들은 아무것도 보지 못했다는 듯 그를 붙잡고 밖으로 나섰다.

"이제 어디로 가나요?"

훠스의 질문에 스 사장은 훠스를 내려다보며 말했다.

"너는 나이도 어리면서 걱정이 참 많구나. 너를 데려오면서 네가 지낼 곳도 하나 마련하지 않았을까?"

훠스는 더는 말을 하지 않았다.

스스의 집이 평범하지는 않다는 걸 예상하기는 했지만, 그 호화스러움에 나는 놀라고야 말았다. 도시 안의 아파트는 사람에게 착각을 주곤 한다. 같은 아파트라면 다 비슷하다고. 그러나 겉으로는 같아 보여도 그 속은 천양지차였다. 마호가니 타일과 크리스탈 샹들리에, 고급 스피커, 예스러운 장식장…….

훠스는 말했다.

"황제도 이런 데서 살았겠죠!"

스스는 입을 가리며 부드럽게 웃더니 온화한 목소리로 말했다.

"황제를 너무 얕잡아 봤네. 내일 너를 진짜 황제가 사는 곳으로 데려갈게."

집 안으로 들어가 실내화로 갈아신으려고 할 때였다. 스 사장이 옆으로 살짝 비키며 말했다.

"훠스, 너는 갈아신지 말렴. 네가 신발을 벗으면 집 안에 냄새가 나지 않겠어? 신발을 신어도 괜찮아. 지저분해진 카펫은 내일 사람을 불러 청소하면 되니까."

모두 소파에 앉아서 커피를 홀짝였다. 순간 분위기가 어색해졌다.

갑자기 스스가 화들짝 놀라 소리를 쳤다.

"엄마야! 훠스, 네 목에 기어오르는 거 뭐야?"

스 사장은 티스푼으로 커피를 저으면서 보지도 않고 말했다.

"이야."

스스는 입술을 삐죽였다.

"보지도 않고 엄마가 어떻게 알아요?"

"그걸 봐야만 알겠니?"

스 사장의 말에 스스는 깜짝 놀라 멀리 피했다. 작은 의자를 하나 가져와 행운목 화분 옆에 두고는 의자에 앉아서 말했다.

"훠스, 이가 너를 무는데 아프지는 않아?"

훠스는 커피잔을 멀리 밀었다.

"이 탕약은 너무 쓰네요. 저는 아프지도 않은걸요. 이건 안 마실래요. 빚이 적으면 걱정을 하지만, 빚이 너무 많으면 걱정하지 않는 것처럼 이가 많으면 가렵지 않아."

스 사장이 웃더니 입을 열었다.

"샤 감독님과 후 작가님이 모르는 사람도 아니고 기왕에 이야기가 나왔으니까 하는 말인데. 훠스, 내가 목욕을 시켜줄게. 네가 싫어서 그러는 게 아니라 몸에 이가 없는 게 어떤 느낌인지 알려주고 싶어서 그래."

훠스는 바로 부끄러워했다.

"저는 이제껏 목욕을 해본 적이 없어요."

스 사장은 소매를 걷었다.

"내가 씻겨줄게."

스 사장은 말을 뱉으면서 화장실 욕조에 물을 받았다. 욕조는 금방 물로 채워졌다. 손가락을 뻗어 수온을 확인한 스 사장이 말했다.

"딱 좋네."

그녀는 물에 젖은 손가락으로 자기 이마를 툭 치며 말했다.

"내가 깜빡했네."

그러고는 바로 거실로 돌아갔다.

“훠스, 네 머리에 서캐가 매우 많아…….”

“엄마, 서캐가 뭐예요?”

스스의 질문에 스 사장은 말했다.

“그건 이가 낳은 알이야. 훠스. 머리카락을 밀어버릴래? 아니면 전용 샴푸로 머리를 감을까? 근데 한 방법만 써서는 제대로 없애지 못할 것 같기는 해. 어찌할래. 네가 하자는 대로 할게. 어쨌든 나는 준비가 다 되었어.”

스 사장은 이발용 도구를 꺼냈다. 그 외에도 포장이 정교한 샴푸도 한 병 있었다.

샴푸 병에는 이렇게 적혀 있었다.

반려동물 전용. 초강력 효과. 다양한 기생충 박멸.

분위기가 훠스에게 압박감을 주었다.

훠스는 말했다.

“밀게요.”

스 사장은 이발 기술이 상당히 뛰어났다. 눈 깜짝할 사이에 훠스의 검은 머리카락을 남김없이 밀어버렸다.

“스스, 이를 보고 싶다고 했지? 두피 위에 기어 다니는 애들이 다 이야.”

스스는 호기심에 보았다가 얼굴을 가리며 도망쳤다.

“하얀 알이 억 개는 되겠어요. 진짜 무섭다.”

나는 서둘러 바닥에 있는 잘린 머리카락을 치웠다.

“스 사장님. 이발 기술이 이렇게 뛰어날 줄은 몰랐네요.”

스 사장은 담담하게 웃었다.

"농촌에서 익힌 기술이죠. 오랜만에 했더니 감이 좀 떨어졌네요. 저는 고생을 좀 많이 한 사람이에요."

그녀는 다시 물의 온도를 확인하러 갔다. 그 사이 물이 조금 식어 있었다. 마개를 뽑아 물을 조금 빼낸 스 사장은 뜨거운 물을 좀 더 틀어 온도를 맞췄다. 그런 뒤에는 커다랗고도 검은 쓰레기 봉투를 하나 가져왔다.

"훠스, 네가 입은 옷을 모두 벗어 여기 안에 넣어."

훠스는 물었다.

"왜요?"

"새 옷을 사줄게."

"그러면 입던 건요?"

"원래는 태우려고 했어. 그런데 네가 이웃에게 빌린 거라며. 당연히 태울 수는 없겠지. 이거 채로 네게 줄 테니까 단단히 묶은 뒤에 창문 밖에 걸어놔. 나중에 집으로 돌아갈 때 가져가면 돼."

훠스는 아주 만족스럽게 화장실로 들어갔다.

스 사장은 훠스를 따라 들어갔고, 좋은 소재를 놓칠 수 없었던 샤 감독도 함께 들어갔다.

작은 화장실에 이렇게나 많은 이가 들어가다니. 나는 당연히 들어가지 않았다.

나중에 들어본 녹음에는 물소리가 주를 이루고 있었다. 중간중간에 거품이 터지는 듯한 소리도 은은히 전해졌다.

스 사장은 물었다.

"너…… 울었어?"

“아뇨…… 비누가 쓰라려서요…….”

하지만 훠스의 목소리에는 분명히 울음기가 섞여 있었다.

아이들은 이랬다. 물어보지 않으면 간신히라도 참아냈지만, 혹시라도 물어보면 댐이 곧장 무너졌다. 훠스는 아예 대놓고 울기 시작했다.

“으아아아앙- 으아아아-.”

스 사장은 차분히 물었다.

“애야, 왜 그래? 내가 너무 아프게 밀었니?”

“아뇨…… 낭랑…… 엄마가 생각났어요…… 엄마가 떠난 뒤로는 누구도 저를 이렇게 부드럽게 쓰다듬어 준 적이 없었어요…… 낭랑이 제 엄마가 되주실 수는 없나요…….”

나는 긴장이 되었다. 이건 샤 감독이 가장 바라왔던 장면이었다.

그런데 들리는 거라고는 물방울이 튀기는 소리와 스 사장의 길고 긴 탄식 소리뿐이었다.

훠스가 다시 나타났을 때, 나는 너무 놀라서 벌떡 일어날 뻔했다.

환골탈태였다. 껍질을 벗기라도 한 듯했다. 거뭇한 피부색은 어찌할 수가 없었지만, 이슬처럼 상큼해져 있었다. 훠스는 하늘색 실크로 만든 평상복을 멋지게 걸치고 있었고, 구름처럼 새하얀 운동화도 신고 있었다. 마른 몸이 감춰지지는 않았지만, 어차피 세상에서는 다이어트가 유행이었다. 뼈가 도드라져 보이는 몸매에 햇볕을 쬐며 고생한 듯한 투박함이 더해지니 훠스는 막 여행을 갔다 온 사람처럼 보였다. 머리카락을 밀어내며 모습을 드러낸 두상은 동글동글 아름다웠다. 아기 때 엄마가 세심히 돌봐준 듯했다.

지금의 훠스는 소림사 동자승처럼 야무져보였다.

스스는 감탄했다.

"와, 엄청 멋지다!"

팔짱을 끼고 있던 스 사장은 지쳐 보였다. 때를 빼고 광을 내면서 체력을 크게 소모한 듯했다. 그녀는 새로 태어난 훠스를 뿌듯하게 감상하다가 자기 딸에게 말했다.

"지금의 훠스가 조금 전에 훠스 같아?"

스스는 답했다.

"아뇨."

놀랍게도 스 사장은 이렇게 말했다.

"아니, 여전히 같아."

말을 뱉은 스 사장은 훠스를 작은 방으로 데려갔다. 침대에는 새 이불이 놓여 있었다.

"오늘 밤은 여기서 자렴."

다음날은 마침 일요일이었다. (사실 일부러 이렇게 배정한 거였다. 그래서 훠스에게 토요일에 베이징에 와달라고 했다) 스 사장은 아이 둘과 함께 아침 일찍 차를 몰고 나왔고, 나와 샤 감독을 태웠다.

아주 이상한 팀이었다. 중년 여성 세 명과 우아한 여자아이 한 명 그리고 놀란 남자아이 한 명. 이렇게 다섯 명이 팀을 이뤄 출발했다. 누구도 우리의 관계를 가늠하지 못할 터였다. 다행히 거대한 도시에서는 이 상황을 이상하게 여기는 이가 없었다.

오늘 샤 감독은 감독으로서의 책임을 포기한 듯했다. 그는 검은색 스폰지가 씌워진 녹음기를 들고 다니면서 사람들 주위를 빙빙 돌았다. 누군가 말을 하면 아주 사소한 일이라고 할지라도 모두 녹음을 했다. 처음에는 사람들도 이 검은 물체를 경계했다. 특히 스스는 내뱉는 말에도 떨림이 조금 담겨 있었다. 그러나 샤 감독은 고급 하인이라도 된 것처럼 침착하게 행동했고, 결국에는 우리도 이 검은 물체의 존재에 적응하게 되었다.

나는 모든 일이 궤도에 접어들었기에 순항하고 있다는 걸 알고 있었다. 이제 남은 건 그것이 어떻게 자유롭게 굴러갈지를 지켜보는 거였다. 샤 감독은 이미 수확의 계절에 접어들고 있었다.

우리는 톈안먼 광장에 도착했다.

"어때. 엄청 크지 않아? 너 여기보다 더 큰 곳 본 적 있어?"

스스는 우월감을 숨기지 못했다.

그러자 훠스가 고집스레 말했다.

"당연히 봤지."

스스는 인정하지 않았다.

"어디서 봤는데?"

"우리 바상초원. 내가 사는 곳에 있는 습지는 여기보다도 훨씬 더 넓어. 끝이 보이지 않을 정도야."

스스는 확실히 도시 아이였다. 빠르게 반격했다.

"하지만 …… 하지만, 네가 있는 곳은 크기는 해도 여기처럼 시멘트를 깔아서 흙이 안 보이지는 않을 거 아냐?"

훠스는 인정을 했다.

"그렇기는 하지."

그러나 그는 곧장 반박할 거리를 찾아냈다.

"근데 여기는 탈곡장으로도 안 쓰잖아. 귀리도 안 말리고 말이야. 그러면 넓은 평지가 대체 무슨 소용이야?"

스스는 화를 내며 말했다.

"어떻게 그런 비교를 할 수가 있어?"

스 사장이 원만히 수습하려고 했다.

"스스. 진지하게 따질 거 없어. 훠스는 어렸을 때부터 시골에서 살았잖니. 이건 훠스 탓이 아니야."

스스는 바로 입술을 삐죽였다.

"너랑은 말 안 해. 말해도 소용없지."

광장을 다 본 뒤에는 고궁에 갔다.

스 사장은 말했다.

"아, 여기는 태화전이야. 속담에도 나오는 금란전이라는 곳이 바로 여기야."

훠스는 자세히 살펴보았다. 하늘을 보기도 하고 거대한 기둥을 안아 보기도 하더니 이렇게 말했다.

"제가 생각한 것만큼 좋지는 않네요."

나는 그를 놀렸다.

"그러면 너는 금란전이 어떤 곳이라고 생각했는데."

훠스는 진지하게 말했다.

"저는 하늘 같은 곳인 줄 알았어요. 인간 세상에도 있을 수 있는 곳은 아니라고 생각했어요. 이렇게 보니까 집이 좀 높기는 하고, 의자가 좀 크기는 한데, 의자 위에 놓인 자수 방석도 오래된 거고, 색깔도 별로네요."

스스는 말했다.

“와, 너 큰소리치는 게 엄청난데.”

스 사장은 딸을 꾸짖었다.

“훠스가 너보다 어리잖니. 네가 양보를 해야지.”

두 아이는 같은 해, 같은 달에 태어났다. 다만 스스의 생일이 훠스의 생일보다 며칠 더 빠를 뿐이었다.

고궁에서 반나절을 걸었다. 그 무엇과도 비교할 수 없는 기세를 지닌 황궁은 황야에서 온 아이를 포로로 삼았다. 훠스는 참지 못하고 말했다.

“방이 이렇게나 많다니. 황제가 방 하나씩 돌아가면서 자려면 대체 몇 년이나 걸리는 거죠? 길을 잃지는 않을까요?”

스스는 처음에 우리와 함께 걸었지만, 나중에 멀찍이 떨어져서 걸었다.

나는 물었다.

“너는 왜 우리랑 같이 안 가니?”

스스는 답했다.

“재는 견문이 너무 좁아서 뭘 보든 신기해해요. 게다가 다른 사람들이 자기를 어떻게 보는지 전혀 신경쓰지 않는다니까요. 큰 소리로 떠들고 말이에요. 너무 창피해요.”

스 사장은 스스를 옆으로 끌어와 나지막이 말했다.

“다른 사람을 얕잡아 보면 안 되는 거야. 사람은 선천적으로 다 같아. 노력하지 않으면 사회 하위층으로 떨어지는 거고, 이런 모습이 되는 거야. 내가 너한테 자주 이야기했었잖아. 아무리 말해도 안 믿더니, 이제는 믿을 수 있겠지?”

다시 차를 몰아 만리장성으로 갔다.

한겨울의 만리장성은 분위기가 쓸쓸하고도 적막했다. 멀리까지 바라보니 하늘이 낮게 드리웠고, 북풍이 거세게 불었다. 가이드를 맡은 여성이 강산을 가리키며 천천히 설명했다.

"만리장성은 역사적으로 유목민족의 침략을 막기 위해서 지어졌습니다. 그러니까 만리장성은 변경인 게지요. 만리장성 안쪽은 관내이고, 만리장성 바깥쪽은 관외입니다. 요새 안쪽은 내지이고, 요새 바깥쪽은 변방이에요. 변방은 아주 혹독한 땅이죠……."

만리장성에서 돌아온 뒤로 훠스는 말이 눈에 띄게 줄었다. 심지어 "흥"이라고만 하거나 아예 짜증을 내며 입씨름을 하기도 했다.

나는 시간을 내서 샤 감독에게 말했다.

"시골 아이를 데려와 이런 도시의 소용돌이 안에 던져버리다니. 너무 잔인한 거 아니에요?"

샤 감독은 녹음 테이프를 정리하며 답했다.

"아빠도 엄마도 없이 위안터우랑에서 지내는 건 잔인하지 않고요?"

"그건 물질적인 잔인함이죠. 하지만 이건 정신적으로 잔인한 거잖아요."

"그는 그저 표본일 뿐이에요. 모든 예술에는 표본이 필요하죠. 표본이 될 수 있다는 것 자체가 영광이에요. 누구나 이런 기회를 얻을 수 있는 게 아니라고요."

"나는 당신의 표본이 되고 싶은 생각이 전혀 없는데요."

"나도 알아요. 하지만 이미 늦었어요. 저는 이 프로그램을 가지고 국제 대회에 참가할 거예요."

"이 모든 걸 당신이 정성스럽게 기획한 거죠."

"맞아요. 나는 예술의 리얼리즘을 추구하거든요. 인간 개개인은 사실 별로 중요하지 않죠. 그건 나라는 개인도 마찬가지예요."

나는 그녀의 의견에 동의하지 않았지만, 그녀를 설득하지는 못했다.

* * *

내가 쓴 편지들을 녹음하기 시작했다. 먼저 원고를 스 사장에게 보여줬는데 이 단계가 가장 까다로운 단계라고 볼 수 있었다. 그녀는 똑똑한 여성이었다.

스 사장은 읽는 속도가 아주 빨랐다. 내가 피땀을 흘리며 쓴 작품을 눈 깜짝할 사이에 읽더니 옆으로 치워버렸다.

나는 말했다.

"한 눈에 열 줄은 읽으시는 것 같네요."

"평소에 서류를 읽으면서 자연스레 훈련되었거든요. 우리가 눈물 콧물을 흘리면서 보던 텔레비전이 어떻게 만들어진 건지 이제 저도 알겠네요."

그녀는 즐거워하더니 계속 웃었다.

샤 감독은 말했다.

"우리가 순차대로 일을 진행했더라도 결국에는 제가 원했던 방향으로 정확히 흘러갔을 거예요. 여기 편지 속에 묘사된 상황 그대로요. 하지만 시간이 없어서요. 어쩔 수 없이 진행 과정을 단축시켰죠. 양해해 주실 거라고 믿어요."

"이해합니다. 저는 협조할 거예요."

스 사장은 이걸 일종의 게임이라고 여기고 있었다. 엄마가 나섰으니 딸과의 논의는 당연히 더 쉬웠다. 스스는 내가 그녀를 대신해서 쓴 편지에 큰 관심을 보였고, 읽고 또 읽었다. 공연 소품이라고 치는 듯했다.

샤 감독이 예상치도 못했던 강렬한 반대는 오히려 훠스 쪽에서 나왔다.

아이는 아예 대놓고 거절을 했다.

"이건 내가 쓴 게 아니잖아요. 안 읽어요."

샤 감독은 어쩔 수 없이 어른을 대하듯 공을 들이면서 차근차근 타일렀다.

"맞아. 네가 쓴 건 아니지. 낭랑이 대신 써준 거야. 낭랑이 널 이렇게나 도와줬잖아. 너도 낭랑을 도와줄 수는 없을까?"

훠스는 고개를 숙였다. 한 방울의 은혜라 할지라도 넘치는 샘물로 갚아야 한다는 말은 이제껏 그가 받아온 교육 중 가장 중요한 가르침이었던 게 분명했다. 그가 고개를 들었을 때, 속눈썹이 기다란 두 눈에는 눈물이 가득했다.

"낭랑, 다른 방법으로 은혜를 갚을 수는 없나요? 제가 산에 가서 패모를 캐고, 붉은 귀리를 수확해 보내드릴게요…… 저는 안 읽을래요. 제가 쓴 게 아니에요……."

나는 도저히 지켜볼 수가 없어서 샤 감독에게 말했다.

"그만하죠."

그러자 샤 감독이 나를 노려보았다.

잠시 후, 그녀는 훠스의 머리를 쓰다듬으며 말했다. (아주 부드럽게 쓰다

듣어주었다)

"훠스, 내키지 않는다면, 네게 강요하지는 않을게. 하지만 앞으로의 학비는 나도 어쩔 수 없을 것 같아."

오래 고여있던 훠스의 눈물이 드디어 떨어졌다.

훠스는 말했다.

"낭랑, 제가 읽을게요."

정식으로 녹음을 할 때 또 문제가 생겼다. 스스는 지시하는 대로 잘 따랐고, 감정을 담아서 읽었다. 훠스도 협조를 잘 해주는 편이었다. 만족스럽지는 않아도 그럭저럭 괜찮았다. 다만 샤 감독은 변방 아이의 발음과 억양이 짙게 드러나기를 바랐다. 촌스러울수록 최상이었다. 그러나 아이는 모방력이 강했고, 본인 스스로도 교정하고자 하는 의지가 있었기에 훠스의 말은 도시로 입성한 지 며칠 만에 지역 색채를 크게 잃고 말았다.

"안 돼! 다시 녹음해!"

샤 감독의 마귀 같은 성격이 다시 타오르자 두 아이는 전전긍긍하며 다시 시작했다.

그런데 대사라는 것은 읽을수록 숙련이 되는 법이었다. 다시 녹음한 결과, 훠스의 보통화 실력은 더 뛰어나게 되었다. 샤 감독의 의도와는 정반대로 된 것이다.

샤 감독이 겁을 주기 시작했다.

"하! 너는 왜 그렇게 멍청하니? 며칠만에 고향 말을 다 까먹은 거야? 훠스, 다시 해!"

그런데 훠스가 강경하게 나왔다. 그도 소리를 쳤다.

"나한테 고향 말을 쓰라고 하는 건 창피를 주려고 그러는 거잖아요! 내가 한 말이 라디오로 가면 전국에 있는 사람들이 다 내 말을 들을 텐데, 우리 엄마도 들을 텐데, 나는 말을 훌륭하게 할 거예요. 사람들에게 훠스가 대단한 아이라는 걸 알게 할 거예요!"

순간 조용해졌다.

스스는 존경을 담은 눈빛으로 훠스를 보았다. 샤 할머니에게 맞선 것에 감탄한 거다. 샤 감독은 당황해 잠시 말을 잇지 못했다. 평생 감독으로 살아오면서 이렇게 개성 있는 주연은 처음 만나보는 듯했다.

샤 감독은 중얼거렸다.

"좋아. 네가 하고 싶은 대로 말을 하자. 어쨌든 외국인들은 중국어를 못 알아들으니까."

놀랍게도 스스는 그 뒤로 훠스를 우호적으로 대했다.

"훠스, 우리 게임하고 놀까? 엄마가 나보고 너랑 많이 놀라고 했어. 네가 외로울까 봐 걱정이 되시나 봐."

스스의 말에 훠스는 냉랭히 답했다.

"난 외롭지 않아. 도시에 사는 사람들이나 외로움을 타는 거야."

스스는 조금도 따지지 않았다.

"네가 놀기 싫다고 하니까 놀지 않을게."

하지만 훠스는 다른 이와 맞서기로 작정한듯했다.

"그러면 놀래."

"뭘하고 놀래?"

"장난감 장식장에 있는 저 장난감으로 놀자."

훠스는 신이 난듯했지만, 스스는 주저했다.

"그건…… 재미가 없을 텐데…… 우리 다른 거 가지고 놀까?"

"흥! 네가 진심으로 그러는 게 아니라는 거 다 알고 있었어. 저거 엄청 비싼 거지?"

"저거는 트랜스포머라고 해. 비싼 건 아니야. 천 위안 정도거든. 다만 엄마가 너랑 같이 놀 때는 공부가 될 만한 게임을 하라고 했어. 그래야 우리 둘에게 좋대."

"천 위안이나 하는데 비싸지 않다고? 도시 사람들은 정말 세상 물정을 몰라! 좋아, 놀지 못하게 한다면 안 놀면 그만이야!"

훠스는 화가 나서 씩씩거렸고, 침묵이 길게 이어졌다.

스스가 조심스레 입을 열었다.

"우리 지식 카드 놀이를 할까?"

"그건 어떻게 하는 건데?"

"여기 영어 카드가 있거든. 앞면에는 질문이 있고, 뒷면에는 답이 있어. 카드를 뽑은 사람이 질문하면, 답을 맞추는 거야."

훠스는 분노했다.

"지금 나랑 장난해? 내가 영어를 어떻게 알아?"

스스는 조그만 목소리로 해명했다.

"위에 중국어로 적혀있어."

"좋아. 해보자."

훠스는 손바닥을 비비며 답하자 스스가 질문을 했다.

"잘 들어봐. 첫 번째 질문은 이거야. 인체의 삼대 영양소는 무엇인가요?"

스스는 좀 더 자세히 설명해주었다.

"그러니까 사람이 살아가는 데 있어서 가장 중요한 게 뭐냐고 묻는 거야."

훠스는 굳게 확신하며 답했다.

"사람이 살아가는 데 있어서 가장 중요한 건 장작과 식량 그리고 물이야."

스스는 진지하게 오답을 교정했다.

"틀렸어! 단백질, 지방, 탄수화물이야."

훠스는 늠름한 기세로 선포했다.

"단백질은 또 뭐야? 장작이 없으면 너는 변방 바람에 얼어 죽을 거야! 양식이 없으면 배고픔에 두 눈이 다 새파래진다고. 물이 없으면 사흘 만에 죽고 말걸! 도시 사람들은 대체 아는 게 뭐야!"

* * *

훠스가 떠나기 전날 밤, 나는 그와 오래 이야기를 나누었다. 우리가 서로를 알게 된 뒤로 샤 감독의 검은 마이크를 떠나서 이야기를 나눈 건 이때가 처음이었다.

샤 감독은 병세가 심해져서 입원을 했다. 그녀는 내게 종이를 보여주었다. 암이 재발해 전신으로 확산이 되었다는 진단서였다. 나는 이 사실을 당연히 훠스에게 알려주지 않았다. 그의 마음은 이미 충분히 혼란스러웠으니까. 그러나 더는 앞으로의 생활비와 학비를 걱정할 필요가 없었다. 스 사장이 끝까지 책임을 지겠다고 했기 때문이었다. 나는 그녀가 내뱉은 말을 반드시 지키는 여성이라고 믿었다.

라디오 특별극 《북방의 바람》은 오슬로 국제 라디오극 대회에서 금상을 수상했다. 심사위원들의 심사평은 다음과 같았다.

이 프로그램의 사실주의적인 스타일과 정교한 제작 기법 그리고 인류의 날이 갈수록 격렬해지는 문명과 우매함의 충돌에 대한 인도주의적인 관심, 배우들의 꾸밈 없는 연기가 우리를 감동시켰습니다…….

아쉽게도 샤 감독은 이 눈부신 결말을 볼 수 없었다.

샤 감독은 병상 위에 누워있으면서도 어떻게든 이 프로그램을 완성하고자 했다. 그녀는 따뜻한 목소리가 담긴 디테일들을 과감하게 삭제했다. 수모의 전설이 그러했다. 그녀는 스스 가족과 훠스의 대비되는 상황을 강조했고, 스 사장이 모든 걸 이끄는 것처럼 보이게 만들었다. 작품에서는 편집의 흔적을 찾을 수 없었지만, 오직 나만은 알고 있었다. 작은 것 하나에도 그녀의 노심초사가 담겨 있다는 것을.

"신이 이렇게 시간에 인색하지 않았더라면, 어쩌면 나도 좀 더 여유를 가지고 했었을지도 몰라요."

"감독이 그렇죠 뭐."

나는 말을 이었다.

"아직도 이해가 안 가는 게 있어요. 대체 스 사장처럼 오만하면서도 총명한 여성을 어떻게 설득했기에 당신이 시키는 대로 한 거예요?"

"단순해요. 그녀에게 이렇게 말했거든요. 딸에게 운명이 뭔지 알려주고 싶어요? 여기 마침 딱 맞는 예시가 있네요."

"예시라는 게 그 아이를 말하는 거예요?"

"나도 알아요. 정말 미안해요. 하지만 다른 방법이 없었어요. 때로는 어떤 문제를 설명하기 위해서 아름다운 새를 영원히 박제해 전시할 필요가 있죠. 그리고 저는 이제껏 세상에 있어서 개인인 우리는 전혀 중요하지 않다고 생각해왔거든요. 이제 그도 공부할 수 있게 되었잖아요. 그건 좋은 일인 거죠."

"그 아이가 도시를 떠날 때 뭐라고 했는 줄 알아요?"

"알고 싶지 않아요. 나는 피곤해요. 졸리네요…… 녹음 테이프를 하나 틀어줘요. 편집하지 않은, 진실한 애로요……."

나는 손이 가는 대로 테이프를 하나 골랐고, 샤 감독이 절대 품에서 떼어놓지 않는 녹음기 안에 넣었다. 변방의 북풍이 냉혹하게 불었다. 모든 걸 망가뜨리는 한기를 품은 바람이었다.

나는 훠스가 했던 마지막 말을 샤 감독에게 알려주지 않아서 다행이라고 생각했다.

그 아이는 도시를 떠날 때 큰소리로 외쳤다.

"도시 사람들, 나는 당신들이 미워!"

샤 감독은 휘몰아치는 바람 속에서 학을 타고 멀리 가버렸다.

역자의 말

중국 작가 모옌, 위화, 류전윈, 츠쯔젠, 비수민에게는 공통점이 두 가지나 있다. 하나는 베이징사범대학교 창작연구생반에서 함께 수학했다는 점이고(이 연구생반은 후에 베이징사범대학교 국제 창작 센터가 되었고, 모옌이 10년 넘게 이곳의 주임을 맡고 있다. 위에 언급된 작가들 외에도 쑤통, 거페이, 아라이, 비페이위, 리찡저 등 다수의 저명한 중국 작가들이 이곳을 거쳐갔다), 다른 하나는 독자들의 사랑을 한 몸에 받는다는 점이다. 이중 비수민 작가는 한국 독자에게 조금 생소하지만, 중국에서는 국가 일급 작가이자 천만 부급 베스트셀러 도서를 여럿이나 출간한 인기 작가이다. 장편 『여심리사』는 동명의 드라마로 제작 · 방영되어 다시 큰 주목을 받기도 했다.

비수민 작가가 쓴 작품에는 여러 특징이 있다. 여성적 사고와 의식이 돋보이는 글을 쓴다는 점, 상처와 질병을 다루는 글을 쓴다는 점, 생명 윤리와 생태 윤리에 대한 글을 쓴다는 점 등이다. 대표작 중 하나인 『북방의 바람』은 작가의 이러한 창작 특징을 잘 드러내면서도 티베트 자치구 군 복무, 군의학교 졸업 후 군의관 복무 등 인간 비수민의 초창기 이력을 엿볼 수 있는 소설집이라고 할 수 있다. 세상에서 비수민만큼 삶과 글이 일치하는 작가를 알지 못한다는 왕멍 작가의 말처럼 그녀가 쓴 글에는 그녀의 삶과 경험이 많이 녹아 있다.

사실 『북방의 바람』의 원서 표제작은 「북방의 바람」이 아니라 또 다른 수록작인 「사망 예약」이었다. 1994년에 발표된 「사망 예약」은 중국 사회가 금기시하는 죽음을 정면으로 다루었을 뿐만 아니라 사람들이 생소하게 여겼던 호스피스 병원을 주요 배경으로 삼아 큰 화제가 되었고, '신체험 소설'의 대표작 중 하나라는 평을 듣기도 했다. (오늘날의 중국 사회가 30년 전과 크게 달라졌다고 볼 수는 없을 것이다. 또한 존엄사가 허용되지 않는 건 한국도 마찬가지기에 「사망 예약」의 이러한 의의는 여전히 우리에게 유효하다) 그런데 이 소설집의 원서를 처음 읽었을 때 내가 주목했던 부분은 표제작이자 첫 번째 수록작인 「사망 예약」과 마지막 수록작인 「북방의 바람」의 주인공이 모두 작가라는 점이었다. 「사망 예약」은 작가 비수민이 주인공으로 나오는 '오토픽션(autofiction)'이었고, 「북방의 바람」은 소설 속 화자인 작가와 함께 창작 윤리를 고민하게 만드는 작품이었다.

그러자 세상에서 비수민만큼 삶과 글이 일치하는 작가를 알지 못한다는 왕멍의 말이 조금 다르게 들렸다. 비수민 작가의 작품에서 실제 경험과 허구의 경계는 어디에 있을까. 어디까지가 실제로 있었던 일이고, 어디까지가 허구일까. 현실적이라고 느껴지는 부분들이 실은 누군가의 개인적 서사를 가져와 재현한 것이라면? 게다가 비수민은 작가이기 이전에 군의관, 보건원장, 내과 의사, 심리상담사로 몇십 년이나 일했던 사람이 아닌가. 몇 년 전 베이징 국제 도서전에서 열린 대담에 갔다가 어떤 작가가 (자신이 끝까지 이해할 수 없었던) 타인을 소설 속 캐릭터의 원형으로 삼아 그 행동들을 그대로 재현했다고 웃으며 말하는 걸 들은 적이 있었다. 그날 느꼈던 불편함은 오랫동안 내 마음에 남았고, 이 소설집을 읽었을 때 불현듯 다시 떠올랐다.

그래서 나는 비수민 작가에게 솔직하게 물어보았다. 그녀의 작품에는 타인의 서사가 얼마나 녹아 있느냐고. 「북방의 바람」에서 엿볼 수 있는 창작 윤리에 대한 고민이 실제로 그녀의 작품 속에서 어떻게 재현이 되었냐고. 작가가 불쾌하게 느낄만한 질문일 수도 있기에 조금 걱정하였는데 예상외로 비수민 작가는 나의 질문을 매우 좋아했다. (감동했다고 말하기도 했다) 그러더니 바로 하소연을 시작했다. 자기가 쓴 작품을 읽은 이들이 너무나 당연하게 이것이 실제로 있었던 일이라고 생각한다고, 심지어는 동료 작가들조차 그렇게 생각한다고 했다. 「사망 예약」 속 인물인 샤오바이에게 베이징 '후커우'가 있는 남성을 소개해주겠다며 연락한 사람도 있었다고. 그러나 자신은 절대 자기 소설에 실존 인물의 삶을 가져다 쓰지 않으며 창작을 가르칠 기회가 있을 때마다 작가의 창작 윤리를 강조한다고 했다. 이 답을 듣자 나는 왕멍의 말이 또 다르게 들렸다. 비수민의 삶과 글은 정말로 일치하는 듯했다. 그녀는 자기가 쓰는 글처럼 올곧고 따스한 사람이었다. (왕멍은 비수민을 "문학계의 백의의 천사"라고 평하기도 했다)

나무발전소 출판사 편집자와 논의 끝에 표제작을 「북방의 바람」으로 바꾸었다. 「북방의 바람」에 담긴 창작 윤리에 대한 고민이 오늘날의 한국 독자에게 좀 더 유의미할 것 같아 비수민 작가에게 동의를 구했다. 흔쾌히 동의해 준 비수민 작가님과 번역을 지원해 준 중국작가협회 그리고 한국 독자에게 닿게 해준 나무발전소에 짧은 감사를 전한다.

비수민 소설집

북방의 바람

초판 1쇄 인쇄 | 2025년 3월 20일
초판 1쇄 발행 | 2025년 3월 25일

지은이 | 비수민
옮긴이 | 김이삭

펴낸이 | 김명숙
디자인 | 이명재

펴낸곳 | 나무발전소

등　록 | 2009년 5월 8일(제313-2009-98호)
주　소 | 서울시 마포구 독막로 8길 31, 701호
이메일 | tpowerstation@hanmail.net
전　화 | 02) 333-1967
팩　스 | 02) 6499-1967

ISBN 979-11-94294-10-8 03820

* 책값은 뒷표지에 있습니다.
* 나무발전소 '미음(ㅁ)'은 나무발전소 출판사의 문학 브랜드입니다.